José Vicente Alfaro
Die Tränen der Osterinsel

amazon crossing

Das Buch

Der spanische Archäologe Germán Luzón de Estrada begibt sich auf eine unvergessliche Reise zu einem der faszinierendsten und zugleich einsamsten Orte der Welt: die Osterinsel. Sein Ziel ist es, Licht in die Geheimnisse dieser sagenumwobenen Insel zu bringen. Er möchte herausfinden, woher die ersten Siedler kamen, wie es ihnen möglich war, die riesigen Moai-Skulpturen zu transportieren und was es mit der mysteriösen Hieroglyphenschrift auf sich hat. Doch mitten in den Erkundungen geschieht ein brutales Verbrechen: Der Ausgrabungsleiter Erick Solsvik wird grausam ermordet aufgefunden. Handelt es sich hierbei um einen Sühnemord der Rapanui Ureinwohner?

Der Autor

José Vicente Alfaro wurde 1976 in der andalusischen Stadt Huelva geboren und studierte Rechtswissenschaften an der Universität Sevilla.

Gleich mit seinem ersten Roman »La esperanza del Tíbet« gelang ihm 2013 der Durchbruch zum erfolgreichen spanischen Autor. Alfaro möchte seine Leser nicht nur mit spannenden Geschichten unterhalten, sondern sie gleichzeitig auch in ferne Kulturen entführen.

JOSÉ VICENTE ALFARO

DIE TRÄNEN DER OSTERINSEL

ROMAN

Aus dem Spanischen von Adriana Beatriz Netz

amazon crossing

Die Originalausgabe erschien 2014 unter dem Titel »El llanto de la Isla de Pascua« im Selbstverlag.

Deutsche Erstveröffentlichung bei
AmazonCrossing, Amazon Media E.U. Sàrl
5 Rue Plaetis, L-2338, Luxembourg
Oktober 2015

Umschlaggestaltung: Semper Smile, München
Umschlagmotiv: ©Diane Cook and Len Jenshel / Getty Images
Lektorat: Kanut Kirches
Satz: Satzbüro Peters
Printed in Germany
By Amazon Distribution GmbH
Amazonstraße 1
04347 Leipzig, Germany

ISBN: 978-1-503-95211-9

www.amazon.com/crossing

Für meine Mutter. Auf ewig.

Einführung

Die Osterinsel ist eine vulkanische Formation mit einer Breite von knapp zwölf Kilometern und einer Länge von vierundzwanzig Kilometern, etwas mehr als ein Staubkorn inmitten des Pazifischen Ozeans. Ihre einzigartige geografische Lage macht sie darüber hinaus zu dem Ort, der von jedem anderen besiedelten Fleckchen Erde auf der Welt am entlegensten ist: Im Osten ist die chilenische Küste 3 600 Kilometer entfernt, bis zur westlich gelegenen und zu Französisch-Polynesien gehörenden Insel Mangareva sind es 2 600 Kilometer. Von der Osterinsel aus – dem einsamsten Ort der Welt – erblickt man nur einen unendlichen Horizont aus Wasser, ausgenommen nachts, wenn der Mond am Firmament die einzige Landmasse darstellt, die die Einheimischen im Verlauf ihrer Geschichte je zu Gesicht bekommen haben.

Nach wissenschaftlicher Erkenntnis fand die Besiedlung der Insel vor ungefähr eintausendsechshundert Jahren statt, wobei noch immer ungeklärt ist, woher die ersten Siedler stammten. Auch wenn die Platzverhältnisse offensichtlich eingeschränkt waren und äußere Einflüsse vollkommenen fehlten, entwickelte sich jedem bisschen Logik oder der Vernunft zum Trotz eine eindrucksvolle Zivilisation, die fähig war, Hunderte von kolossalen Statuen aus dem Stein zu meißeln, sie abzutransportieren und aufzurichten sowie ein eigenes Schriftsystem zu entwickeln, das in ganz Ozeanien einzigartig ist.

Der erste Kontakt mit der westlichen Welt fand erst im 18. Jahrhundert statt, und seine Auswirkungen waren so verheerend, dass nach gerade einmal einhundert Jahren die indigene Bevölkerung am Rande der Ausrottung stand. Dies hatte zusammen mit anderen schwerwiegenden Vorkommnissen in der Vergangenheit zur Folge, dass das Gedächtnis des Volkes der Rapanui am Ende für immer verloren ging. Von den Ethnologen und Anthropologen des 20. Jahrhunderts dahingehend befragt, können die Überlebenden keine Antwort mehr darauf geben, wie und warum ihre Vorfahren solche Wunder vollbringen konnten.

Die mündliche Überlieferung der Rapanui bietet heute ein verzerrtes Bild voller unbeantworteter Fragen. Die Zeit und Katastrophen haben die Geschichte ihrer Ahnen begraben, und die modernen Bewohner griffen für deren Rekonstruktion auf Mythen und Legenden zurück. Die Osterinsel bleibt nach wie vor von Geheimnissen umgeben, und ihre ferne Vergangenheit hüllt sich weiterhin in Finsternis. Bis heute bleibt sie eines der großen Rätsel der Archäologie.

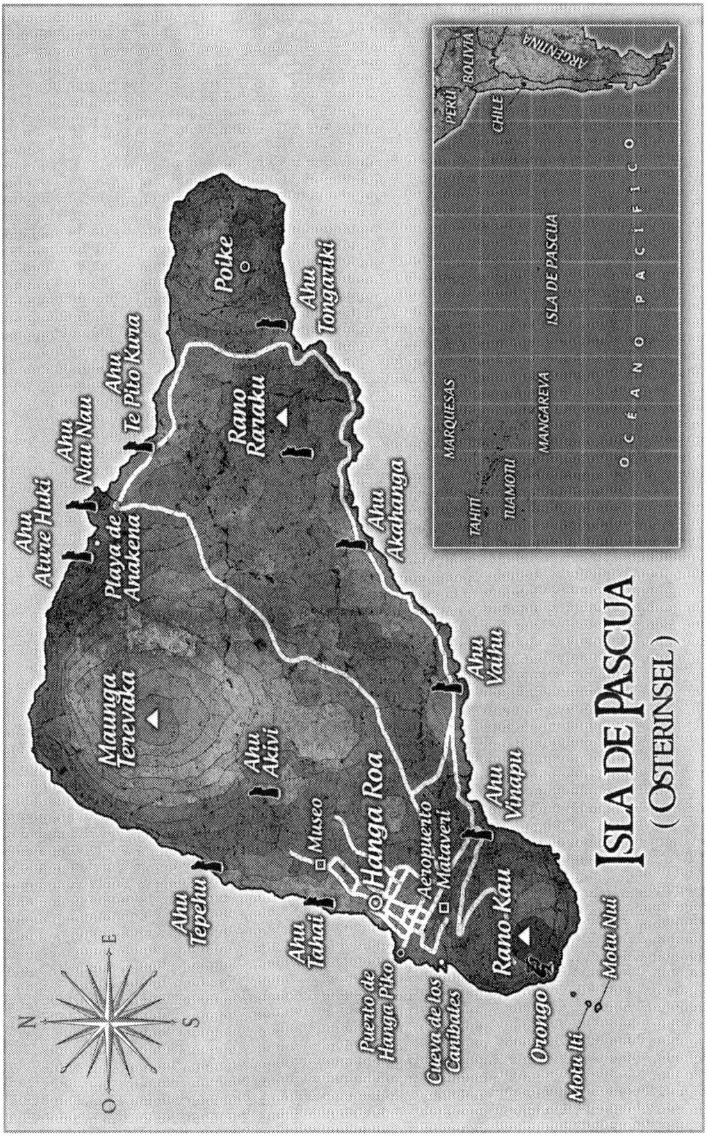
Isla de Pascua
(Osterinsel)
Poike
Ahu Tongariki
Ahu Te Pito Kura
Rano Raraku
Ahu Nau Nau
Ahu Akahanga
Ahu Ature Huki
Playa de Anakena
Maunga Terevaka
Ahu Akivi
Ahu Vaihu
Ahu Vinapu
Hanga Roa
Museo
Aeropuerto Mataveri
Ahu Tepehu
Ahu Tahai
Puerto de Hanga Piko
Cueva de los Caníbales
Rano Kau
Orongo
Motu Nui
Motu Iti
N
E
S
O
Perú
Bolivia
Chile
Argentina
Marquesas
Tahiti
Tuamotu
Mangareva
Isla de Pascua
Océano Pacífico

1195 v. Chr. – Osterinsel

Die ersten Siedler der Osterinsel erreichten diese nach einer einhundertsiebzehn Tage langen Schiffsreise auf offener See. Sie stammten nicht von einem großen Seefahrervolk ab, doch ihnen war keine andere Wahl geblieben. Von den Küsten Perus aus waren sie auf riesigen Flößen aus Baumstämmen gestartet, die mit quadratischem Segel, Seitenschwert und Heckruder ausgestattet waren. Als sie in See stachen, hegten sie die Hoffnung, an irgendeinem Punkt der ungewissen Überfahrt auf Land zu stoßen. Und als sie endlich die Insel ausmachten, die hinter weißlichen Nebelschwaden verschleiert dalag und von hohen Klippen umgeben war, meinten sie zu träumen oder sich aufgrund der erlittenen Strapazen der Fahrt bereits im Endzustand, im Delirium, zu befinden.

Sie waren knapp einhundert Seeleute, die Letzten der Ihren auf Erden.

Seit Anbeginn der Menschheit vor Tausenden von Jahren hatte es sie an allen Ecken und Enden der Welt gegeben, vom amerikanischen Kontinent bis nach Zentralasien. Doch als Folge der großen Überschwemmung in der Vorzeit und der Eingriffe durch den Menschen selbst war ihre Zahl auf nur wenige von ihnen geschrumpft. Und sie waren gezwungen zu fliehen, um ihr Überleben zu sichern.

Ihre Geschichte war bereits von Beginn an tragisch, denn die Menschen hatten schon immer eine irrationale Angst vor den Angehörigen ihres Volkes verspürt und sie wild bekämpft, begierig darauf, sie auszurotten. Die Furcht vor ihnen war so groß, dass ihren Feinden ihr Tod nicht genügte. Im Anschluss verbrannten diese ihre Körper und zersplitterten ihre Knochen in einer Art Beschwörungsakt, damit dieser Menschenschlag nicht wieder auflebte.

Auch wenn sie stärker waren, zogen sie im Kampf immer den Kürzeren. Denn ihre Gegner waren zahlreicher und kämpften angetrieben von einem abgrundtiefen Hass auf alles, was anders war, und dieser Hass verlieh ihnen noch größeren Mut. Gesellte sich zu den Massakern des Krieges noch das Massensterben aufgrund von Krankheiten, denen ihr Menschenschlag mit besonderer Leichtigkeit zu erliegen schien, dann konnte das Schicksal der Ihren zweifellos kein anderes als ihre Ausrottung sein.

Sie legten in der Bucht an und stiegen von den Flößen ab, um die Insel zu erkunden. Bald stellten sie fest, dass sie menschenleer war. Die Insel hatte eine dreieckige Form, und an jedem der drei Eckpunkte erhob sich der Krater eines inaktiven Vulkans. Tiere gab es praktisch nicht, die Vegetation jedoch war üppig, mit großen Palmenwäldern und dichten Toromiro- und Hibiskussträuchern. Sie sollten sich an die Ressourcen der Umgebung anpassen. Sie würden ihre Nahrung durch Fischfang und Landwirtschaft beschaffen und ihren Durst mit Regenwasser und – dank der Quellen – mit Grundwasser stillen, das im Inneren der von Höhlen durchlöcherten Insel dahinfloss, die das Inselplateau und die Steilküsten prägten.

Der Anführer des Klans erklärte diesen von der restlichen Welt abgeschiedenen Ort zur neuen Heimat seines Volkes. Er wusste, dass die Menschen früher oder später auch an diese ferne Insel gelangen würden, die aus der endlosen Weite des Ozeans herausragte. Er glaubte jedoch, dass bis dahin noch einige Jahrhunderte vergehen könnten, und in dieser Zeit, so hoffte er, könnten die Letzten der Ihren in Frieden leben.

Sein Volk blickte auf eine lange Tradition der Monumentalarchitektur unter Anwendung hoch entwickelter Techniken zurück. Auf dem Kontinent hatten sie Festungen unermesslicher Ausmaße errichtet, um sich gegen Angreifer zu verteidigen. Sofort entdeckten die Ingenieure und Bildhauer einen Steinbruch in einem Vulkanhang, dessen Rohmaterial sich für ihre Bauwerke eignen könnte. Auf der Insel ergab es überhaupt keinen Sinn, eine Verteidigungsanlage zu errichten. Doch auf die eine oder andere Weise wollte das arbeitsame Volk seiner Kreativität freien Lauf lassen und die

Tradition seiner Vorväter fortführen, weshalb alle begierig die Entscheidung ihres Oberhaupts abwarteten.

Um gegen das wilde Tosen der Wellen gegen die Riffe anzukommen und sich Gehör zu verschaffen, erhob der Anführer seine mächtige Stimme.

»Wir werden kolossale Skulpturen bauen, die unsere von den Menschen so verschmähten Gesichtszüge treu wiedergeben. Und wir werden die Insel mit Statuen füllen, die uns zu Ehren errichtet wurden«, rief er.

Die Letzten der Ihren wussten, dass sie die Insel angesteuert hatten, um dort zu sterben, auch wenn dies erst nach langer Zeit geschehen sollte. Auf jeden Fall sollte sie bis dahin niemand daran hindern, ein Erbe zu begründen, das sie der Nachwelt hinterlassen konnten.

Kapitel 1

Freitag

Moai: Monolith-Statue enormer Ausmaße in Form einer menschlichen Büste, charakteristisch für die Rapanui-Kultur. Der Begriff »Rapanui« benennt dabei das indigene Volk, die ethnische Gruppe ihrer Bewohner und deren Sprache. Moai finden sich an keinem anderen Ort der Welt und sind eine Eigentümlichkeit der Osterinsel.

Das letzte Licht des Tages breitete sich über das Inselplateau, die Basaltfelsen am Küstenstreifen und die Grenzenlosigkeit des Pazifischen Ozeans aus. Dieser dünne Aquarellumhang tauchte das Gras in einen Goldton und die ruhigen Gewässer in ein schimmerndes Türkisblau. Die Sonne zog sich hinter den Hang des Vulkans Rano Kau zurück, dessen Silhouette sich am Horizont sauber abzeichnete, und ließ einmal mehr zu, dass die Nacht die zwar winzige, aber zugleich erhabene und mysteriöse Osterinsel verschlang.

Es war Freitagnachmittag, und in der Ausgrabungsstätte war keine Menschenseele mehr. Nach einer Woche harter, aber durchaus nicht gering entlohnter Arbeit unter der gleißenden Sonne hatte die Grabungsmannschaft ihre wohlverdiente Arbeitspause über das ganze Wochenende angetreten. Ich jedoch vertrieb mir noch die Zeit mit dem Katalogisieren einiger Fundstücke, glücklich darüber, auf dieser Insel zu sein, aber auch etwas beunruhigt aufgrund einer Nachricht, die ich an genau diesem Morgen von den Lippen einer Person erhalten hatte, an die ich seit langer Zeit nicht gedacht und die ich nicht wiederzusehen erwartet hatte.

Die Gedanken, die mir durch den Kopf kreisten, versuchte ich beiseitezuschieben und konzentrierte mich auf die Aufgabe, die ich gerade erledigte, nämlich die Klassifizierung der Relikte, die wir an diesem Tag den Eingeweiden der Erde entrissen hatten. Mit einem Anflug eines Lächelns erinnerte ich mich an mein erstes Mal auf der Insel, elf Jahre zuvor. Damals war ich noch ein Archäologie-Neuling, der versuchte, seinen Mangel an Erfahrung mit Arbeit, Wille und viel Anstrengung wettzumachen. Jetzt, mit meinen einundvierzig Jahren, kehrte ich als Teil des Leitungsteams einer ehrgeizigen Expedition zurück, nachdem ich kürzlich zum stellvertretenden Direktor des Zentrums für die Erforschung der Rapanui-Kultur ernannt worden war. Als erster Spanier, dem das gelungen war, kam es mir immer noch seltsam vor, wenn meine chilenischen Kollegen der Universität Valparaíso vor meinen Namen, Germán Luzón de Estrada, die respektvolle Anrede *Don* setzten.

Ich beschloss, die mir im Dorf bevorstehende Begegnung nicht länger hinauszuzögern und verließ den Container, der als Büro diente. Eine sanfte Brise strich mir über das Gesicht, und der Duft nach warmem Gras stürmte auf meinen feinen Geruchssinn ein. Das Gebiet um den *Ahu* Vinapú war ausgewählt worden, um mit der ersten einer ganzen Reihe von sachdienlichen Prospektionen zu beginnen. Die *Ahu* waren die steinernen Zeremonialplattformen, auf denen die früheren Inselbewohner die *Moai* aufzurichten pflegten. Das Team hatte beschlossen, vier formvollendete Gruben um den *Ahu* Vinapú auszuheben, der eine besondere Bedeutung hatte. Deren Erkundung könnte uns Anhaltspunkte für die ersten menschlichen Siedlungen auf der Insel liefern.

Ich machte einige Schritte, und vor Verlassen des archäologischen Geländes bewunderte ich noch einmal eine dieser gigantischen Steinstatuen, die bereits zum allgemeinen Symbol für die Osterinsel geworden waren. Die Megalith-Skulptur war sich meiner Anwesenheit zwar nicht bewusst, jedoch bewirkte sie bei mir das Gefühl, ungeheuer klein zu sein. Die *Moai* besaßen rechteckige Köpfe, lange und gerade Nasen, dünne Lippen, mächtige Kinne und große Ohren, die bis zum Hals reichten. Seit dem Tag, an dem ich sie zum ersten Mal näher betrachtete, keimte eine Frage in mir auf, die mich obsessiv verfolgt hatte und für die es noch keine genaue Antwort gab: Wer waren wirklich die Vorbilder, die den einstigen Erschaffern als Inspiration für die Figuren dienten, deren Merkmale und Gesichtszüge sich bei keinem der polynesischen Stämme wiederfinden?

In der Tat gab die Geschichte der Osterinsel immer noch viele Rätsel auf und hatte von alters her die Faszination der Fachleute geweckt, die in den Abgrund ihrer Vergangenheit herabgeblickt hatten: die ungewisse Herkunft der ersten Siedler, die Legende von Hotu Matua – dem ersten *Ariki* der Insel –, die Herstellung und den Transport der riesigen *Moai*, den Bruderkrieg zwischen den »Langohren« und den »Kurzohren«, den Vogelmann-Kult, ihre noch nicht entzifferte Hieroglyphenschrift, den Kontakt mit den ersten europäischen Forschern und die Evangelisierung durch die katholischen Missionare kurz vor der endgültigen Annektierung durch Chile nach Abtretung ihrer Souveränität gegen Ende des 19. Jahrhunderts.

Im Grunde ließen sich jedoch sämtliche Mysterien vereinen und als ein großes Mysterium zusammenfassen: Wie war es möglich, dass sich auf einer so kleinen und von der Außenwelt vollkommen abgeschirmten Insel eine derart beispiellose Zivilisation entwickeln konnte, die in der Lage war, monumentale Darstellungen zu entwerfen, die denen der Gesellschaften im präkolumbischen Amerika ähnelten?

Widerwillig machte ich mich auf den Weg, um nicht vom Sonnenuntergang überrascht und plötzlich vom Atem der Nacht eingehüllt zu werden. Ich entschied mich für einen langen Spaziergang auf dem Nachhauseweg, denn bis Hanga Roa, Hauptstadt und einziger Ballungsraum der Insel, waren es nicht einmal anderthalb Kilometer. In meinem Innersten sträubte ich mich gegen die Begegnung mit jener Person aus meiner Vergangenheit. Allerdings hatte ich bereits zugesagt, und ein Rückzieher kam unter keinen Umständen infrage, denn ich brüstete mich damit, stets zu meinem Wort zu stehen.

Mein Weg führte mich an der Küste entlang, er war trocken und steinig und ohne jede Vegetation, soweit das Auge reichte, mit Ausnahme einiger bestellter Felder rings um eine Handvoll neu erbauter Einfamilienhäuser.

Einige Male hintereinander holte ich tief Luft und bereitete mich auf das vor, was kommen mochte.

Die Arbeiten in der archäologischen Ausgrabung waren zwei Wochen zuvor aufgenommen worden. Auch wenn wir noch keinen Fund von wirklichem Interesse verzeichnen konnten, waren wir nicht besorgt, denn wir hatten erst damit begonnen, an der Oberfläche zu kratzen und wussten, die echten Entdeckungen liegen gewöhnlich in den tieferen Schichten. Die Fristen stellten ebenfalls kein Problem dar. Wir hielten uns an den ursprünglichen Zeitplan und nahmen den für die Insel typischen bedächtigen Rhythmus an. Noch hatten wir mehrere Monate harter Arbeit vor uns, und wir hofften, danach die uns gestellten Ziele erreicht zu haben.

Die Ausgrabung wurde mit europäischen Geldmitteln finanziert, die größtenteils vom Kon-Tiki-Museum in Oslo zur Verfügung gestellt wurden, das sich zum Hauptgönner der Unternehmung erklärt hatte. Geleitet wurde das internationale Team von Erick Solsvik, dem Direktor dieses Museums, ein Anthropologe und weltweit anerkannter Experte für die Kultur der Osterinsel. Erick war ein typisches Exemplar eines norwegischen Chefs: Vom Körperbau her war er groß und stämmig wie ein Wikinger, besaß jedoch ausgeprägte intellektuelle Fähigkeiten und ungemein kultivierte Manieren. Dies war sein dritter Aufenthalt auf der Insel, der rein beruflicher Natur war.

In meiner Eigenschaft als Teamleiter der archäologischen Forschungsgruppe war ich der Zweite an Bord. Erick hatte mich aufgrund unserer Freundschaft in dieses Projekt geholt, die nach mehrmaligen Begegnungen im Rahmen von Foren und Kongressen zum Thema Rapanui-Kultur um den halben Globus entstanden war.

Hans Ottomeyer, ein deutscher Geologe und Vulkanologe, war der wissenschaftliche Verantwortliche der Expedition und bildete das dritte Standbein, auf das sich das Projekt stützte. Er war freundlich, wenn auch schüchtern und zaghaft, und seine gewissenhafte Arbeitsweise und hervorragende Ausbildung waren für Erick Grund genug gewesen, ihm den Vorzug zu geben vor allen anderen Kandidaten mit mehr Erfahrung.

Zum Team gehörte auch die junge Rapanui Sonia Rapu, eine frisch gebackene Archäologin, die uns alle mit ihrem Enthusiasmus und ihrer Arbeitslust übertraf und deren Status als Einheimische die Beziehungen zur Grabungsmannschaft – allesamt einheimische Inselbewohner – begünstigte.

Das Team wurde mit dem betagten Reinaldo Tepano abgerundet, einem als Vorarbeiter angestellten Einheimischen, der trotz seines Mangels an jeglicher Ausbildung bereits bei mehr Ausgrabungen beteiligt gewesen war, als er aufzuzählen vermochte und dabei stets unbestreitbare Professionalität an den Tag gelegt hatte.

Trotz der ausgeprägten Heterogenität der Gruppe und der dürftigen Erfahrung einiger ihrer Mitglieder gelang die vollkommene Integration und ein ausgesprochen gutes Arbeitsklima, was auf Ericks überragende Führungsqualitäten zurückzuführen war.

Die Strecke war kürzer als erwartet, und prompt schlenderte ich mit immer unsicherer werdenden Schritten im Straßengewirr des Stadtteils umher, in dem das Haus lag, das mein Ziel war. An diesem Morgen hatte mich unerwartet eine Rapanui-Frau namens Hanarahi aufgesucht, mit der ich während meines ersten Inselaufenthalts eine flüchtige Affäre hatte.

Es war so viel Zeit verstrichen seit damals, sodass es mir heute vorkam, als habe diese Geschichte in einem anderen Leben stattgefunden, welches ich nicht einmal als mein eigenes wiedererkannte. Und in gewissem Maße war es auch so, denn zu jener Zeit war ich noch ein eingefleischter Junggeselle, unabhängig bis ins Mark, ohne die geringste Absicht, eine Familie zu gründen und die Verantwortung zu übernehmen, die eine solche Verpflichtung beinhaltete. Jetzt aber sah die Realität ganz anders aus: Ich hatte eine Ehefrau und zwei Kinder, die ich schrecklich vermisste. Mir hatte sich eine einmalige Gelegenheit aufgetan, und so hatten mich die Pfade meiner beruflichen Laufbahn bis nach Chile geführt, an den Ort, an dem ich einige Zeit verbleiben musste, während meine Familie in Spanien stoisch auf meine Rückkehr wartete.

In den frühen Morgenstunden war Hanarahi vor der Tür der Pension aufgetaucht, in der ich mich einquartiert hatte. Ich erkannte sie sofort wieder. Sie hatte sich kein bisschen verändert, seit ich sie vor mittlerweile mehr als zehn Jahren kennengelernt hatte. Noch immer besaß sie die exotische Ausstrahlung, die sie zur typischen Südseeschönheit machte.

Zu jener Zeit war Hanarahi ein junges Mädchen und gehörte einer Rapanui-Folkloretruppe an, die in Hotels, Restaurants und anderen Unterhaltungslokalen auftrat. Es war während einer solchen Show, zu der sich alle Expeditionsteilnehmer zum Abschied eingefunden hatten – bis zum Abschluss der Arbeiten blieb weniger als eine Woche –, als sich unsere Wege kreuzten. Hanarahi bewegte ihre Arme und Hüften zu den Rhythmen der tahitianischen Musik, und die angeborene Sinnlichkeit, die sie dabei versprühte, übertraf die der anderen Tänzerinnen. Auf der Stelle hatte ich nur noch Augen für sie; genauso erging es meinen Expeditionskollegen und den anderen Männern im überfüllten Lokal. Das Glück gesellte sich kurz vor Ende des Abends auf meine Seite. Bei den Tänzerinnen war es nämlich üblich, einige Zuschauer auf die Tanzfläche zu bitten, damit diese etwas zu der Abendveranstaltung beitrugen.

Aus welchem Grund auch immer: Hanarahi wählte mich aus, und von diesem Moment an ließ ich mir die Gelegenheit nicht entgehen und setzte alle Hebel meiner Verführungskunst in Bewegung, die zu der Zeit durchaus nicht zu verachten war. Die späteren Drinks, die wir einander ausgaben, und der besondere Zauber des Abends erledigten den Rest. Erinnern kann ich mich einzig daran, dass wir uns bei Tagesanbruch in der »Höhle der Verliebten« wiederfanden. So wird eine Höhle am Strand von Anakena volkstümlich genannt, an deren Eingang die Pärchen ihre Unterwäsche an einen Pfahl anzuhängen pflegen – als Warnung für ungebetene Besucher.

Wir genossen noch zwei weitere Treffen voller Leidenschaft, bis ich vier Tage darauf die Insel verließ und nie wieder von ihr hörte.

Das unverhoffte Wiedersehen mit Hanarahi missfiel mir durchaus nicht, im Gegenteil: Ich errötete sogar angesichts der Galerie an heißen Bildern, die meiner Erinnerung entsprangen und die mein Gedächtnis dann und wann wachzurufen pflegte. Die Sache, die sie mir mitzuteilen gekommen war, durchfuhr mich jedoch mit der Intensität eines Fausthiebs und genügte, um meine Welt augenblicklich umzukrempeln. Ohne größere Vorreden und nach einem kurzen Gruß machte mir Hanarahi mit gefasster Stimme und glänzenden Augen ein dramatisches Geständnis. Unsere kurze Beziehung hatte eine bedeutsame Konsequenz: Ich war, nicht mehr und nicht weniger, Vater eines Mädchens im Alter von zehn Jahren.

»Ihr Name ist Maeva«, meinte sie und bemerkte nicht, dass der feierliche Charakter der Nachricht mich für den Moment hatte taub und stumm werden lassen.

Mein Gesichtsausdruck, unterstrichen durch mein verblüfftes Schweigen, muss einen solchen Grad der Verwirrung widergespiegelt haben, dass Hanarahi mich beruhigte, noch bevor ich Zeit gehabt hätte, in die Defensive zu gehen oder irgendeine ungewöhnliche Reaktion an den Tag zu legen. Einerseits beharrte sie darauf, mir keinen Vorwurf zu machen. Es war offensichtlich, dass ich nie erfahren hatte, was geschehen war, gerade weil sie es so gewollt hatte. Andererseits versicherte sie mir, auch jetzt nicht die Absicht zu haben, etwas von mir zu verlangen, so wie sie bisher niemals etwas gefordert habe. Der einzige Grund, der sie dazu geführt habe, ihr Geheimnis preiszugeben, war das Recht eines jeden Kindes, über seinen Vater Bescheid zu wissen. Und da ich mich nun auf der Insel befand, bat sie mich, einen Teil meiner Zeit mit Maeva zu verbringen, um den Traum eines Mädchens Wirklichkeit werden zu lassen, das mit der Sehnsucht nach der Zuneigung eines abwesenden Vaters aufgewachsen sei.

Natürlich willigte ich in ihren sowohl vernünftigen als auch legitimen Wunsch ein, auch wenn in mir Zweifel aufkamen. Denn mir entging nicht, dass vom Augenblick des Kennenlernens an sich die Maeva gegenüber eingegangene Verpflichtung nicht auf meinen Aufenthalt auf der Insel beschränken, sondern sicherlich für den Rest meines Lebens fortdauern würde.

Ich blieb vor dem Haus stehen, in dem nach ihren eigenen Angaben Hanarahi wohnen musste. Es war ein einstöckiges Holzhaus, abgegrenzt durch ein Eingangstor, das sich zu einem dicht bewachsenen Garten hin öffnete, der mit einer ganzen Schar an exotischen Blumen bepflanzt war. Wie angewurzelt stand ich da und hatte Angst, einen einzigen Schritt zu tun. Bis zum Bersten angespannt schaute ich in alle Richtungen auf der Suche nach einer Klingel oder etwas anderem, womit ich hätte anklopfen können. Da ich nichts Derartiges fand, beschloss ich, den Torriegel beiseitezuschieben, den Garten zu durchqueren und bis zur Tür unterhalb des Vordachs zu gelangen. Ich war nicht einmal einen halben Meter weitergekommen, als eine zierliche Gestalt im Hausflur erschien, eingefangen in einem Schattengeflecht, das ihr Gesicht verschleierte. Hanarahi machte das Licht an, und in ihrem ersten Blinzeln glaubte ich, einen ernsten Blick zu erahnen, der aber sofort verschwand und ihrem üblichen heiteren Ausdruck voller Sympathie Platz machte.

»Danke, dass du gekommen bist, Germán«, sagte sie. »Ich dachte schon, du würdest es nicht tun.«

Von der Sonne blieb keine Spur mehr, und die ersten Sterne hatten bereits mit der Besiedlung des Firmaments begonnen. Gewiss, ich hatte mich mehr als erwartet verspätet.

»Es tut mir leid«, murmelte ich. »Aber hier bin ich. Besser spät als nie. Versteh bitte, dass es für mich nicht einfach ist.«

Hanarahi trug mir das nicht nach, vor allem, nachdem sie gemerkt hatte, wie angespannt ich war.

»Entspann dich, Germán. Und sei nicht so ängstlich, versuch lieber, den Moment zu genießen.«

Ich dankte ihr für ihre beruhigenden Worte, auch wenn sie leider nicht zu meiner Entspannung beitrugen.

Hanarahi gab mir ein Zeichen zu warten und verschwand in Inneren des Hauses. Ich blieb wie festgenagelt mitten im Garten stehen und hob mich kaum von den um mich herum wachsenden Pflanzen ab, auf halbem Wege zum Tor, das ich gerade durchquert hatte.

Sekunden später tauchte Hanarahi wieder in der Haustür auf. Ihr voran ging ein Mädchen, das sie vorsichtig voranschob, damit es sich mir näherte. Als ich merkte, dass Maeva genauso nervös wie ich war, schenkte ich ihr mein wärmstes Lächeln.

Maeva machte ein paar Schritte vorwärts und musterte mich mit offensichtlicher Aufregung und einem freudvollen Blick von oben bis unten. Mit ihrer kurzen Mähne, die genauso schwarz war wie ihre Augen, und ihrer leicht abgeflachten Nase wies ihr ovales Gesicht die wesentlichen Züge auf, die das Rapanui-Volk auszeichnete. Allerdings hatten meine Gene offensichtlich auch ihre Spuren hinterlassen: Die Haut der Kleinen war etwas heller als der Durchschnitt, und die Kurve ihres Mundes hatte zweifelsohne Ähnlichkeit mit dem meiner Wenigkeit.

Hätte ich es erklären müssen, wären mir keine Worte in den Sinn gekommen, doch in der Tat genügte es, sie anzuschauen, um zu spüren, dass mich eine starke Verbindung mit diesem Mädchen vereinte, dessen Existenz mir bis zu jenem

Morgen unbekannt gewesen war. Ich brauchte keine Beweise oder Dokumente: Maeva war meine Tochter, und nichts konnte sich mit diesem mächtigen Gefühl messen, das in meinem tiefsten Innersten aufkeimte.

»*Ko koa riva riva a au o tu uai i nei. Iorana a Rapa Nui*«, sagte sie.

Maeva entwaffnete mich im Handumdrehen. Meine Kenntnisse der einheimischen Sprache beschränkten sich auf »Hallo« und »Auf Wiedersehen« oder »Bitte« und »Danke«. Mein offensichtlich panischer Gesichtsausdruck brachte sie vermutlich dazu, sich meiner zu erbarmen.

»Willkommen auf der Osterinsel. Ich freue mich sehr, dass du hier bist«, wiederholte sie im Anschluss in perfektem Spanisch, was nicht ungewöhnlich war, denn die neuen Generationen der Osterinsulaner sprechen als zweite Muttersprache Spanisch.

Ihre Worte klangen jedoch nicht natürlich, sondern eher so, als ob sie viel Zeit investiert hätte, um diese Einleitung einzuüben.

»Du musst Maeva sein, richtig?«, stellte ich fest und fühlte mich prompt wie ein Idiot ob der Offensichtlichkeit meiner Beobachtung.

Maeva nickte.

»Und du, mein Papa ...«

Es klang seltsam, aber so war es. Und auch wenn schon eine Verbindung zu diesem Mädchen bestand, so musste ich mir eingestehen, mich in dieser Situation etwas unwohl zu fühlen. Ich merkte, dass es Maeva ähnlich erging. Wahrscheinlich hatte sie unendliche Male von diesem Augenblick geträumt, doch auch wenn ich ihr Vater war, so stand ich gerade nur als ein Fremder vor ihr, den sie gerade kennengelernt hatte.

Schließlich ging ich auf sie zu, um unser erstes Treffen zu besiegeln; eine Gelegenheit, die Maeva wahrnahm, um sich auf mich zu stürzen und ihre Wange gegen meinen Bauch zu pressen. Ich fühlte, wie sie mich mit all ihrer Kraft umarmte. Dann ging sie einen Schritt zurück und hob den Kopf, um mich anzusehen. Sie strahlte förmlich vor Glück. Ich wusste nicht, was ich sagen sollte. Eine Flut intensiver Emotionen hatte meine Urteilsfähigkeit getrübt.

Nach diesem impulsiven Anfall von Herzlichkeit wirkte Maeva erneut etwas gehemmt und wich zu ihrer Mutter zurück.

Hanarahi nahm unverzüglich die Zügel der Situation in die Hand und bat mich, mich zu ihnen an den Tisch auf der Veranda zu setzen. Als roter Faden, um das Eis zu brechen, übernahm Hanarahi die Moderation und stellte mir eine Frage nach der anderen. Damit verfolgte sie lediglich das Ziel, Maeva Dinge über mich erfahren zu lassen und sie an meine Anwesenheit zu gewöhnen. Ich beantwortete erfreut ihre Fragen, und nach und nach hörte meine Tochter aus meinem eigenen Munde, woher ich kam, was ich arbeitete und was ich dort machte. Auch bekam ich die Gelegenheit, auf meine Familie in Spanien zu sprechen zu kommen, ohne genauer ins Detail gehen zu müssen.

Später nahm ich die mir logischerweise zustehende Rolle an und wandte mich an Maeva, um ihr interessiert Fragen zu ihren Hobbys und Vorlieben zu stellen. Maeva entspannte sich immer mehr und verhielt sich zunehmend natürlicher. Hanarahis Strategie, gefühlvoll an die Begegnung heranzugehen, ging langsam auf.

Einmal fühlte ich die Vibration des Mobiltelefons in meiner Hosentasche, entschied jedoch, den Anruf aufgrund der Umstände zu ignorieren.

Kurz darauf nutzte Hanarahi die Gelegenheit, dass Maeva und ich uns mitten in einer Unterhaltung befanden, und ging ins Haus. Nachdem sie den Beginn unseres Treffens beaufsichtigt hatte, entschied sie, uns allein zu lassen und meiner flehenden Geste, sich nicht vom Fleck zu rühren, keinerlei Beachtung zu schenken. Meine größte Angst jedenfalls, Maeva würde mir vorwerfen, ihr ganzes Leben nicht anwesend gewesen zu sein, hatte sich bereits vollkommen verflüchtigt. Hanarahi hatte mich von jeglicher Schuld befreit, und so muss es wohl auch rübergekommen sein.

Als wir allein waren, fühlten wir uns beide anfangs etwas unbehaglich. Maeva war diejenige, die als erste das Schweigen brach.

»Wenn ich groß bin, will ich Archäologin werden wie du«, meinte sie und gab den Blick frei auf eine Reihe auffallend weißer Zähne.

Ich war mir nicht sicher, ob sie mir damit schmeicheln wollte oder ob das ihr Ernst war.

»Ich möchte kein Spielverderber sein«, entgegnete ich, »aber ich fürchte, dieser Beruf ist weitaus langweiliger, als du denkst. Was meinst du, womit wir uns befassen?«

Maeva hob die Augenbrauen und antwortete mit absoluter Überzeugung.

»Mit der Rettung von Schätzen, die Tausende von Jahren in der Erde begraben lagen.«

Das war keine schlechte Antwort.

»Teilweise hast du recht«, gab ich zu, »doch neben der Feldarbeit müssen wir auch dem Studium und der Auswertung der gefundenen Stücke viel Zeit widmen. In Wirklichkeit sind wir Archäologen quasi Detektive der Vorzeit. Wir untersuchen die Vergangenheit untergegangener Zivilisationen und versuchen, ihre Geschichte und Kultur zu rekonstruieren, bevor der Nebel der Zeit diese verblassen lässt. Und besonders die Osterinsel ist heute noch voller Rätsel, von denen weiterhin die Fachleute angelockt werden, sowohl die älteren als auch die neuen Generationen.«

Die Faszination, die uns Wissenschaftler gefangen nahm, konnte man uns auch nicht verdenken. Weder ihre abgeschiedene geografische Lage noch die extremen orografischen Besonderheiten, das heißt, die ihrer Oberflächenstruktur, haben verhindert, dass sich in ferner Vergangenheit ein Seefahrervolk auf diesem Vulkanfelsen niederließ und eine beeindruckende Megalithkultur entwickelte, die in ganz Ozeanien einzigartig ist.

Maeva runzelte die Stirn, als ob sie nicht ganz verstanden hätte, warum wir Archäologen bei ihrer Insel dermaßen den Kopf verloren oder welche Rätsel genau die Experten so verwirrten. Konnte man ihr das etwa vorhalten? Sie wurde dort geboren, und die von ihren Vorfahren geschaffenen Meisterwerke gehörten zum Alltag; für sie war das Außergewöhnliche nichts weiter als Routine. Um ihr zu helfen, das alles zu verstehen, umriss ich in groben Zügen die wesentlichen Probleme, vor denen die moderne Archäologie stand.

»Die erste Unbekannte bezieht sich auf die Herkunft der ersten Siedler. Die Experten sind sich noch uneinig darüber, ob diese aus dem Osten oder aus dem Westen stammten, das heißt, vom amerikanischen Kontinent oder von den Inseln Polynesiens.

Dann ist da noch das mysteriöse Geheimnis, das die *Moai* umgibt. Es gibt zahlreiche Theorien, die die Herstellungsweise und den Transport der Kolosse zu erklären versuchen. Sie sind ohne die Anwendung von mechanischen Instrumenten oder Metallwerkzeugen entstanden, und das bei einem Steinzeitvolk. Doch bis dato konnte keine von ihnen eine ausreichend zufriedenstellende Antwort liefern.

Und schließlich treffen wir auf das Rätsel der hölzernen Schrifttafeln *Kohau Rongo-Rongo*, die auf der Insel gefunden wurden. Sie tragen eine auf den polynesischen Archipelen einzigartige Hieroglyphenschrift, die bis heute nicht entziffert werden konnte.«

Maeva wandte ihre scharfsinnigen Augen nicht von den meinen ab. Es schien, als ob ich sie nicht langweilte, sondern, im Gegenteil, ihr Interesse geweckt hätte.

»Verstehst du nun, wieso die vielen Mysterien auch den gleichgültigsten aller Archäologen faszinieren?«

Maeva nickte, und der Glanz in ihren Augen verriet, dass ihr Blick auf die Insel nun ein ganz anderer war.

»Allerdings«, schloss ich ab, »ist es am wahrscheinlichsten, dass all diese offenen Fragen für immer eine Antwort schuldig bleiben, denn für die Rekonstruktion der Geschichte der Insel bleibt uns Experten nichts anderes übrig, als uns an die ungemein verarmte mündliche Überlieferung zu halten, an die Legenden und die Interpretation der bis dahin entdeckten Funde.«

An diesem Punkt der Unterhaltung erschien Hanarahi in der Türschwelle. Ihr breites Grinsen deutete an, dass sie sehr zufrieden war.

»Germán, es ist Zeit zum Abendessen. Möchtest du bleiben und mit uns essen?«

Aus Maevas Reaktion schloss ich, dass sie nicht eingeweiht war in die Pläne ihrer Mutter, die immer mehr den Anschein einer Überrumpelungsaktion hatten. Impulsiv schüttelte ich den Kopf. Ich wolle nicht zur Last fallen und lehnte zunächst die Einladung ab.

In diesem Augenblick erwachte mein Mobiltelefon wieder zum Leben und vibrierte mit Nachdruck. Es war Freitagabend, und ich hatte keine Ahnung, wer mich hätte anrufen wollen. Das Telefon wurde nur von den Mitgliedern des Teams benutzt, hauptsächlich für berufliche Belange. Ich holte den Apparat hervor und hielt ihn in meiner rechten Hand. Auf dem Display war der Name Erick Solsvik zu lesen, des Grabungsleiters.

Diesen Anruf sollte ich entgegennehmen. Ich entschuldigte mich und ging in den Garten, um etwas Privatsphäre zum Sprechen zu haben.

»Erick?«

»Germán, da bin ich erleichtert! Endlich erwische ich dich.« Seine Stimme klang hektisch und sehr erregt, was in offenem Kontrast zum für gewöhnlich phlegmatischen und gefassten Charakter des norwegischen Anthropologen stand. »Hörst du mich gut? Hast du guten Empfang?«

»Ja ja, es ist alles gut. Verzeih, dass ich vorhin nicht geantwortet habe, aber der Anruf kam ungelegen.«

»Macht nichts, Germán. Jetzt hör mir aufmerksam zu. Ich weiß, das wird sich seltsam anhören, aber du musst mir glauben. Ich habe gerade die wichtigste anthropologische Entdeckung der letzten einhundert Jahre gemacht. Ein Fund, der zur Lösung der Rätsel nicht nur der Osterinsel, sondern auch der anderen alten Zivilisationen der Menschheit beitragen wird.«

Ich erwiderte nichts, wobei mir Ericks zuckende Atmung am anderen Ende nicht entging. Selbstverständlich entbehrte das, was er von sich gab, jeder Logik oder war zumindest grenzenlos übertrieben. Es war schon dunkel, und ich war als Letzter gegangen. Das Ausgrabungsgelände musste bereits seit Stunden menschenleer sein. Es musste sich um einen Scherz handeln, eine andere Erklärung gab es nicht. Das einzig Merkwürdige war dennoch, dass dieses Verhalten so gar nicht dem Charakter des Norwegers entsprach.

»Germán? Bist du noch da?«

»Ja, Erick. Ich habe nur versucht, deine Worte zu verdauen.«

»Du musst sofort herkommen, damit du es mit deinen eigenen Augen sehen und bestätigen kannst.«

Das roch immer mehr nach einer List, auf die ich hereinfallen sollte.

»Warte eine Minute. Weiß noch jemand davon? Hast du schon die anderen Teammitglieder angerufen?«

»Ja, neben mir ist jetzt gerade …«

Die Verbindung wurde jäh unterbrochen. Zu hören war jetzt nur ein unterbrochener Piepton, und als ich versuchte, ihn zurückzurufen, gab sein Telefon keine Lebenszeichen mehr von sich. Entweder hatte er es ausgeschaltet oder der Akku war leer.

Von der Veranda aus beobachteten mich Hanarahi und Maeva erwartungsvoll, eingefangen vom Lichtkegel der einzigen Lampe, die vom Dach hing. Schließlich entschied ich mich zur Vorsicht. Ich nahm Hanarahis Einladung an und wollte einen erneuten Anruf Ericks abwarten, der mir bestätigen sollte, dass diese Inszenierung nur ein schlechter Scherz gewesen war.

Den Rest des Abends widmete ich Maeva und genoss das improvisierte Zusammensein mit ihr. Hanarahi übernahm während des Essens die Leitung und erlaubte mir nicht, vom Tisch aufzustehen, um ihr wenigstens bei Kleinigkeiten behilflich zu sein. Zum Essen servierte sie ein exquisites Gericht aus gegrilltem Fisch, der einen köstlichen Duft verströmte und ein noch besseres Geschmackserlebnis war. Ich genoss die Speise und saugte dabei Maevas Anwesenheit auf mit der Absicht, sie bis ins kleinste Detail kennenzulernen.

Ich wollte die verlorene Zeit nachholen und ihr an einem einzigen Tag all das wiedergeben, was ich ihr während der vielen Jahre, in denen ich nichts von ihrer Existenz wusste, nicht hatte bieten können. Überrascht bemerkte ich, dass wir einige Gesten gemein hatten. Maeva hatte vor allem die Angewohnheit, einige Male kräftig zu blinzeln und dann die Augen übermäßig weit zu öffnen. Das machte ich schon mein ganzes Leben lang.

Maevas Persönlichkeit vereinte die charakteristischsten Attribute der ethnischen Gruppe der Rapanui, und auch Hanarahi wies diese auf. Die Osterinsulaner waren im Allgemeinen einfache Leute, herzlich und sehr kommunikativ. Sie besaßen starke Überzeugungen und waren äußerst stolz auf die Traditionen ihres Volkes. Die Bevölkerung der zu Chile gehörenden Osterinsel, die von den Einheimischen Rapa Nui genannt wurde, belief sich bereits auf mehr als fünftausend Einwohner. Zwei Drittel waren indigener Abstammung, während der Rest im Wesentlichen Chilenen vom Festland waren. Wirtschaftlicher Hauptmotor der Insel war eindeutig der Tourismus, die Fischerei hingegen war zweitrangig.

Je später es wurde, desto wohler fühlte ich mich in der Rolle des »frischgebackenen« Vaters, die mir der Zufall zugespielt hatte. Maevas Augen blitzten jedes Mal auf, wenn ich sie liebkoste oder Worte der Zuneigung an sie richtete. Dann nämlich zeichnete sich ein breites Grinsen ab, das ihre Wangen hinaufstieg und genau auf mein Herz zielte.

Trotz alledem kreiste mir die wunderliche Behauptung aus Ericks Mund – von dem ich den ganzen Abend keine weiteren Nachrichten erhielt – die ganze Zeit im Kopf herum wie eine um eine Honigwabe schwirrende Biene.

»Die wichtigste anthropologische Entdeckung der letzten einhundert Jahre.«

Kapitel 2

Samstag

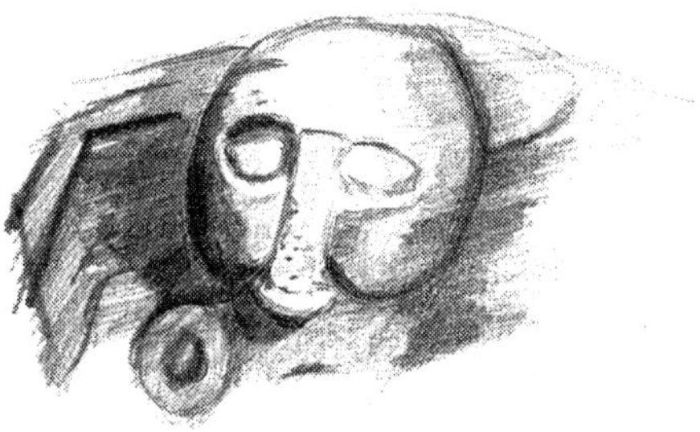

Make-Make: Oberste Gottheit in der Mythologie der Osterinsel als Schöpfergott der Menschheit und aller Dinge. Auf einigen Petroglyphen der Insel ist der Gott Make-Make dargestellt, dessen Merkmale seine großen runden Augen und sein fester eindringlicher Blick sind. Die Legende besagt, Make-Make habe den ersten Siedlern, die vom legendären Ariki Hotu Matua geleitet wurden, die Lage der Osterinsel enthüllt.

Am nächsten Morgen wachte ich auf und grübelte darüber nach, wie ich meine Frau von der Existenz meiner gerade erst entdeckten Tochter auf der Osterinsel in Kenntnis setzen sollte, die wie im Sturm in mein Leben getreten war und unter den mir liebsten Menschen bereits einen Vorzugsplatz einnahm. Meine beiden Kinder hatten ebenfalls das Recht, über Maeva Bescheid zu wissen. Auch wenn sie noch klein waren, so waren sie alt genug, um zu verstehen, dass am anderen Ende der Welt eine ältere Schwester auf sie wartete.

Auf der anderen Seite war ich beim Aufwachen praktisch davon überzeugt, dass Erick, dessen aufgeregter Tonfall schon aus weiter Ferne erklang, mit seinem Anruf nur den einen Zweck verfolgt hatte, auf meine Kosten für einige Lacher zu sorgen. Ein Teil von mir weigerte sich allerdings, diese Hypothese als richtig zu erachten. Sie stand im natürlichen Widerspruch zu der eleganten Wesensart des norwegischen Anthropologen, auch wenn dieser den ganzen Abend nicht zurückgerufen hatte, um die Reichweite seiner geheimnisvollen Behauptung darzulegen.

Um das Mysterium zu lösen, versuchte ich, ihn auf seinem Mobiltelefon zu erreichen, ich empfing jedoch immer noch kein Signal. Ohne es nochmals zu überdenken, entschloss ich mich, ihm einen persönlichen Besuch in dem Hotel abzustatten, in dem er übernachtete. Anders als Erick hatte ich mich dafür entschieden, in einer dieser für die Insel typischen Pensionen abzusteigen, *Residenciales* genannt, die von einheimischen Familien geführt wurden, die ihre Gäste mit viel mehr Wärme und Zuvorkommenheit empfingen.

Im Hotel konnten sie mir aber keine Auskunft über Ericks Verbleib geben. Der Rezeptionist verneinte, ihn am Morgen beim Verlassen des Hotels gesehen zu haben, auch konnte er keine Angaben dazu machen, ob er am Abend zuvor überhaupt zurückgekehrt war, denn ein anderer Kollege hatte diese Schicht übernommen. Wie auch immer, beim Betreten des Zimmers stellte er fest, dass sich niemand darin befand.

Verdrossen beschloss ich, Kurs auf die Ausgrabung zu nehmen. Es war Samstag, von daher musste das archäologische Gelände verlassen sein. Wenn das zutraf, was mir Erick am Abend zuvor offenbart hatte, dann müsste ich ihn bei der Analyse des angeblichen Fundes antreffen. Ich stieg auf das Mountainbike, das ich gemietet hatte, und trat von Neugier angetrieben in die Pedale. Für kurze Strecken konnten die Fahrräder sehr nützlich sein, jedoch keineswegs für längere Entfernungen. Der Großteil der Wege auf der Insel war in einem ziemlich schlechten Zustand, holprig und voller Löcher.

Es kündigte sich ein heißer Tag an, was für diese Jahreszeit üblich war. Die Sonne erhob sich über den Ozean wie eine glühende Scheibe, die Strahlen glänzenden Lichts in Grün- und Ockertönen über die Insel warf.

Zu meiner Enttäuschung lag die Ausgrabung verlassen da.

Als erstes lenkte ich meine Schritte in Richtung des als einfaches Büro ausgestatteten Containers, in dem Erick, vor der Sonne geschützt, einen Großteil seiner Zeit zu verbringen pflegte. Ein kurzer Blick genügte, um festzustellen, dass alles in Ordnung war und nichts Auffallendes ins Auge stach. Daraufhin begab ich mich ins nebenstehende Lager, das wir benutzten, um die archäologischen Funde aufzubewahren, doch auch dort war alles so, wie ich es am Vortag selbst hinterlassen hatte. Schließlich ging ich wieder hinaus und untersuchte systematisch die rund um den *Ahu* Vinapú ausgehobenen Gruben: Sie waren alle intakt.

Wenn Erick wirklich der vermeintliche Fund gelungen war, dem er so große Bedeutung beigemessen hatte, dann konnte dies meiner Meinung nach unter keinen Umständen innerhalb des Ausgrabungsgeländes erfolgt sein. Andernfalls gäbe es irgendwelche Spuren, die dies bezeugen würden, und offensichtlich gab es keine.

Das Geräusch sich nähernder Pferdehufen unterbrach meine Gedankengänge. Mit der flachen Hand schirmte ich die Sonne ab und konnte die Umrisse des Tieres ausmachen, das den Weg entlang kam und bei jedem Schritt eine graue Staubwolke aufwirbelte. Pferde waren das beliebteste Transportmittel auf der Insel, vor allem bei der alteingesessenen Bevölkerung. Auf dem Pferderücken erkannte ich – welch tapfere Amazone – die wunderschöne Hanarahi, deren lange Mähne über ihre Schultern fiel und in der Brise sanft wehte. Auch wenn ihre einstige Schönheit nicht verflogen war, vom ersten Augenblick unseres Widersehens an war auf jeden Fall klar, dass die Umstände nun andere waren und das Feuer, das einmal zwischen uns gelodert hatte, jetzt nicht mehr entfacht würde. Dann erspähte ich Maeva, die hinter dem Rücken ihrer Mutter saß und sie mit einem Lächeln auf den Lippen umarmte.

Sicher, vor unserem Abschied am Vorabend hatte ich Hanarahi versprochen, am Samstag einige Zeit mit Maeva zu verbringen, ohne jedoch eine bestimmte Uhrzeit auszumachen. Und auch wenn ich nicht erwartet hatte, zu solch früher Morgenstunde beim Wort genommen zu werden, so hatte auch ich den Wunsch, mit dem Kind so viel Zeit wie möglich zu verbringen.

Das Pferd kam in einiger Entfernung zu der Abgrenzung der archäologischen Stätte zum Stehen. Ich ging ihnen entgegen und beeilte mich, sie zu begrüßen.

»Schön, euch zu sehen«, rief ich ihnen zu, »aber ich muss gestehen, dass ich euch nicht erwartet habe.«

»Guten Tag, Germán«, begrüßte mich Hanarahi. »Da bin ich und belästige dich schon am Morgen.«

Ohne Zweifel bemühte sich Hanarahi ernsthaft, eine feste Verbindung zwischen Maeva und mir entstehen zu lassen. Ich nahm an, dass sie sich schuldig fühlte, Maeva um die Erfahrung gebracht zu haben, mit einem Vater an ihrer Seite aufzuwachsen. Nun, da sich ihr die Gelegenheit bot, wollte sie ihrer Tochter einen Teil dessen zurückgeben, was diese hatte entbehren müssen. Gegen Hanarahi hätte ich selbst einen gewissen Groll verspüren können, weil sie mir all die Jahre Maevas Existenz verheimlicht hatte, ich kam jedoch zu dem Schluss, dass es nicht der Mühe wert war. Ich begriff, dass es für sie auch nicht einfach gewesen sein muss, diese Entscheidung zu treffen.

Ich nahm Maeva in die Arme und half ihr, vom Pferd abzusteigen. Ob sie zu diesem Zeitpunkt dort sein wollte oder nicht, das konnte ich nicht sagen. Wahrscheinlich hatte sie eher gemischte Gefühle. Einerseits brannte sie darauf, mit mir zusammen zu sein, andererseits nahm sie mich noch als einen Fremden wahr, den sie gerade erst kennengelernt hatte.

»Danke«, murmelte sie, als ich sie auf den Boden stellte.

»Wir mussten nach dir fragen. Doch wenn du zu beschäftigt bist«, fügte Hanarahi hinzu, »kann ich sie dir ein andermal vorbeibringen.«

»Das kommt nicht infrage!«, erwiderte ich. »Lass sie ruhig bei mir, denn an diesem Ort hier wird sie sich garantiert nicht langweilen. Ich verspreche, sie dir heil und gesund zurückzubringen – nach Möglichkeit sogar etwas kenntnisreicher, nachdem ich ihr einige einfache Prinzipien der Archäologie beigebracht habe.«

Hanarahi bedankte sich für meine Bereitwilligkeit, gab der Kleinen einen Kuss und dem Pferd die Sporen, um den Heimweg nach Hanga Roa anzutreten.

Als wir alleine waren, hakte ich nach:

»Meintest du nicht, du willst Archäologin werden?«

Maeva nickte und schaute mich durch ihre tiefschwarzen Augen andächtig an.

»Gut, dann wirst du heute Gelegenheit haben, das zu beweisen.«

Ohne Weiteres machten wir uns zu dem Lager neben dem Bürocontainer auf, wo wir das für die Arbeit erforderliche Material verstauten, beispielsweise Schaufeln, Spitzhacken und Schubkarren, außerdem auch die Instrumente für die topografische Vermessung und viele andere Geräte. Auf einem Tisch waren die bis dahin gemachten Funde aufgestellt, perfekt katalogisiert und verpackt. Die Stücke – steinerne Angelhaken, Werkzeuge aus Basaltgestein und Holzkohlefragmente – waren nicht sehr bedeutend, aber das machte nichts: Maeva betrachtete sie neugierig und hörte nicht auf, mir eine Frage nach der anderen zu stellen.

Schließlich stattete ich meine Tochter mit einer Dreieckskelle und einer Plastiktüte aus, worin sie die Proben hineinlegen sollte, und führte sie, die strahlend vor Glück war, zu einer der äußeren Gruben, wo sie ihr archäologisches Talent unter meiner direkten Aufsicht in die Tat umsetzen konnte.

Als sie sich im Inneren des Rechtecks befand, wies ich sie an, das Werkzeug zu benutzen, um die Erde wegzukratzen, und dabei stets behutsam und sehr aufmerksam vorzugehen – für den Fall, auf eine härtere Oberfläche zu stoßen, und damit ihr nicht das kleinste Stückchen entging, so winzig dieses auch sein mochte. Ich forderte sie heraus, eine kleine Statue oder das Korallenauge eines *Moai* zu finden, das sich einige Jahrhunderte zuvor von seiner Höhle gelöst hatte, und sie machte sich unverzüglich ans Werk.

Zwischen uns breitete sich eine Stille aus, die so schwer war wie die Brise, die von der Steilküste her wehte. Auch wenn wir Vater und Tochter waren, keinem von uns fiel etwas zu sagen ein.

»Ich habe darüber nachgedacht, was du mir gestern erzählt hast«, sagte Maeva schließlich, ohne mit dem Scharren aufzuhören, »und nun bin ich ganz verwirrt. Woher meinst du, kamen die ursprünglichen Siedler der Insel?«

Mich überraschte Maevas Interesse an den Mysterien, die ich ihr andeutungsweise auseinandergesetzt hatte und die die Archäologie seit Jahrzehnten zu ergründen versuchte ... Andererseits hätte sie das Thema auch anbringen können, nur um die Unterhaltung mit mir voranzutreiben. Jedenfalls war ich davon angetan, Licht in diese Angelegenheit zu bringen.

»Also, die am weitesten verbreitete Hypothese geht davon aus, dass die ersten Siedler der Osterinsel aus einer der zu Französisch-Polynesien gehörenden Inseln stammten. Für diese Theorie sprechen genetische Aspekte, die mündliche Überlieferung und auch die Sprache, denn das Rapanui gehört zu den Sprachen der ostpolynesischen Untergruppe wie das Mangarevanische, Tahitianische oder das Maori.«

»Und du bist auch dieser Meinung?«

»Ich glaube, eure direkten Vorfahren hatten polynesische Wurzeln, da gibt es keine Diskussion. Aber das bedeutet nicht zwangsläufig, dass das auch für jene zutrifft, die die Insel vor Tausenden von Jahren bewohnten.

Laut der anderen, weniger akzeptierten Hypothese, stammten diese Siedler von den Prä-Inkakulturen Südamerikas ab, was bedeutet, dass sie eine große Entfernung hätten zurücklegen müssen. Es wurde aber bewiesen, dass diese Reise an Bord eines Floßes ähnlicher Bauart wie derjenigen der damaligen Indios Perus wegen der günstigen Meeresströmungen und Passatwinde machbar ist. Diese Siedler hätten dann auch das Wissen um die Errichtung von Statuen und den Transport von Steinen beträchtlicher Ausmaße mit sich gebracht. Das sind Techniken, die in Südamerika beherrscht wurden, den Polynesiern jedoch unbekannt waren.

Der *Ahu* Vinapú vor uns beispielsweise ist einzigartig auf der Insel, denn es handelt sich um eine getreue Abbildung – praktisch einen Zwilling – der klassischeren Meisterleistungen der Vorfahren der Inka: eine Plattform aus riesigen Quadern von bis zu zehn Tonnen Gewicht, die so geschnitten wurden, als ob sie aus Gelatine bestünden, und so gut bearbeitet und poliert waren, dass sie ohne den Einsatz von Mörtel oder Zement perfekt ineinanderpassten.«

»Dann haben Leute vom amerikanischen Kontinent diese Mauer hier gebaut?«

»So scheint es, ja. Und wenn nicht, müssten wir davon ausgehen, dass die Polynesier diesen eindrucksvollen und äußerst komplexen architektonischen Stil aus einem unabhängigen Prozess heraus erschaffen haben, den sie hier von dem Augenblick ihrer Ankunft an auf der Insel entwickelten.

Trotz allem ist die offizielle Archäologie der polynesischen Herkunft der ersten Siedler weitaus zugeneigter und schätzt die Ankunft von Hotu Matua auf der Osterinsel, aus der Richtung einer noch unbekannten Insel Polynesiens kommend, etwa auf das vierte Jahrhundert unserer Zeitrechnung.

Hotu Matua stellt für die einheimischen Insulaner eine mythische Figur dar, eine Art Schöpfungsheld der Rapanui-Kultur, er ist ihr prominentester Ahne. In groben Zügen erzählt die Legende, dass Hotu Matua der *Ariki*, das heißt der König, einer mythischen Insel namens Hiva war, die aufgrund einer bevorstehenden Flutkatastrophe dem Untergang geweiht war. Doch bevor sich dieser Schicksalsschlag ereignete, offenbarte der Gott *Make-Make* einem seiner Ratgeber im Traum die Existenz einer bewohnbaren Insel weiter östlich. Hotu Matua zögerte nicht und steuerte im Gefolge seines ganzen Volkes diese Insel an.«

Maeva rümpfte die Nase. Auch wenn sie sich Mühe gab, der Geschichte zu folgen, so schien die Arme immer verwirrter zu sein.

»Dann glaubst du nicht, dass Hotu Matua aus dem Westen kam, wie unsere mündliche Überlieferung besagt?«, fragte sie.

»Manchmal sind die Dinge nicht so einfach«, erwiderte ich. »Die Legende von Hotu Matua – wie viele andere Legenden, die von den Ethnologen im späten 19. und zu Beginn des 20. Jahrhunderts aufgegriffen wurden – gibt es in verschiedenen Versionen, die je nach dem Ursprung ihrer Quelle variieren. Wusstest du beispielsweise, dass laut einer sehr wenig verbreiteten Variante die Insel bereits vor Ankunft des legendären *Ariki* bewohnt war?«

Maeva überlegte still und begriff nach und nach die Zwickmühlen der Archäologie.

»Der ein oder andere angesehene Autor«, fügte ich hinzu, um meine Ausführungen abzuschließen, »äußerte sogar die Behauptung, dass die ersten Siedler und wirklichen Urheber der *Moai* einer uralten vorsintflutlichen Zivilisation angehörten, die eines Tages aufgrund einer alles zerstörenden Katastrophe verschwand, ohne Spuren zu hinterlassen. Das geschah sicherlich in einem schwachen Moment und geleitet von einer übertriebenen Vorstellungskraft.

Was auch immer in grauer Vorzeit geschehen ist, wir werden es nie mit Sicherheit wissen …«

***

389 n. Chr. – Osterinsel

Die Letzten der Ihren bewohnten weiterhin die Insel, und dies seit dem Tag, an dem ihre Vorfahren diese etwa vor eintausendsechshundert Jahren kolonialisiert hatten. Bis zu diesem Datum war es seit Urzeiten die längste Friedensperiode, die ihr Volk erleben durfte, das seit jeher in einer Schlacht nach der anderen den Kampf ums Überleben gewohnt war. Die Bevölkerung war angewachsen, und ihre gegenwärtige Zahl betrug an die fünfhundert Bewohner, wobei ein Rückgang zu verzeichnen war, der jedoch nichts

Ungewöhnliches darstellte, denn die Ihren hatten sich von alters her und aus einer natürlichen Ursache heraus nur spärlich vermehrt.

In all der Zeit hatten die Ansässigen über Generationen hinweg unablässig jene titanischen Statuen erbaut, mit denen es ihnen gelang, einen Großteil der Insel zu bevölkern. Der Herstellungsprozess schritt nur extrem langsam voran. Versierte Bildhauer gab es nur wenige, und die oberste Priorität konnte nur darin bestehen, Nahrung zu beschaffen, damit trotz der knappen Ressourcen, die ihnen die Insel bieten konnte, ihr alltägliches Überleben gesichert war. Für die Herstellung eines Moai brauchte es Jahre, manchmal sogar Jahrzehnte. Die Fertigbearbeitung der Skulpturen, deren Ausmaße mit jedem Mal zunahmen, musste absolut perfekt und der Ausdruck eines jeden Kolosses identisch mit dem seines Vorgängers sein. Außerdem sahen sie sich nicht selten gezwungen, noch während sie den Felsen mit ihren Beilen behauten, eine halb fertige Statue aufzugeben, da sie auf einen Riss oder eine Schlackenader gestoßen waren, die das Werk verunstalteten oder dessen Fertigstellung unmöglich machten.

Ferner widmeten sie sich der Errichtung der Ahu, jener Plattformen aus riesigen Steinquadern, auf die sie die Moai hoben und um die herum ein rechteckiger Platz angelegt wurde, der in der Regel gepflastert war. Ihr Volk besaß nicht nur fortgeschrittene Kenntnisse der Ingenieurskunst, es war auch außerordentlich versiert in der Sternenkunde. Daher wurden die Standorte der Ahu so ausgewählt, dass diese nach präzisen astronomischen Beobachtungen ausgerichtet waren, beispielsweise in Richtung der aufgehenden Sonne bei der Wintersonnenwende am kürzesten Tag des Jahres.

Die Weisen ihrerseits hielten die Einzelheiten der tausendjährigen Geschichte ihres Volkes auf Holztäfelchen fest und verwendeten dafür ihre eigene Hieroglyphenschrift. Man könnte behaupten, die Geschichte der Ihren sei von dem Zeitpunkt an stehengeblieben, an dem sie diese ferne Insel angesteuert hatten. Es wäre aber vergeblich gewesen abzustreiten, dass ihr Menschenschlag vor langer Zeit für immer ausgestorben wäre, wenn sie es nicht getan hätten.

Der lang andauernde Zeitabschnitt der Isolation fand eines Morgens ein jähes Ende, als sie vom höchsten Punkt der Steilküste aus ein Boot erblickten, das sich der Küste näherte. Die schlimmste ihrer Befürchtungen hatte sich letztendlich bewahrheitet. Schon immer hatten sie gewusst, dass früher oder später andere Menschen hierher auf die Insel gelangen würden.

Der Anführer verlor nicht im Geringsten die Fassung. Nachdem er über die Lage ins Bild gesetzt worden war, marschierte er zusammen mit einem Gefolge zur Bucht, zu der das Kanu der Besucher unterwegs war.

Wochenlang trieb der Familienklan steuerlos in den Gewässern des Pazifiks, und als er das Ufer erreichte, atmeten alle dreißig Mitglieder der Expedition erleichtert tief durch. Der polynesische Stamm, der von einer kleinen zum Marquesas-Archipel gehörenden Insel stammte, war gezwungen worden, sein Land zu verlassen. Grund dafür war eine Entscheidung des Königs, der sie zu einer schweren Strafe in Form von Verbannung verurteilt hatte. Männer, Frauen und Kinder stiegen vom Kanu und atmeten das überschwängliche Aroma der hohen Gräser ein, das der Wind vom Inselplateau her mit sich brachte und das sie während ihrer nicht enden wollenden Überfahrt so sehr vermisst hatten. Und während die Frauen im Küstenrelief nach Muscheln suchten und die Kinder am Strand und im Inneren einiger nahegelegener Höhlen spielten, stiegen die Männer einen Hügel hinauf, um die Erkundung der Insel in Angriff zu nehmen.

Der Anführer und sein Gefolge erwarteten sie bereits an der Biegung des Hügels, um sie in friedlicher Absicht willkommen zu heißen. Sie fürchteten die Neuankömmlinge nicht. Sie hatten bereits festgestellt, dass ihre Anzahl gering und sie zudem, von einigen Speeren aus Kokosholz abgesehen, unbewaffnet waren.

Als die Polynesier auf die sonderbaren Inselbewohner stießen, verzerrten sich schlagartig ihre Gesichter aufgrund einer primitiven Angst, die sie zunächst vollkommen paralysierte. Ein solch fremdartiger Menschenschlag war den Polynesiern bisher nie unter die Augen getreten, und sobald sie zu reagieren in der Lage waren, machten sie kehrt und rannten entsetzt Richtung Küste davon, obwohl die Siedler der Insel keinerlei Anzeichen von Feindseligkeit gezeigt hatten.

Die Männer schrien den Frauen zu, die sofort die am Ufer spielenden Kleinen aufsammelten. Von einem Augenblick zum anderen waren sie alle wieder an Bord des Kanus, von einer unaufhaltsamen Panik getrieben, die ihre Atmung zum Stocken und ihr Denkvermögen zum Stillstand brachte. Sie flohen derart hastig, dass ihr Boot, als es sich von der Küste entfernte, die Riffe streifte, die die Bucht umgaben. Der Rumpf erlitt Schäden, deren Auswirkungen nicht unmittelbar, sondern erst später ersichtlich wurden, als sie sich bereits auf hoher See befanden. Die Folgen waren ebenso unausweichlich wie verheerend. Am Ende verschlangen die Wellen das Kanu und mit ihm all seine Passagiere.

Diese flüchtige Begegnung mit dem polynesischen Stamm sollte allerdings den historischen Werdegang der Insel entscheidend beeinflussen. Die panische Flucht erfolgte dermaßen überstürzt und ungestüm, dass niemand die Abwesenheit eines Kindes bemerkte, das sich beim Spielen in einer der vielen Höhlen der Steilküste verirrt hatte. Als es aus der Höhle hinausfand, waren alle bereits fort, und das Kind begriff sofort, dass man es allein und seinem Schicksal überlassen auf der Insel zurückgelassen hatte. Der Junge war fünf Jahre alt und hieß Hotuiti, wenngleich er später unter dem Namen Hotu Matua bekannt werden sollte.

Hotuiti blieb einige Stunden am Strand von Anakena und spähte vergebens auf den Horizont, versunken in verzweifeltes Weinen, das durch seine Angst noch heftiger wurde. Der Hunger und die

Überzeugung, sie würden nicht mehr zurückkehren, um ihn zu holen, flößten ihm genügend Mut ein, um sein aussichtsloses Wehklagen zu unterbrechen. Er verließ daraufhin den Strand und beschloss, in das Herz der Insel einzutauchen.

Unter Schluchzen, wenn auch mittlerweile etwas beruhigt, schritt er voran und hatte noch keine sehr lange Strecke zurückgelegt, als er auf die erste große Überraschung des Tages stieß. Auf einer riesigen steinernen Plattform ragten drei gigantische Statuen mit strengen und stolzen Zügen empor, deren außergewöhnliche Abmessungen bei Weitem die anderer Kunstwerke aus seinem Heimatland überstiegen. Hotuiti betrachtete die Skulpturen einige Minuten lang, beinahe hypnotisiert von ihrer markerschütternden Präsenz, und beschloss, seinen Weg entlang eines steinigen Pfades fortzusetzen, ohne die geringste Spur eines Lebenszeichens auszumachen.

Er vernahm ein beharrliches Klacken aus der Richtung eines Berges. Hotuiti zögerte nicht einen Moment und ließ sich von diesem rhythmischen Geräusch leiten, ohne sich dessen bewusst zu sein, dass er sich zum Vulkan Rano Raraku begab, wo die Steinmetze mit großem Geschick und unendlicher Geduld den harten Stein bearbeiteten.

Eine Gruppe von Siedlern diskutierte am Fuße des Vulkans. Sie waren voller Sorge ob der Möglichkeit, dass nach diesem ersten flüchtigen Besuch andere Menschen auf die Insel kommen könnten, allerdings dann in viel größerer Zahl und in anderer Absicht. In diesem Augenblick geschah es, dass sich der Junge und die Bewohner des Ortes begegneten. Beide Parteien trugen einen Schrecken davon. Hotuiti blieb wie versteinert stehen. Doch er sah die Welt aus einer anderen Perspektive als die Erwachsenen, und anstatt beängstigt zu sein aufgrund der Anwesenheit dieser Kreaturen, überkam ihn eine große Neugier.

Nach einer Weile unbehaglichen Schweigens richtete schließlich einer der Männer das Wort an Hotuiti in einer fremden Sprache, die Hotuiti nicht verstand. Seine Gesichtszüge waren mit denen der Statuen identisch. Wie die aller Männer. Der Junge antwortete den Siedlern der Insel, sie verstanden die polynesische Sprache des Jungen auch nicht.

Sie riefen sofort ihren Anführer, der die Situation einschätzen und die seiner Meinung nach richtige Entscheidung treffen sollte. Die Anwesenheit dieser Männer, deren Existenz in den Bereich der Mythen und Legenden fiel, schüchterte den Jungen Hotuiti immer mehr ein, er bekam jetzt Angst.

Der Anführer ließ nicht lange auf sich warten und erschien, wie stets, in Begleitung seiner Gattin, die nicht von seiner Seite wich. Die Frau beobachtete den Jungen, und auf der Stelle regte sich ihr Mutterinstinkt. Hotuiti wusste diesen unverwechselbaren Blick zu deuten und lief, aller Unterschiede zum Trotz, auf sie zu, um in ihrem Schoß Zuflucht zu suchen.

Die Entscheidung war gefällt. Ausnahmsweise nahmen sie sich des Jungen an und sorgten für sein Wohl, auch wenn er nicht einer der Ihren war.

Hotuiti wurde als zusätzliches Mitglied in die Gemeinschaft aufgenommen und spielte mit der übrigen Kinderschar wie mit seinesgleichen, ohne sich ihrer offensichtlichen Unterschiede bewusst zu sein, welche aufgrund der Merkmale bestanden, die jedem Volk eigen waren. Zu Beginn bildete die Sprache die Hauptbarriere zwischen ihnen, doch Hotuiti befand sich in der Etappe, in der das Lernen am leichtesten fiel, sodass er nach nur wenigen Monaten die neue Sprache mit der gleichen Gewandtheit sprach wie die Muttersprachler.

Hotuiti liebte es, auszureißen und Ausflüge zum Steinbruch des Rano Raraku zu unternehmen, wo er stundenlang die Bildhauer bei ihrer Arbeit beobachtete, während diese die Moai formten, um sie anschließend mit unglaublichem Feingefühl vom Fels zu lösen. Für den Transport der kolossalen Statuen war die Beteiligung eines

Großteils der Bevölkerung erforderlich, deren Einsatz und Wissen eine solche Meisterleistung ermöglichte. Dies alles spielte sich vor den erstaunten Augen Hotuitis ab, der großen Neid verspürte, weil er nicht wie sie war. Schließlich wurden die Moai in Anwesenheit aller Inselbewohner auf ihren entsprechenden Altären aufgerichtet; in diesem Moment wurden sie auch mit einer immensen Kopfbedeckung aus rötlichem Stein gekrönt, denn der Fels aus dem Steinbruch, aus dem sie diese herausschlugen, besaß die präzise Farbgebung, die es ihnen erlaubte, die roten Haare der Männer mit weißer Haut nachzubilden.

Hotuiti lebte sich perfekt ein, und sein exzellentes Verhalten verhalf ihm dazu, das Vertrauen der Weisen zu gewinnen, bis diese ihm nach seinem ersten Jahr Aufenthalt auf der Insel schließlich auch die Geheimnisse ihrer rätselhaften Schrift anvertrauten. Er lernte lesen und schreiben, und ihm wurde die Ehre zuteil, die vielen Hundert Schrifttafeln betrachten zu dürfen, die Chroniken dieses uralten Volkes, dessen glorreiche Vergangenheit vor Tausenden von Jahren für immer verblasst war.

Hotuiti wurde auch in die Geheimnisse der Astronomie eingeweiht, in die Mondphasen und die jahreszeitlichen Wechsel auf der Insel im Laufe des Jahres; all dies waren wesentliche Informationen für die Bestimmung der günstigsten Zeiten für den Fischfang oder die Aussaat bestimmter Pflanzenarten.

Nichts in dem beschaulichen Dasein der Inselbewohner deutete auf die schreckliche Tragödie hin, die sich kurze Zeit später ereignen sollte.

Zwei Jahre nach seiner Ankunft zog sich Hotuiti eine schwere Krankheit zu, die ihn für die Dauer einiger Wochen an sein Lager fesselte. Er wurde von Fieber und Erbrechen geplagt und litt unter Geschwüren, die sich über seinen ganzen Körper ausbreiteten und später zu blutenden Pusteln wurden. Die Weisen kannten dieses Leiden nicht, von dem das Kind heimgesucht worden war, und keines ihrer Mittel verhalf zu seiner Genesung. Hotuiti war dem

Tod nahe, bis er in seinem letzten Atemzug, als es bereits niemand mehr erwartete, die Krankheit von allein besiegte.

Das Problem trat auf, als ein Inselbewohner, der ihn während seiner Genesung umsorgt hatte, Zeichen der Ansteckung zeigte. Es handelte sich um die Frau, die ihn als Mutter angenommen hatte. Wenige Tage nach Ausbrechen der schrecklichen Krankheit verstarb sie blitzartig. Das Opfer wurde gemäß der Tradition ihrer Vorfahren in einem Grabhügel aus Holz am Meeresufer verbrannt.

Zu diesem Zeitpunkt hatten sich bereits weitere Siedler angesteckt.

Im Gegensatz zu Hotuiti jedoch erholte sich keiner der Einheimischen von dieser Krankheit, sodass einer nach dem anderen dahinschied, ohne dass etwas dagegen getan werden konnte. In den vielen Jahrhunderten, die sie auf der Insel verbracht hatten, war niemals etwas Derartiges vorgefallen. Die Weisen jedoch erinnerten sich sofort an die Chroniken, die davor warnten, dass ihr Volk für die menschlichen Krankheiten anfällig sei. Hotuiti hatte sie mit seinem Leiden angesteckt, das sich schnell wie der Wind ausbreitete, der von einem Ende der Insel zum anderen wehte.

In wenigen Wochen hatte die Krankheit bereits das Ausmaß einer Epidemie erreicht. Ein Drittel der Bevölkerung war verstorben, und ein Begräbnis folgte dem anderen. Sie hatten kostbare Zeit verstreichen lassen, in der sie vergebens versucht hatten, alle möglichen Maßnahmen auszuprobieren, um die tödlichen Ansteckungen aufzuhalten. Schließlich, als nur noch an die einhundert Bewohner übrig geblieben waren, beschlossen sie, dass ihre einzige Überlebenschance darin bestünde, die Insel zu verlassen und so der Plage zu entkommen.

Die Letzten der Ihren gingen an Bord einiger Stammflöße, die denen ähnelten, die sie benutzt hatten, um auf die Insel zu gelangen. Sie brachen der Abendsonne entgegen auf, in der Hoffnung, schon bald Land zu sichten. Hotuiti haben sie nicht zurückgelassen, der als einer der Ihren Teil der Expedition wurde.

Diejenigen, die bereits erkrankt waren, mussten auf der Insel bleiben, um die Fliehenden nicht anzustecken. Die Entmutigten beschlossen, eine riesige Höhle im Herzen der Insel aufzusuchen, um an diesem auserwählten Ort zu sterben und ihre Überreste in diesem immensen Grab aus Basalt und Vulkangestein bis zum Ende der Tage ruhen zu lassen. Einer von ihnen, mit großen künstlerischen Fertigkeiten gesegnet, versah die Wand der Grotte mit einem Wandbild, das herrliche Tiere – Pumas, Jaguare und Kondore – darstellte, die er dank der überlieferten Geschichten seiner Vorfahren vom Hörensagen kannte.

Einige Jahrzehnte später sollte ein Erdrutsch schließlich den Zugang zu dieser Höhle für immer versiegeln.

Währenddessen wiederholte sich auf hoher See die Tragödie, die sich auf der Insel bereits ereignet hatte. Einige an Bord der Boote waren bereits infiziert, ohne es zu wissen. Wenn die Symptome bis dahin nicht zum Vorschein getreten waren, dann nur deshalb, weil sich die Krankheit in der Inkubationszeit befunden hatte. Die Wochen verstrichen, ohne dass sie Land gesichtet hätten, und binnen Kurzem begriffen sie, wie weit entfernt sie von jeder anderen Insel oder einem Festlandsockel waren. Die Körper der Verstorbenen wurden ins Meer geworfen, während die Zahl der Überlebenden schrittweise zurückging. Das Ende stand unmittelbar bevor. Eines der Flöße versank alsbald, da es niemanden mehr gab, der es richtig navigieren konnte. Die Übrigen ereilte am Ende das gleiche Schicksal. Das Floß, das Hotuiti beförderte, kenterte genau in dem Augenblick, in dem sich die Küste am Horizont abzeichnete. Dann verschlang der Ozean den Letzten der Ihren und löschte damit diese einzigartige Spezies für immer aus, die vor Urzeiten einen Großteil des Planeten bevölkert hatte.

Hotuiti klammerte sich mit aller Kraft an ein Stück Holz, bis die Wellen seinen Körper an den Strand einer kleinen Insel trieben. Das mysteriöse Auftauchen dieses von den Wassern des Ozeans ohne scheinbare Erklärung ausgespuckten Jungen kam dem Ariki zu Ohren, dessen sofortiges Erscheinen erforderlich war. In Anwesenheit der königlichen Familie stammelte Hotuiti einige Worte in einer fremden Sprache, die niemand verstand. Dann besann er sich und drückte sich in seiner Muttersprache polynesischen Ursprungs aus, die er nie vergessen hatte. Das Kind wies augenblicklich Anzeichen dafür auf, über große Intelligenz und besonderes Wissen zu verfügen. Und der Ariki war dermaßen von ihm beeindruckt, dass er beschloss, ihn als seinen Sohn zu adoptieren und ihn umzutaufen auf den Namen Hotu Matua.

In 2900 Kilometern Entfernung war die Osterinsel erneut unbewohnt, verwaist und von ihren ursprünglichen Siedlern verlassen. Nach so vielen Jahren der Landschaftsgestaltung waren sie verschwunden, ohne Spuren zu hinterlassen. Lediglich Hunderte von Moai, mit denen die Siedler jeden einzelnen Winkel der Insel geschmückt hatten, standen noch dort.

***

Es waren nicht einmal fünfzehn Minuten vergangen, seit Maeva und ich uns in die Grube begeben hatten, als das Geräusch eines motorbetriebenen Fahrzeugs die Ruhe störte, die man in dieser Gegend der Insel förmlich einatmen konnte. Ich hob den Blick und erkannte einen Kombiwagen in Weiß und Grün – den typischen Farben der chilenischen Polizeibehörden: der *Carabineros*.

Ich folgte dem Wagen mit den Augen und hoffte, er führe vorbei und setzte seinen Weg an der Küste entlang fort. Er kam jedoch vor der archäologischen Stätte zum Stehen, und mir kam mit der Schlagkraft eines plötzlichen Peitschenhiebs eine böse Vorahnung.

»Rühr dich nicht vom Fleck«, bat ich Maeva, während ich auf den Wagen zuging, um mich um die Angelegenheit zu kümmern.

Ein beleibter Kerl um die fünfzig stieg aus dem Kombi und wartete auf mich, dabei sah er einige Papiere durch, die er aus einer dünnen Mappe herausgeholt hatte.

»Esteban Villegas, Kommissar der Kriminalpolizei«, stellte er sich vor, als ich zu ihm aufschloss.

Er streckte mir nicht allzu überzeugt die Hand entgegen und schaute mir dabei kaum ins Gesicht. Die Papiere fielen zu Boden, und er musste einige Sekunden aufwenden, um sie wieder aufzuheben. Er schien mit besorgtem Ausdruck seine Gedanken zu ordnen. Sein Äußeres und sein Akzent entlarvten ihn unverkennbar als Chilenen vom Kontinent, der sich sehr vom Archetyp des lokalen Rapanui-Volkes unterschied. Ein dunkles Schnurrbärtchen schmückte sein Antlitz, das von zwei voluminösen Wangen flankiert wurde, die ihn aussehen ließen wie ein Walross.

»Was ist los?«, fragte ich.

»Sind Sie Don Germán Luzón de Estrada?«, wollte er wissen, sein Kopf noch in den Papieren vergraben. »Leitendes Mitglied dieser archäologischen Ausgrabung?«

»Ja, ja«, bestätigte ich immer nervöser.

Kommissar Villegas hob endlich seinen Blick, um mir den Grund seiner ungewöhnlichen Anwesenheit an diesem Ort mitzuteilen.

»Ich habe schlechte Nachrichten«, verkündete er. »In den frühen Morgenstunden haben wir den leblosen Körper des norwegischen Staatsbürgers Erick Solsvik gefunden.« Und er fügte hinzu, ohne mir Gelegenheit zu geben, den Schock zu verdauen: »Ich bitte Sie, wenn Sie nichts dagegen haben, mich ins Krankenhaus zu begleiten, um die Leiche zu identifizieren.«

Ich konnte nicht umhin, für einen Moment verwirrt zu sein. Ich drehte den Kopf und beobachtete Maeva, die in einiger Entfernung im Grubeninneren saß und absolut nichts von der Unterhaltung mitbekommen hatte.

»Selbstverständlich«, reagierte ich. »Aber vorher würde ich gern das Mädchen zu Hause absetzen.«

Wir legten die Fahrt bis Hanga Roa in unangenehmem Schweigen zurück. Maeva gegenüber wollte ich nicht auf Einzelheiten eingehen und beschränkte mich darauf, ihr mitzuteilen, ich müsse eine dringende Angelegenheit mit den Behörden klären. Ich selbst musste mir auf die Zunge beißen, denn nur zu gern hätte ich dem Kommissar Dutzende von Fragen gestellt. Dieser hatte sich ebenfalls dem Schweigepakt angeschlossen und verlor in Anwesenheit des Mädchens kein Sterbenswörtchen.

Schließlich setzten wir Maeva Zuhause ab, der die unerwartete Wendung des Tagesablaufs sichtlich missfiel. Ihr Bedauern darüber, sich von mir trennen zu müssen, freute mich, daher versprach ich, sie erneut abzuholen, sobald es mir möglich wäre, und verabschiedete mich von ihr voller Zuneigung mit einem Kuss auf die Stirn.

Der Kommissar nahm die Fahrt ins Krankenhaus wieder auf, und als ich loslegte, war er bereit, meine Fragen zu beantworten.

»Was ist passiert?«, löcherte ich ihn.

»Ein Verbrechen. Ihr Kollege wurde ermordet.«

Das hatte ich nicht erwartet. Ich war überzeugt, er sei bei einem tragischen Unfall ums Leben gekommen, beispielsweise bei einem Sturz von der Steilküste aus großer Höhe. Der Kommissar beobachtete meine Reaktion aus den Augenwinkeln.

»Wie ist das möglich?«, stammelte ich.

»Herr Solsvik erhielt einen brutalen Schlag auf den Kopf. Ein australisches Touristenpärchen alarmierte uns, nachdem sie seine Leiche gefunden hatten. Man hat sie tief im Innersten der Höhle der Kannibalen zurückgelassen.«

Ich kannte diese Grotte im Süden von Hanga Roa sehr gut. Sie lag an der Küste und war für ihre Felsmalereien im Zusammenhang mit dem Vogelmann-Kult sehr bekannt.

»Ich werde offen zu Ihnen sein«, fuhr der Kommissar fort. »Als ich vor bereits zehn Jahren auf die Insel versetzt wurde, empfand ich das als eine Strafe seitens meiner Vorgesetzten. Doch mittlerweile bin ich glücklich, hier meiner Arbeit nachgehen zu dürfen, mal davon abgesehen, dass sich meine Familie mit einem Leben fernab des Kontinents sehr gut eingerichtet hat. Glücklicherweise stellt hier die Kriminalität kein Problem dar. Den Großteil der Straftaten, mit denen wir es zu tun haben, bilden Fälle von häuslicher Gewalt, kleinere Diebstähle und nur ein paar Mal im Jahr der eine oder andere Raubüberfall. Wir sind hier nicht unbedingt an einen Mord gewöhnt.«

Falls der Kommissar damit andeuten wollte, der Fall sei etwas zu groß für ihn, dann hätte er sich seine Rede sparen können. Das hatte ich nämlich schon längst gemerkt.

Kurz darauf kamen wir an unserem Ziel an und stiegen aus dem Wagen. Das Krankenhaus hatte erst kürzlich seinen Betrieb aufgenommen und ersetzte das wenig vertrauenerweckende Gesundheitszentrum, das ich bei meinem ersten Besuch auf der Insel kennengelernt hatte. Wir durchquerten einen Gang mit großen Fenstern zu beiden Seiten, durch die das Licht hell hineinschien. Der Kommissar spazierte ungezwungen durch die Anlage und begrüßte das Pflegepersonal mit absoluter Natürlichkeit, während er mich durch Säle und Korridore führte. Wir steuerten die untere Etage an, einen kleinen Raum, der in das milchige Licht einiger Leuchtstoffröhren getaucht war. Die Silhouette eines von einem Laken bedeckten Körpers auf einer Bahre nahm die Mitte des Zimmers ein.

Eine Person in einem weißen Kittel deutete uns mit einer Handbewegung an, näher zu kommen. Der Kommissar machte sich nicht die Mühe, sie mir vorzustellen, sodass ich aufgrund ihrer Aufmachung annahm, dass es sich um den Rechtsmediziner handeln musste.

»Sind Sie bereit?«, warnte mich der Kommissar in einem neutralen Tonfall. »Machen Sie sich darauf gefasst, dass der Anblick nicht angenehm sein wird. Sie haben ihm praktisch den Schädel zertrümmert.«

Ich nickte geistesabwesend und wollte diese bittere Pille so schnell wie möglich schlucken. Der Kommissar redete auch nicht lange um den heißen Brei herum, sondern zog an einem Ende des Lakens und legte den Blick frei auf das Gesicht des Leichnams.

Nichts hätte mich auf dieses Bild vorbereiten können. Ich wandte reflexartig die Augen ab und versuchte, die in mir aufsteigende Übelkeit unter Kontrolle zu bringen. Einen Augenblick später zwang ich mich, erneut hinzusehen und die Abscheu zu überwinden, die die Grausamkeit dieser Tat hervorrief. Es fiel mir nicht schwer, meinen Kollegen wiederzuerkennen, auch wenn sein Schädel teilweise eingefallen und, Gott sei Dank, mit einem Verband bedeckt war, der verhinderte, dass mir die blutige Wunde vor Augen geführt wurde.

Erst in diesem Moment wurde mir der Tod meines Freundes wirklich bewusst, als ob ich es nicht hätte glauben wollen, nur weil mir die Nachricht von einem Polizisten mit See-Elefantengesicht überbracht worden war, der, sagen wir mal, nicht sehr helle zu sein schien.

»Es ist Erick Solsvik«, murmelte ich. »Ohne Zweifel.«

Kommissar Villegas wechselte ein paar Worte mit dem Rechtsmediziner und wies ihn dann an, die Leiche zu bedecken. Auf einem Nebentisch lag Ericks Kleidung, wo auch ein Tablett mit seinen persönlichen Sachen stand. Sofort fiel mir auf, dass sein Hemd mit winzig kleinen Rissen übersät war und auch schwärzliche Flecken aufwies, die meine volle Aufmerksamkeit auf sich zogen. Auf dem Tablett befanden sich Ericks Brieftasche, sein Ehering … und ein Schmuckstück, das für mich auf Anhieb dort fehl am Platz schien. Es war ein silberner Anhänger, gearbeitet auf geschnitztem Holz, der die Figur des *Manu Piri* darstellte. Dieses Zeichen, das die Verbindung zweier Vögel verkörpert, symbolisiert in der Rapanui-Kultur die partnerschaftliche Liebe. Ich fand es sehr seltsam, dass Erick dieses Stück Handwerkskunst aus Silber bei sich trug, insbesondere als mich die Gewissheit überkam, es zuvor irgendwo anders schon einmal gesehen zu haben.

Ich unterschrieb ein Dokument und bestätigte damit, die Identifikation vorgenommen zu haben, und verließ das Krankenhaus in Begleitung des Kommissars, der äußerst dankbar für meine Hilfe war.

»Don Germán …«, fing er an.

»Bitte, nennen Sie mich einfach Germán.«

»Wie Sie wünschen. Und nennen Sie mich Esteban, wenn Sie wollen. Nun, Germán, es ist so, ich brauche Ihre Mithilfe. Ich muss klären, was hier geschehen ist, und ehrlich gesagt, haben wir im Moment nicht die geringste Spur. Wenn Sie so freundlich wären, mich aufs Revier zu begleiten, könnte ich Ihnen in meinem Büro einige Fragen stellen und Informationen zusammentragen, die mir bei diesem Fall weiterhelfen könnten.«

Ich war bestürzt und unfähig, einen klaren Gedanken zu fassen. Ohne auch nur eine Sekunde zu zögern, erklärte ich mich zur Mitarbeit bereit. Der Täter einer solchen Gräueltat musste so bald wie möglich hinter Gitter.

Das Revier war nur wenige Schritte entfernt. Während wir den Weg bis dahin zurücklegten, tauschten wir uns über die Wetterlage aus und vermieden es auf diese Weise für einige

Minuten, auf den schrecklichen Hintergrund der Angelegenheit zu sprechen zu kommen. Esteban hatte sich schon an die feuchte und stickige Hitze gewöhnt, die zu dieser Jahreszeit auf der Insel vorherrschte. Bei mir hingegen sah es ganz anders aus. An diesem speziellen Tag bedeckte neben der gewöhnlichen Transpiration aufgrund der Bruthitze eine klebrige Schicht kalten Schweißes meinen ganzen Rücken bis hin zum Nacken, was der beklemmenden Situation geschuldet war.

Das Revier war schlicht und einfach gehalten, und darin hielt sich nur ein Bereitschaftspolizist auf. Kommissar Villegas hatte sein gesamtes Personal auf den wichtigsten Fall auf der Insel seit Menschengedenken angesetzt. Esteban bat mich in sein Büro, wo die Hitze sogar die Außentemperatur übertraf. Ich wischte mir mit dem Handrücken den Schweiß von der Stirn. Der Kommissar war dann so freundlich, einen alten Flügelventilator anzustellen, dessen Leistung sich jedoch lediglich darauf beschränkte, die heiße Luft im Raum umzuwälzen.

»Kaffee?«, bot er mir an, während er hinter seinem Schreibtisch Platz nahm.

Ich schüttelte den Kopf. Im Geiste sah ich noch Ericks leichenhaftes Antlitz, und meine Kehle war noch immer wie zugeschnürt. Ich setzte mich dem Kommissar gegenüber auf einen stabilen Metallstuhl.

Bevor er das Wort an mich richtete, sah Esteban einige Papiere durch, die einen Teil seines Tisches bedeckten: in aller Eile aufgesetzte Berichte.

»Germán, ich will Ihnen gegenüber offen sein. Wir haben mit der Untersuchung gerade erst begonnen, und doch befinden wir uns bereits in einer Sackgasse. Bis jetzt haben sich keine Zeugen gemeldet, und wir haben weder Spuren noch Abfall noch irgendwelche Hinweise am mutmaßlichen Tatort gefunden.«

»Mutmaßlicher Tatort?«, wiederholte ich. »Sie glauben also nicht, dass er in der Höhle der Kannibalen getötet wurde?«

»Nein, es sieht eher danach aus, dass er woanders ermordet und die Leiche anschließend dahin gebracht wurde. Haben Sie die feinen Risse in seinem Hemd bemerkt? Nun, wir wissen weder wie noch wo diese Risse entstanden sind, zumindest können wir jedoch ausschließen, dass dies in dieser Höhle passiert ist, denn in ihrem Inneren haben wir nicht die kleinste Stofffaser gefunden. Vielleicht liefern uns die dunklen Flecken auf dem Hemd einige Daten; die Ergebnisse der Analyse werden wir aber erst in einigen Tagen erhalten.«

Mit seinen Fingerspitzen strich sich Esteban über seinen Schnurrbart, bevor er fortfuhr.

»Worüber ich in Wirklichkeit am ehesten ratlos bin, ist das Tatmotiv. Raub können wir ausschließen, denn seine Brieftasche enthielt noch alle Dokumente und eine beträchtliche Summe Bargeld. Daher stellt sich zwangsläufig die Frage: Wissen Sie, ob Herr Solsvik mit jemandem verfeindet war oder im Vorfeld irgendwelche Drohungen erhielt?«

»Keineswegs!« Ich wies dies zurück. »Erick war ein Gentleman und pflegte mit allen einen herzlichen Umgang.«

»Ich verstehe«, räumte Esteban vorsichtig ein. »Allerdings ergaben die Untersuchungen ein Detail, das ich bisher unerwähnt ließ. Ich vertraue es Ihnen an, weil Sie ja vielleicht etwas Licht auf das Geschehene werfen können. Dennoch sollten Sie diskret sein, denn bald werden alle Medien über den Fall berichten, und wir müssen die Informationen kontrollieren, die an die Öffentlichkeit gelangen.«

»Natürlich«, stimmte ich zu und war gespannt, was es damit auf sich hatte.

Der Kommissar räusperte sich und sagte dann mit leiserer Stimme, als ob noch jemand ihn hören könnte:

»Wissen Sie, dem Opfer wurde rektal eine Langustenantenne eingeführt.« Mein Gesichtsausdruck muss meine plötzliche Betroffenheit widergespiegelt haben. »Auch wenn nach Meinung des Rechtsmediziners diese verabscheuenswürdige Handlung sicherlich erst nach seinem Tod ausgeführt wurde.«

Zwischen uns herrschte absolute Stille. Esteban wusste aufgrund meiner Reaktion intuitiv, dass ich diesbezüglich gewisse Informationen liefern konnte. Er irrte sich nicht.

»Die Handlung, die Sie da beschrieben haben«, erklärte ich, »stellte eine schwere Strafe dar, die von der Urbevölkerung der Rapanui jedem Inselbewohner auferlegt wurde, der gegen ein *Tapu*-Gesetz verstieß. Das Konzept des *Tapu* umfasste eine ganze Serie von heiligen Verboten und Vorschriften, die um jeden Preis eingehalten werden mussten. Bedenken Sie aber, dass ich hier von einem alten Brauch rede, der schon seit einigen Jahrhunderten nicht mehr praktiziert wird.«

Der Kommissar lehnte sich zurück und durchdachte meine Antwort.

»Es gibt mit Sicherheit nicht viele, die darüber Bescheid wissen, oder? Ich kenne viele Rapanui-Traditionen, aber davon habe ich noch nie etwas gehört.«

»Allerdings«, erwiderte ich. »Heutzutage vielleicht nur noch die Dorfältesten; von diesem Brauch haben nur Spezialisten der Osterinselkultur Kenntnis.«

Esteban lehnte sich nach vorne und notierte sich meine Worte in ein Heft.

»Danke, Germán. Ich finde diese Information extrem wertvoll. Und auch wenn wir die Hintergründe zum Tatmotiv noch nicht kennen, ist es offenkundig, dass Herrn Solsviks Tod nicht willkürlich war. Allem Anschein nach genügte es dem Mörder nicht, ihm das Leben zu nehmen, er sorgte außerdem dafür, eine Art Nachricht zu hinterlassen.«

»Rache?«, riet ich aufs Geratewohl.

»Oder eine Warnung«, bemerkte der Kommissar. »Der Mörder hätte sich doch viel einfacher der Leiche entledigen können, indem er sie die Felswand hinunterwirft. Aber stattdessen zog er es vor, sie in der Höhle der Kannibalen zurückzulassen. Ich wette, er wollte, dass wir sie finden.«

Plötzlich kam ich mir wie ein Idiot vor, weil ich ein Detail übersehen hatte, das mir jetzt wesentlich erschien: Ericks seltsamer Anruf am Abend zuvor, in dem er mir einen großen Fund angekündigt hatte. Ohne Zögern erzählte ich Esteban davon, zuvor erläuterte ich ihm dabei die genauen Umstände, die sich davor und danach ereignet hatten. Der Kommissar schrieb hastig alles auf.

»Ist Ihnen klar, dass Sie mir gerade ein mögliches Tatmotiv geliefert haben?«

»Aber ich habe Ihnen doch schon gesagt, dass absolut nichts dran ist an der angeblichen Entdeckung …«

»… Zumindest soweit Sie wissen.«

Ich zuckte mit den Achseln. Auch wenn die Bemerkung des Kommissars zutraf: Von meinem Standpunkt aus gab es nicht das geringste Anzeichen, das für einen Fund in der Größenordnung sprach, die Erick ihm beigemessen hatte.

»Germán, wenn es Ihnen nichts ausmacht, fasse ich kurz die Tatsachen zusammen«, meinte Esteban und ging seine Notizen durch. »Laut Ihrem Bericht verließ Herr Solsvik die archäologische Stätte gestern um fünf Uhr nachmittags zusammen mit den übrigen Expeditionsmitgliedern, mit Ausnahme von Ihnen, weil sie noch einige Zeit allein weitergearbeitet haben.«

»So ist es«, bestätigte ich.

»Danach, sagen Sie, haben Sie sich zum Haus der Señorita Hanarahi begeben, mit der Sie zuvor ein Treffen ausgemacht hatten. Korrekt?« Ich nickte automatisch. »Und dort erhielten Sie gegen neun Uhr abends den kurzen Anruf, den Sie mir gegenüber erwähnten. Schließlich, um elf, kehrten Sie zu Ihrer

Pension zurück und erfuhren nichts mehr bis zum nächsten Morgen.

Und das Allerwichtigste«, bemerkte er, »… laut Ihrer Erklärung hat Erick Solsvik zu Ihnen gesagt, dass er nicht allein war und außer Sie auch noch die übrigen Ausgrabungsmitglieder angerufen hatte.«

Ich bestätigte seinen Bericht. Soweit ich wusste, war haargenau das passiert.

»Ist Ihnen klar, dass sich das Mobiltelefon nicht unter den Sachen befunden hat, die Herr Solsvik bei sich hatte?«, eröffnete mir Esteban. »Dem Mörder lag also doch etwas daran, sich eines Beweisstückes zu entledigen, das ihn belasten könnte. Zu diesem Zeitpunkt befindet sich das Gerät höchstwahrscheinlich auf dem Grund des Ozeans.«

Der Kommissar legte sein Notizbuch beiseite und nahm ein dünnes Blatt Papier, das er aufmerksam betrachtete.

»Meines Wissens ist das dritte Mitglied des Teams ein deutscher Staatsbürger namens Hans Ottomeyer, der im *Hostal* Manavai abgestiegen ist.«

»Ja.«

»Gut. Ich werde persönlich einige Worte mit Herrn Ottomeyer wechseln«, kündigte er an. »Und wer nimmt noch an der Ausgrabung teil?«

»Mit uns arbeitet auch eine junge Archäologin, die hier ansässig ist: Sonia Rapu.«

»Ah, Sonia. Ich kenne sie. Eine sehr tüchtige junge Frau. Ihr Großvater – ihre einzige Familie nach dem frühen Tod ihrer Eltern – hat sich aufgeopfert, damit sie in Santiago an der Universität studieren konnte. Sonia hat vor kurzem ihr Examen abgelegt und ist sofort auf die Insel zurückgekehrt, sie konnte nicht weit weg von diesem Ort und seinem magischen Einfluss leben. Bei den meisten Einheimischen, die eine Auswanderung in Erwägung ziehen, endet die Geschichte auf diese Weise.«

Esteban wartete darauf, dass ich noch einen Namen hinzufügte.

»Ferner wurde der alte Reinaldo Tepano als Vorarbeiter für eine Grabungsmannschaft angeheuert, die aus einem Dutzend Mann besteht, die allesamt auf der Insel geboren wurden«, erklärte ich.

»Reinaldo, natürlich. Ein besonders ehrenwerter Mann, von denen es nicht viele gibt, genauso wie seine übrige Familie«, beteuerte er. »Perfekt, ich werde mir die vollständige Liste aller Arbeiter ansehen, und meine Männer werden sich mit ihnen in Verbindung setzen, um ihre Aussage aufzunehmen.«

Kommissar Villegas klappte sein Notizbuch zu und machte sich daran, den Wust an Papieren zu ordnen, die seinen Schreibtisch bevölkerten.

»Ich halte Sie nicht weiter auf, Germán. Ich bedanke mich nochmals für Ihre Kooperation.« Ein breites Lächeln unterstrich seine Aussage. »Ah, und gehen Sie davon aus, dass wir uns sehr wahrscheinlich noch einmal wiedersehen werden, je nachdem, welchen Verlauf die Untersuchung nimmt.«

Ich verließ das Revier noch verwirrter, als ich es betreten hatte. Von einer fahrlässigen Tötung, begangen vielleicht aufgrund eines nicht vollendeten Raubs, hatte sich der Fall zu einem kaltblütigen Mord mit Vorsatz entwickelt, ausgeübt aus unerfindlichen Gründen, die zu diesem Zeitpunkt völlig im Dunkeln lagen.

In Gedanken versunken streifte ich ziellos durch die Straßen im Zentrum von Hanga Roa, während ich in meinem Inneren Ordnung schaffte und noch immer versuchte, das Geschehene wirklich zu begreifen. Abgesehen von den anstehenden Ermittlungen im Zusammenhang mit Ericks Tod durch die chilenischen Behörden musste ich die Verantwortlichen der archäologischen Ausgrabung in Oslo kontaktieren, um in

Erfahrung zu bringen, ob wir das Vorhaben weiterführen sollten oder nicht. Vor allem würde es mich nicht wundern, wenn sie nach dem Ableben des Leiters und der guten Seele des Projekts einen Aufschub der Arbeiten oder gar deren endgültige Stilllegung anordneten.

Ich überlegte, dass ich mich auch darum kümmern musste, die anderen Ausgrabungsmitglieder unverzüglich anzurufen. Auf einmal brachte mich das Klingeln meines Mobiltelefons in die Realität zurück. Hans Ottomeyer, der Geologe, war mir zuvorgekommen. Seine Stimme verriet Besorgnis, und ohne jede begrüßende Höflichkeitsfloskel fragte er mich direkt, ob ich etwas von Erick gehört hätte. Den Gerüchten zufolge war er Opfer eines schrecklichen Vorfalls geworden. Offensichtlich verbreitete sich die Nachricht wie ein Lauffeuer über die kleine Insel, und in kürzester Zeit würde sie in aller Munde sein.

Als ich ihm das, was er gehört hatte, bestätigte, fehlten Hans die Worte, und für einige Sekunden hörte man nicht einmal das Geräusch seines Atems. Ich nutzte den Moment und schaute mich auf der Suche nach einem Café um, das mir als Rückzugsort dienen könnte.

»Hans, ich halte es für das Beste, wenn wir uns treffen und persönlich über alles reden. Ich warte im Café Tavake in der Straße Atamu Tekena auf dich. Beeile dich, bitte.«

Daraufhin rief ich Sonia Rapu an. Die junge Archäologin hatte die Nachricht schon gehört und wollte es nicht glauben. Hörbar mitgenommen, brachte ihre Kehle nur eine dünne Stimme zustande. Ich versuchte sie zu beruhigen und nahm dabei die Gelegenheit wahr, sie ebenfalls ins Café zu bitten. Bevor ich mich verabschiedete, bat ich sie, wenn möglich, auch Reinaldo Tepano Bescheid zu geben, dem Vorarbeiter der Ausgrabung.

Als ich ins Café eintrat, war ich augenblicklich dankbar für den sanften Lufthauch aus der Klimaanlage, der an meiner verschwitzten Haut haftete wie ein samtener Handschuh. Ich wählte den Tisch aus, der von der übrigen Kundschaft am weitesten entfernt war. Die Kellnerin kam freundlich lächelnd auf mich zu und überreichte mir eine üppige Karte mit einer köstlichen Auswahl an Cafés, Sandwiches und Eis. Noch ohne Appetit, aber ziemlich durstig, bestellte ich lediglich eine Flasche kalten Wassers.

Ich hoffte, dieses improvisierte Treffen mit den anderen Teammitgliedern trüge dazu bei, etwas mehr Klarheit in die Geschehnisse des Vorabends zu bringen.

Hans kam als Erster. Wir begrüßten uns mit einer unbeholfenen und lustlosen Umarmung, woraufhin er neben mir Platz nahm und darauf wartete, dass ich bei der Konversation die Initiative ergriff. Der deutsche Geologe war um einiges jünger als ich, doch seine ausgeprägten Geheimratsecken zu beiden Seiten erweckten einen gegensätzlichen Eindruck. Ferner verliehen ihm sein schmächtiger Körperbau und seine Brille mit dicken Gläsern das typische Aussehen eines Bücherwurms.

»Was passiert ist, ist so schrecklich«, merkte ich an, um das Eis zu brechen.

»Entsetzlich«, bekräftigte Hans. Sein Spanisch war sehr gut, und man merkte ihm seinen Akzent nicht übermäßig an. Wie in allem, was er tat, war er äußerst perfektionistisch. »Wie ist das möglich? Sie hatten uns eine hundertprozentige Sicherheit dieses Ortes garantiert, und das zu jeder Tages- oder Nachtzeit.«

»Hans, ich habe mit dem Polizisten gesprochen, der die Untersuchungen leitet, und alles weist darauf hin, dass Raub nicht das Tatmotiv war. Es scheint, der Fall ist weitaus komplizierter.«

Daraufhin berichtete ich ihm von Ericks seltsamem Anruf und teilte ihm den Inhalt unserer Unterhaltung mit. Hans runzelte die Stirn und war noch verwirrter als zuvor. Er hörte jetzt zum ersten Mal etwas von einem angeblichen archäologischen Fund.

»Dann hat er dich nicht angerufen?«, fragte ich.

»Um die Wahrheit zu sagen, das hat er doch«, entgegnete Hans, »ich hatte allerdings das Telefon ausgeschaltet, weil ich mich ausruhen wollte. Erst heute Morgen sah ich, dass er versucht hatte, mich zu erreichen. Das Anrufprotokoll zeigt an, dass er mich um fünf nach halb neun Uhr abends angerufen hat.«

Ericks erster Anruf, den ich nicht entgegengenommen hatte, stimmte mit dieser Uhrzeit überein. Die Zeiten schienen sich zu decken.

»Ist dir an dem Tag an Erick etwas aufgefallen?«

»Nein ...«, Hans machte eine Pause und dachte über eine bessere Antwort nach. »Na ja, es stimmt schon, als wir von der Ausgrabung zurückkehrten, verabschiedete sich Erick schnell von uns, als ob er es sehr eilig gehabt hätte, woanders hinzukommen.«

In diesem Augenblick betrat Sonia das Café und war sichtlich bekümmert. Ihre verquollenen Augen ließen darauf schließen, dass sie wegen der Tragödie mehr als eine Träne vergossen hatte. Um die Wahrheit zu sagen: Sonia war während der Ausgrabungen quasi nicht von Ericks Seite gewichen, denn die Gelegenheit, direkt bei der größten Koryphäe der Rapanui-Kultur zu lernen, war ein Luxus, den sie sich nicht entgehen lassen konnte.

Die Archäologin begrüßte uns mit einem Kuss auf die Wange und setzte sich zu uns an den Tisch. Zwar besaß sie mit ihren scharfen Gesichtszügen und ihrer dunklen Haut nicht die Schönheit anderer junger Rapanui-Frauen, allerdings wirkte sie deswegen nicht weniger attraktiv, denn ihre Intelligenz und ihr guter Geschmack machten die angeblichen Mängel bei Weitem wett. Sonia pflegte sich die Haare zu einem Knoten am

Hinterkopf zu binden, und nur in sehr seltenen Fällen kam ihre offene Mähne zur Geltung.

Gleich zu Beginn merkte sie an, sie habe Reinaldo Tepano nicht Bescheid geben können, weil der alte Vorarbeiter kein Mobiltelefon besitze und sie ihn unter der Festnetznummer nicht erreicht habe. Dann verbrachten wir einige Minuten damit, gute Erinnerungen an Erick auszutauschen, über seinen Verlust zu klagen und sein Andenken mit einer Unzahl an mehr als verdienten Lobesworten zu ehren. Erick besaß großes Charisma, und die vierzehn Tage auf der Insel hatten gereicht, um bei Hans und Sonia tiefe Spuren zu hinterlassen. Wir alle stimmten darin überein, dass seine eiserne Disziplin durchaus mit seiner ansteckenden Leidenschaft für die Arbeit kompatibel war, genauso wie mit der fairen Behandlung, die er stets jedem einzelnen von uns hatte zuteilwerden lassen.

»Kaum zu glauben«, murmelte Sonia. »Außerdem habe ich gestern Abend noch mit ihm gesprochen.«

Hans und ich schauten uns sofort aus den Augenwinkeln an.

»Also hat er dich auch angerufen?«, fragte ich.

»Ja, irgendwann vor neun«, bejahte sie und schloss daraufhin halb die Augen in einer nachdenklichen Pose. »Ehrlich gesagt war es ein sehr seltsamer Anruf. Er klang enthusiastisch und sprach von einem unglaublichen Fund, der uns sowohl die Vergangenheit der Insel als auch die der Menschheit selbst in einem anderen Licht sehen ließe. Er wollte mich auf der Stelle treffen, aber ich konnte nicht. Ich hatte versprochen, meinem Großvater bei der Organisation des traditionellen Tapati-Festes zu helfen. Außerdem ergab das, was er sagte, für mich keinen Sinn. Ich kam mir eher vor wie die Zielscheibe eines bösen Scherzes, an dem ihr alle beteiligt wart. Natürlich weiß ich jetzt, dass ich Unrecht hatte.« Sonia senkte den Blick. »Wer weiß, wenn ich hingegangen wäre, wäre Erick noch am Leben.«

»Mach dir keine Vorwürfe«, sagte Hans zu ihr. »Genauso gut hättest du ihn auch in sein unheilvolles Ende begleiten können.«

Sonia erschauderte bei dem bloßen Gedanken daran. Sie bedeckte ihr Gesicht mit den Händen und unterdrückte erneut die Tränen. Hans machte Anzeichen, sie trösten und seinen Arm um sie legen zu wollen, doch im letzten Augenblick machte er einen Rückzieher. Bis zu dem Augenblick hatte ich nicht die Art bemerkt, wie der Deutsche die junge Rapanui anblickte.

»Heute Morgen war ich auf dem Gelände, und alles war so, wie wir es am Vortag hinterlassen haben. Nichts deutet auf einen möglichen Fund hin«, klärte ich sie auf. »Also wissen wir nicht, worauf sich Erick hätte beziehen können. Außerdem muss ich euch mitteilen, dass Kommissar Villegas nun die Untersuchungen leitet und euch sicherlich ein paar Fragen stellen möchte. Kooperiert bei allem, worum er euch bittet, und hoffen wir, dass die Behörden den Täter so schnell wie möglich zu fassen kriegen.«

Hans beobachtete mich zögerlich und wandte den Blick ab, sobald sich unsere Augen trafen. Dann öffnete er zwei- oder dreimal hintereinander den Mund wie ein Fisch außerhalb des Wassers kurz vor dem Ersticken.

»Was ist los, Hans?«

Der deutsche Geologe holte tief Luft und ließ den Gedanken entweichen, der ihm die Kehle zuschnürte.

»Sei nicht beleidigt, Germán«, meinte er mit so leiser Stimme, dass sie beinahe unhörbar war. »Vorhin hast du mich gefragt, ob mir gestern etwas an Ericks Verhalten aufgefallen ist. Doch wenn ich ehrlich sein soll: Du warst es eher, der mir leicht nervös zu sein schien.«

Sonia stimmte ihm kaum merklich zu und gab damit zu verstehen, dass auch sie diese Einschätzung teilte.

Auch wenn sie beide recht hatten, so war meine Nervosität in Wirklichkeit auf das Geständnis zurückzuführen, das mir an ebendiesem Morgen Hanarahi gemacht hatte, dessen Inhalt ich lieber im Privaten zu belassen bevorzugte. Später, wenn der richtige Moment gekommen war, ließe ich sie persönlich teilhaben an der überraschenden und unerwarteten Neuigkeit.

»Eines meiner Kinder ist krank«, log ich. »Daher war ich etwas besorgt. Aber heute hat mir meine Frau mitgeteilt, dass es ihm schon viel besser geht.«

In Hans' Wangen kehrte Farbe zurück, Sonia erlangte ihr Lächeln wieder und gab sich zufrieden.

»Und was geschieht mit der Ausgrabung?«, bemerkte der deutsche Geologe und wechselte damit das Thema.

»Ich weiß es nicht«, gab ich zu.

»Sie werden sie doch nicht abblasen, oder?«, schaltete sich Sonia beunruhigt ein.

Als sie den Satz aussprach, fiel ihr Tuch zu Boden. Eilig hob Hans es auf, als ob sein Leben davon abhinge, und stieß dabei mit dem Kopf zweimal gegen den Tisch. Der arme Hans stellte sich wahrlich nicht sonderlich geschickt an in der Rolle des Eroberers.

»Warten wir die Ereignisse ab«, entschied ich. »Ich werde euch auf dem Laufenden halten, sobald ich selbst etwas erfahre.«

Den halben Nachmittag verbrachte ich damit, E-Mails an die Verantwortlichen und Geldgeber der Ausgrabung zu schreiben, in denen ich die Tragödie bedauerte und Anweisungen hinsichtlich der unmittelbaren Zukunft des Projekts erbat. Auch mit meiner Familie in Spanien führte ich ein langes Telefongespräch. Meine Frau, die Erick seit einigen Jahren persönlich kannte, war sehr aufgebracht, als sie die Neuigkeit erfuhr. Ich benötigte ein paar Minuten, um sie zu beruhigen und ihr mehrmals zu versichern, dass der Vorfall eine absolute Ausnahme darstelle. Es gebe keinerlei Grund, sich um meine Sicherheit auf der Insel zu sorgen. Außerdem konnte ich meine zwei Kleinen im Alter von drei und vier Jahren begrüßen, deren Stimmen und Lachen mir eine gewisse Ruhe einflößten, auch wenn ich sie kaum verstand, weil sie unbedingt gleichzeitig ins Telefon sprechen mussten.

Ich verlor kein einziges Wort über Maeva. Sicherlich war dies nicht der günstigste Moment, um sie der Gesellschaft vorzustellen.

Einige Zeit befasste ich mich auch mit dem Mord an Erick und verlor mich dabei in fruchtlosen Hirngespinsten und Verschwörungstheorien, die nirgends hinführten. Hans' und Sonias Aussagen bestätigten die Worte des norwegischen Anthropologen. Am Tatabend hatte er offenbar nicht nur mich, sondern auch die anderen Teammitglieder angerufen. Dennoch gab es da einen Aspekt, der nicht ins Bild passte, denn während unserer Unterhaltung gab Erick an, dass sich zu jenem Zeitpunkt bereits jemand bei ihm befand, auch wenn er nicht mehr dazu kam, mir die Identität dieser Person zu verraten, weil just in dem Augenblick die Verbindung abbrach. Die Aussage des Vorarbeiters stand zwar noch aus, aber dies ließ nur den Schluss zu, dass entweder jemand log oder die Person, die Erick Gesellschaft leistete, nicht dem engsten Kreis der Ausgrabungsteilnehmer angehörte.

Am späten Nachmittag überkam mich ein heftiges Gefühl der inneren Unruhe wie nie zuvor in meinem Leben. Von Übelkeit geplagt fühlte ich mich, als ob mir der Atem wegbliebe und meine Lungen schrumpften. Ich war überwältigt von der Reichweite der Tragödie und dem Schmerz durch den plötzlichen Verlust eines Kollegen und Freundes, von dem ich so viel gelernt hatte und dem ich so viel schuldete. Dieses Gefühl wurde durch die Unmöglichkeit zu fliehen oder Land zu gewinnen zweifellos verstärkt. In diesen Minuten erfuhr ich am eigenen Leib, was die früheren Inselbewohner in all den Jahrhunderten erlitten haben mussten. Was man sagte, das traf vollkommen zu: Dieses intensive Gefühl der Isolation, das die Osterinsel wecken konnte, fand in keinem anderen Winkel der Erde seinesgleichen.

Aus Minuten wurde eine Ewigkeit, und ich wusste nicht mehr, wie ich die Zeit totschlagen sollte. Ich wollte allein sein, doch gleichzeitig brauchte ich Gesellschaft. Mich zog es nach draußen, allerdings wollte ich auch nicht die Sicherheit der Pension aufgeben. Mein Zustand der Verwirrung war offensichtlich und stand im Einklang mit der Nervosität, die mich unversehens befallen hatte.

Schließlich bekam ich die Antwort, sobald ich davon abließ, mir das Hirn zu zermartern. Mein Herz war viel losgelöster und wies mir in Sekundenschnelle den Weg.

Ich ging zu dem Treffen mit Maeva wie ein im Nebel treibendes Boot auf der Suche nach dem Leuchtturm. Am Morgen hatte uns der Kommissar unterbrochen, und ich hatte versprochen, sie später abzuholen, sobald ich es einrichten könnte. Welcher Sache sonst konnte ich meine Zeit besser widmen als der, eine engere Verbindung zu meiner Tochter aufzubauen?

Hanarahi freute sich über meinen Besuch und sprach mir sofort ihr Mitgefühl aus. Die schreckliche Nachricht über den Mord war ihr bereits zu Ohren gekommen. Maeva folgte dem Ruf ihrer Mutter umgehend, und sobald ich sie in meinen Armen hielt, stellte ich sofort fest, dass es keinen besseren Balsam geben konnte als ihre Gesellschaft. Bereits ihr aufrichtiges Lächeln genügte, um meinen katastrophalen Gemütszustand ein gutes Stück aufzuheitern.

»Warum macht ihr nicht einen Spaziergang?«, schlug Hanarahi mit dem Ziel vor, das gleiche kameradschaftliche Klima entstehen zu lassen, das zwischen Maeva und mir am Morgen geherrscht hatte. »Die einzige Bedingung ist, dass ihr vor Sonnenuntergang zurück seid.«

Ohne Zeit zu verlieren, gelangten wir zur Avenida Policarpo Toro und ignorierten die Parade der Passanten aus Einheimischen und Touristen um uns herum, die in die sanfte abendliche Brise eingehüllt waren. Maeva zeigte sich ziemlich zurückhaltend, und auch wenn mir nicht nach Reden war, so fragte ich sie einiges, um das Vertrauen wiederzuerlangen, das wir bei der Ausgrabung gewonnen hatten. Es ist bestimmt für niemanden einfach, die Existenz eines Vaters zu begreifen, den man nie gehabt hat, von dem man nicht gedacht hat, ihn eines Tages kennenzulernen, am wenigsten für ein zehnjähriges Mädchen.

Einige einfache Fragen zu ihrer Schule und ihren Freunden reichten aus, um zu erreichen, dass Maeva ihren Panzer ablegte und sich als das extrovertierte Mädchen zeigte, das sie war. Mehrere Minuten lang übernahm sie das Reden und berichtete mir haarklein von jedem einzelnen Abenteuer, das sie in ihrem kurzen, aber intensiven Dasein erlebt hatte. Später erzählte sie von anderen belanglosen Dingen und von ihren schulischen Fortschritten. Ich beschränkte mich darauf, ihr zuzuhören und hin und wieder zuzustimmen in dem Versuch, in ihrer Stimme und ihrem unschuldigen Kinderblick Zuflucht zu finden.

Nach einer kurzen Weile erreichten wir den Hotu-Matua-Platz gegenüber der kleinen Bucht von Hanga Roa, wo ein paar der »kleineren« *Moai* auf dem *Ahu* Tautira ruhten und ihre gewöhnlichen Grimassen schnitten, die hochmütig, allerdings nicht direkt missbilligend waren. Wir setzten uns auf einen von der Sonne leicht angewärmten Steinsockel, von dem aus wir den allgegenwärtigen Ozean erblickten, der mit farbigen Licht- und Schattenspielen überzogen war.

Maeva entging nicht, dass mein Grad der Beteiligung an der Unterhaltung weiterhin sehr zu wünschen übrig ließ und dies auf meine Niedergeschlagenheit zurückzuführen war. Meine Tochter gab sich jedoch nicht geschlagen und wechselte abrupt das Thema. Indem sie das Gespräch in Richtung meines archäologischen Fachgebietes lenkte, bewies sie große Raffinesse, denn sie wusste, dass ein kleiner Schubs genügte, um mich wie ein Wasserfall zum Reden zu bringen.

»Welche Mysterien umgeben die *Moai*?«, fragte sie mich.

Obwohl ihre Frage offensichtlich darauf abzielte, mich zum Reden zu bringen, bemerkte ich, dass Maevas Interesse an der geheimnisvollen Vergangenheit ihres Volkes vollkommen echt war.

Sie musste nicht weiter nachhaken, damit ich mit einem meiner Vorträge loslegte:

»Vorab muss eine Frage gestellt werden, auf die wir bis heute keine genaue Antwort haben. Was hat die Ureinwohner dazu getrieben, sich zusammenzutun und in beinahe zwanghafter Art und Weise *Moai* herzustellen? Einige vertreten die Meinung, dass diese Abbilder von den Einheimischen wie Götter verehrt wurden oder auch als Brücke dienten, um mit ihnen zu kommunizieren. Die am weitesten verbreitete These besagt allerdings, dass die Statuen die Stammeshäuptlinge der Osterinsulaner darstellten; diese Theorie wird aber nicht von allen anerkannt, da die Skulpturen durchaus nicht spezifische Merkmale wiedergeben, sondern stattdessen sich wiederholende Muster aufweisen, die auf keine Individuen schließen lassen.

Auf der Osterinsel wurden an die tausend *Moai* gezählt. Viele sind auf die *Ahu* an der Küste verteilt, andere sind am Fuße des Rano Raraku verstreut, und ein Großteil befindet sich noch im Steinbruch am Innen- und Außenhang des Vulkankraters. Als die ersten Archäologen diese außergewöhnliche Freiluft-Werkstatt besuchten, erschauerten sie angesichts des verheerenden Panoramas, das sich ihnen darbot. Neben den imposanten Skulpturen lagen am Hang des Vulkans Abertausende von

Steinbeilen, als ob die Urbevölkerung ihre frenetische Aktivität aus heiterem Himmel eingestellt und sie dort vergessen hätte.

Heutzutage wissen wir zumindest, auf welche Art und Weise die *Moai* gehauen wurden, weil im riesigen Steinbruch noch Hunderte von ihnen halb fertig in den einzelnen Bearbeitungsstufen daliegen. Ein Prozess, der bestimmt lange Zeit und große Mühen in Anspruch genommen haben muss, bedenkt man die besondere Härte des Gesteins und die verwendeten Werkzeuge – diese rudimentären Beile, mit denen es trotz mehrerer beherzter Schläge kaum möglich war, eine Furche von wenigen Millimetern in den Stein zu klopfen.

Die alten Steinmetze bestimmten zuerst Form und Größe der Statue, wofür sie zu beiden Seiten zwei Rinnen meißelten. Von da gingen sie dazu über, Kopf, Ohren und Körper des Kolosses auszuhauen. Im Anschluss behauten sie die Rückseite, bis der Rücken der Statue die Form eines Schiffskiels annahm, der den einzigen Verbindungspunkt mit dem Muttergestein darstellte. Eine der heikelsten Arbeiten war es, den Kiel daraufhin vom Vulkanhang loszulösen, ohne dass die Skulptur zerbrach. Später schliffen sie die Statue glatt und vollendeten die letzten Details. Warum sie nicht zuerst den Steinblock an den späteren Bestimmungsort des Kolosses transportierten, um ihn dann vor Ort zu bearbeiten, bleibt weiterhin ein Rätsel. Das wäre viel logischer gewesen, doch Tatsache ist, dass sie in der Lage waren, die *Moai* die steilen Hänge des Vulkans hinab und über den steinigen Untergrund zu befördern, und dass diese dabei in keiner Weise beschädigt wurden.

Und das ist auch das große Geheimnis. Welche Ingenieurskunst wandten sie an, um diese Steinkolosse an so entfernte Orte der Insel zu bewegen, einige davon mehr als sechzehn Kilometer von ihrem Ursprungsort, dem Steinbruch, entfernt? Für die etwas »kleineren« *Moai* ließe sich eine Erklärung für deren Transport finden, doch … Was ist mit denen, die eine

Höhe von zehn Metern und ein Gewicht von achtzig Tonnen erreichen? Die größte Statue der Insel liegt noch unvollendet auf dem Hang des Vulkans und misst einundzwanzig Meter, das entspricht der Höhe eines siebenstöckigen Hochhauses, und sie wiegt an die einhundertfünfzig Tonnen …

Sogar beim Aufrichten der *Moai* haben sie sich nicht damit begnügt, sie in eine Vertiefung zu stecken, sondern sie hoben einige von ihnen sogar auf die *Ahu*, auf eine Höhe von zwei oder drei Metern über dem Boden.

Und die Herausforderungen hörten damit nicht auf. Noch musste die Statue mit dem *Pukao* gekrönt werden, einer Art Hut oder Federhaube in Form eines Zylinders, der in einem anderen Krater der Insel aus dem Fels gehauen wurde, elf Kilometer vom Rano Raraku entfernt. Es erscheint einleuchtend, dass sie sich enorme Mühen erspart hätten, wenn sie den *Pukao*, dessen durchschnittliches Gewicht an die zehn Tonnen betrug, aus demselben Block wie den Rest der Figur gemeißelt hätten. Deswegen glaubt man, dass die rötliche Farbe des Steins, aus dem sie geformt wurden, für sie eine besondere Bedeutung gehabt haben muss.«

Maeva zeigte ihren sonderbaren Tick, den sie von mir geerbt hatte. Sie blinzelte und öffnete daraufhin so weit die Augen, dass diese scheinbar aus den Augenhöhlen zu treten drohten.

»Und werden wir eines Tages erfahren, was zu jener Zeit geschehen ist?«, forschte sie nach.

»Ich fürchte, in Ermangelung eines schriftlichen Erbes wird der Lauf der Zeit selbst dafür sorgen, dass die Vorgeschichte der Insel für immer unter dem Mantel des Schweigens verborgen bleibt.«

***

417 n. Chr. – Insel Hiva

Hotuiti, nun endgültig zu Hotu Matua geworden, hatte das Alter von fünfunddreißig Jahren erreicht, als ob er ein weiteres Kind des Ariki der Insel wäre. Zu jener Zeit jedoch herrschte eine gewisse Unklarheit auf der Insel Hiva und die Situation konnte nicht konfuser sein.

Der Ariki war gerade gestorben, und sein Erstgeborener, Oroi, der schon immer eine tiefe Feindseligkeit seinem Halbbruder Hotu Matua gegenüber verspürt hatte, weil er diesen als einen Bastard erachtete, verlangte dessen Vertreibung von der Insel, trotz des Widerstands seines nächsten Umfeldes. Doch Hotu Matua machte ein anderer Umstand größere Sorgen, den er in den letzten Jahren aufmerksam verfolgt hatte, und das war der unverhältnismäßige Anstieg des Wasserspiegels, der allmählich und mit immer größerer Schlagkraft der Oberfläche der Insel Land abgewann. Dadurch sah er ihre Fortdauer auf mittlere und lange Sicht ernsthaft gefährdet. Die Überlieferungen über verschwundene Inseln und gar ganze Kontinente, die von der unermesslichen Gefräßigkeit des Ozeans absorbiert wurden, wurden von Generation zu Generation mit der Überzeugung weitergegeben, es werde über Tatsachen mit empirischem Wahrheitsgehalt berichtet.

Angesichts der Situation versammelte Hotu Matua zweihundert seiner Gefolgsleute und teilte ihnen mit, der Gott Make-Make habe ihm im Traum die Existenz einer unbewohnten Insel in östlicher Richtung offenbart. Die Reise von beachtlicher Dauer berge Risiken. Doch wenn sie ihr Ziel erreichten, könnten sie den Frieden eines von Eingriffen von außen verschonten Ortes genießen, der dank seiner hohen Felswände vor der ungestümen Macht des Ozeans geschützt sei.

Hotu Matua hatte auf die List mit dem Traum zurückgegriffen, weil er seinen Aufenthalt als Kind auf dieser fernen Insel niemals jemandem verraten hatte, und auch jetzt wünschte er, es nicht tun zu müssen. Diese Etappe und die Erinnerung an die außergewöhnlichen Siedler, die sich um ihn gekümmert und ihr Wissen mit ihm geteilt hatten, sollten ein Geheimnis bleiben und einzig in seinem Gedächtnis fortbestehen.

Zwei riesige Doppelkanus aus Schilfgras mit der königlichen Kammer auf dem Brückendeck ließen die kleine Insel Hiva hinter sich und brachen zur langen Schiffsreise auf, welche sie in das Land der Verheißung führen sollte, das sich angesichts des weiten Meeres wohl mitten im Nirgendwo zu befinden schien.

Hotu Matua, der mit den Eigenschaften der Osterinsel gut vertraut war, hatte die Kolonialisierung bis ins letzte Detail geplant. Um die Insel bewohnbarer zu machen, hatte er entschieden, sie mit neuen Ressourcen auszustatten. Also hatte er angeordnet, die Kanus mit Baumkeimlingen, Pflanzen und Geflügeltieren beladen zu lassen. Nicht alle Samen waren für den trockenen Inselboden geeignet, sodass manche nicht anwurzelten, doch andere wie die Jamswurzel, Bananen oder der Rohrzucker sollten – zusammen mit den unschätzbaren Haushühnern – zum bleibenden Bestandteil der Landschaft werden.

Die Kanus strandeten an der Bucht von Anakena, und im selben Moment wurde Hotu Matua offiziell der erste Ariki der Osterinsel.

Die Insel war menschenleer, mit Ausnahme dieser gewaltigen, aus Stein gemeißelten Skulpturen, die sofort die Aufmerksamkeit der polynesischen Siedler erregten. Die Moai waren zu stummen Zeugen einer unerhörten Vergangenheit geworden, die sich ihrem Verständnis vollkommen entzog.

Hotu Matua übernahm schnell die Führung und erklärte seinen Gefolgsleuten, er habe durch neue Enthüllungen seitens des Gottes Make-Make erfahren, dass eine frühere und bereits verschwundene Zivilisation diese Statuen zum Schutz der Insel vor äußeren Angriffen errichtet habe. An ihnen sei es nun, das von den ursprünglichen Siedlern hinterlassene grandiose Erbe anzutreten und weiterzuführen und, das gleiche Ziel verfolgend, weitere Statuen zu errichten.

Selbstredend stellte niemand die Entscheidung ihres Ariki infrage, dessen Weisheit und Intelligenz über jeden Zweifel erhaben waren.

Als ob dies nicht genug wäre, durchstach sich Hotu Matua die Ohrläppchen und schob Holzfragmente in die so entstandenen Ohrlöcher, um diese künstlich zu verlängern, womit er das sonderbare Aussehen der Ohren dieser Statuen imitierte. Der Rest der Expedition ahmte die Geste ihres Königs unverzüglich nach, und dieser Brauch sollte fortan bei den Kindern von der Wiege an praktiziert und von den Eltern an die Kinder weitergegeben werden, bis er zum Erkennungsmerkmal der Nachkommen von Hotu Matua wurde, bekannt unter dem Namen Hanau Eepe oder »Langohren«.

Sobald sie sich auf der Insel etabliert hatten und ihre lebenswichtigen Bedürfnisse gedeckt sahen, wurde der Steinbruch des Rano Raraku erneut zum Leben erweckt, er füllte die Stille mit dem hypnotisierenden Geräusch der primitiven Steinbeile an. Allerdings wurden sie zu Beginn vor lauter Schwierigkeiten gestellt. Die polynesischen Bildhauer waren sehr geschickt im Meißeln kleinerer Objekte, jedoch stellte die Aufgabe, große Gebilde zu behauen, für sie eine vollkommen neue Herausforderung dar. Schon zu Beginn mussten sie darauf verzichten, Statuen mit einer Höhe von mehr als drei Metern und einem Gewicht von mehr als zehn Tonnen herzustellen, denn andernfalls hätte sich deren Transport bis zum endgültigen Bestimmungsort als unmöglich erwiesen. Der erste Moai wies nicht unbedingt den perfekten Feinschliff auf, und sein Transport den Hang hinab mit Hilfe von Seilen und Rollen, bei dem jeder einzelne Mann auf der Insel mitwirkte, wurde zu einer wahren Tortur. War der Koloss jedoch an seinem ihm zugewiesenen Platz aufgerichtet, beschwor eine solche Heldentat bei den Männern ein derartiges Gefühl der Befriedigung und Zusammengehörigkeit herauf, dass die Anstrengungen bei Weitem aufgewogen wurden und sie davon überzeugt waren, es erneut schaffen zu können, wenn sie nur mit aller Entschlossenheit an dieses Vorhaben herangingen. Hotu Matua beglückwünschte sie von Herzen und war sehr stolz auf sie alle, wohl wissend, dass sein Volk den Transport niemals auf die Art und Weise bewerkstelligen könnte, wie es die ursprünglichen Bewohner der Insel getan hatten.

Hotu Matua spürte die Höhle auf, in der die von der früheren Zivilisation hinterlassenen Hieroglyphentafeln aufbewahrt wurden, und er sorgte persönlich dafür, eine Gruppe Eingeweihter mit den Geheimnissen der Schrift vertraut zu machen. Von da an nahmen sie es selbst in die Hand, ihre eigenen Chroniken und Überlieferungen festzuhalten und auf diese Weise schriftliche Zeugnisse ihrer Geschichte und Kultur zu hinterlassen.

Im Verlauf der Jahrhunderte verwischte sich jede Spur der einstigen Zivilisation, sie verschwand im Zuge der späteren polynesischen Zuwanderung gänzlich und wurde von der der neuen Siedler aufgenommen.

Nach dem Tod von Hotu Matua respektierten seine Nachfahren das Erbe, das mit ihrem verehrten Ariki seinen Anfang genommen hatte, und führten es fort, indem sie weitere Moai errichteten und das Schriftsystem aufrechterhielten, wobei sie in Anlehnung an die Besonderheiten der Insel die Symbole weiterentwickelten.

Jahrhunderte vergingen, und das Volk der Rapanui kam zu großem Wohlstand. In dieser Blütezeit führte es ein eigenes Regierungssystem ein, entwickelte eigene Traditionen und eine eigenständige Mythologie und entfaltete eine äußerst reiche und weltweit einzigartige Kultur, die aufgrund der besonderen isolierten Lage zustande kam.

Bis dann ein neues Ereignis etwa im 13. Jahrhundert den Lauf seiner Geschichte für immer verändern sollte …

***

Wir hatten uns vom Hotu-Matua-Platz nicht wegbegeben, trotz des lästigen Windes, der aufgekommen war und uns von der Seite mit erstaunlicher Vehemenz anpeitschte. Der Pea-Strand, der einzige Strand in Hanga Roa, lag beschaulich ausgebreitet vor uns und war zu dieser Nachmittagszeit bereits weitgehend menschenleer. Es handelte sich vielmehr um einen schmalen Sandstreifen mit exzellenter Brandung, die gute Bedingungen zum Surfen und Tauchen bot, Sportarten, für die einige Agenturen unter den Touristen warben.

Maeva beobachtete hypnotisiert die kleine Bucht von Hanga Roa, ein Werk aus Mauve- und Blautönen, dessen Atem der Klang des Meeres und dessen Herzschlag das Brechen der Wellen gegen die Felsenküste waren.

»Ein weiterer strittiger Punkt«, erklärte ich, »basiert auf der Annahme einiger Forscher, die darin übereinstimmen, dass die Statuen zwei sehr unterschiedlichen Epochen zugeordnet werden können. Diese Experten vertreten den Standpunkt, dass es eine Gruppe Skulpturen mit einem feinen und eleganten Stil gibt, mit einem viel ausgeprägteren Feinschliff, die der ersten Epoche angehören, während sich andere Statuen, die der zweiten Periode, nicht so hochwertig vollendet präsentieren, sondern gröbere und missförmige Formen aufweisen, als ob sie das Werk einer anderen Bevölkerung wären. Diese Beobachtung untermauert die These zweier verschiedener Migrationen, wobei zwischen der einen und der anderen für eine lange Zeit Stillstand im Steinbruch geherrscht haben muss.«

Maeva verzog das Gesicht, als ob sie versuchte, die Teile eines Puzzles zusammenzufügen, das unmöglich zu lösen ist.

»Aber eines verstehe ich nicht«, gab sie zu. »Um hinter das Geheimnis zu kommen, wie die *Moai* transportiert wurden, hätten die Archäologen nicht einfach die Rapanui fragen können?«

Die Frage war voller Logik.

»Da hast du nicht unrecht, Maeva«, erwiderte ich. »Und genau das haben sie getan. Allerdings wussten es nicht einmal die Rapanui selbst. Als sich schließlich die Ethnologen und Anthropologen im späten 19. Jahrhundert für die rätselhafte Vergangenheit der Insel zu interessieren begannen, war es bereits zu spät. Kurz zuvor, Mitte desselben Jahrhunderts, befand sich die Rapanui-Bevölkerung nämlich als Folge der ersten Kontakte zur Außenwelt am Rande des Untergangs, was dazu führte, dass die Erinnerungen ihrer Vorväter tragischerweise für immer verloren gingen.

Mit der Zeit gingen die überlebenden Rapanui dazu über, sich ihre eigene Geschichte auf der Grundlage von Legenden und dürftigen mündlichen Überlieferungen neu auszudenken, die nicht sehr glaubwürdig waren und bedauerlicherweise auf eine allzu junge Vergangenheit Bezug nahmen. Die Legende besagt im Zusammenhang mit den *Moai*, dass die gigantischen Statuen niemals transportiert wurden, sondern sich in Wahrheit von allein fortbewegten.

»Aber das ist nicht möglich«, hielt Maeva dagegen.

»Natürlich nicht«, stimmte ich ihr zu. »Aber, weißt du was? Einige sehen den Ursprung der Legende in der Tatsache, dass, als deine Vorfahren zum ersten Mal auf die Osterinsel kamen, die Steinkolosse bereits dort waren …«

Die Abenddämmerung fiel über die Insel nieder und bedeckte den Himmel mit einem flammenden Schleier in der Farbe lodernder Glut.

»Es ist spät. Kehren wir nach Hause zurück, bevor wir deine Mutter verärgern.«

Maeva schnalzte mit der Zunge als Zeichen ihres Protestes, doch sie stellte meine Autorität nicht infrage.

»Morgen sehen wir uns wieder«, versprach ich.

Maeva lächelte und umarmte mich mit aller Kraft, als ob sie der Tatsache noch nicht Glauben schenken könnte, dass ihr

Vater wirklich dort war, um eine Lücke zu schließen, die sie immer verspürt hatte und die keine andere Person auf der Welt zu schließen in der Lage gewesen wäre.

Kapitel 3

Sonntag

Tangata Manu: Der Titel Tangata Manu (Vogelmann) wurde dem Sieger einer jährlich stattfindenden Zeremonie verliehen, bei der die Anführer eines jeden Klans oder deren Stellvertreter darum wetteiferten, das erste Manutara-Ei zu beschaffen. Man geht davon aus, dass der Vogelmann-Kult die Religion um die Moai ab dem 17. Jahrhundert abgelöst hat, in der Zeit nach den Stammeskriegen, die auf der Inseloberfläche tobten. In zahlreichen Petroglyphen wird der Tangata Manu in seiner charakteristischen Gestalt mit menschlichem Körper und Vogelkopf dargestellt.

Ich stand wesentlich später auf, als es gewöhnlich der Fall war. Verfolgt von der Erinnerung an Ericks eingeschlagenen Kopf eine Handbreit von meinen Augen entfernt, hatte ich in der ganzen Nacht kaum ein Auge zugemacht. An jenem Sonntag hatte ich sowieso keinen frühen Termin, ausgenommen die Teilnahme an dem Gottesdienst, den der Pfarrer zu Ericks Gedenken um zwölf Uhr mittags abhalten sollte.

Die Pension, in der ich untergekommen war, war ein riesiges, in zwei verschiedene Flügel unterteiltes Haus: Der Gästeflügel beherbergte fünf Zimmer, der kleinere Flügel war für die Eigentümerfamilie bestimmt. Die Unterkunft war bescheiden und entbehrte jeden außergewöhnlichen Luxus, dafür war aber alles immer makellos sauber, und die warmherzige Art der Eigentümer sowie die Nähe, die sie einem entgegenbrachten, waren unvergleichlich. Bei Gelegenheit luden sie ihre Gäste sogar ein, an bestimmten Familienaktivitäten teilzuhaben, damit diese aus erster Hand die Bräuche des Rapanui-Volkes kennenlernten.

Gloria Riroroko war die Seele dieses *Residencial*. Die gute Frau war immer zur Stelle und kümmerte sich praktisch um alles, während ihr Mann etwas dazuverdiente, indem er für die unter seinem Dach einquartierten Touristen Ausflüge organisierte. Ihre natürliche Veranlagung machte aus Doña Gloria eine immens üppige Rapanui-Frau – eine Besonderheit, die sie jedoch nicht davon abhielt, ihre Arbeit mit großer Leichtigkeit und noch mehr Hingabe zu verrichten.

Nach einer belebenden Dusche fühlte ich, wie mich ein heftiger Hunger plagte, hatte ich doch am Vortag kaum einen Bissen zu mir genommen. Ein reichhaltiges Frühstück auf der Grundlage der Spezialität des Hauses, nämlich Marmelade aus Früchten der Insel, könnte sicherlich meinen Appetit stillen.

»Guten Tag, Don Germán.« Gloria hatte, wie jeder Rapanui, zu jeder Tages- oder Nachtzeit stets ein Lächeln zu verschenken.

Lediglich am Tag zuvor hatte sie ihr charakteristisch heiteres Gesicht abgelegt, um mir tröstende Worte anlässlich des Verlustes meines Kollegen und Freundes zu spenden.

»Guten Tag«, antwortete ich. »Bitte bringen Sie mir Ihr leckeres Frühstück. Und dazu einen starken Kaffee.«

»Sie sehen nicht gut aus. Haben etwa die *Aku Aku* Sie belästigt?«

Die *Aku Aku* waren die Schutzgeister der heiligen Orte der Insel, die manchmal ihre Wut an den Ausländern ausließen, wenn diese jene Stätten betraten. Aber auch die Einheimischen kriegten es mit ihnen zu tun. In der Regel belästigten sie ihre Opfer während der Nacht oder brachten ihnen Pech oder sogar Unglück, je nach der Schwere der Angelegenheit. Als Doña Gloria zum ersten Mal auf die *Aku Aku* zu sprechen kam, dachte ich, sie meine es nicht ernst, aber bald merkte ich, dass ich mich irrte. Überraschenderweise glaubten noch viele Rapanui an diese altüberlieferten Wesen genauso wie an viele andere Traditionen abergläubischer Natur.

»Heute haben sie mich wieder nicht belästigt«, erwiderte ich. »Sie wissen wohl, dass ich, auch wenn ich mich der Archäologie widme, einen tiefen Respekt vor den Reliquien ihrer Vergangenheit habe.«

Gloria schenkte mir ein komplizenhaftes Lächeln und verschwand in der Küche.

Das Esszimmer war leer. Die übrigen Gäste waren am Morgen zeitig aufgebrochen, um die Insel zu erkunden und auch das letzte Licht des Tages auszunutzen. Unter den gegebenen Umständen frühstückte ich in einer Grabesstille, einzig unterbrochen vom Glockengeläut fast zum Schluss, das den bevorstehenden Gottesdienst ankündigte.

Ich verließ die Pension und ging zu Fuß die Avenida Te Pito o Te Henua hinauf, eine nicht asphaltierte Straße aus rötlicher Erde, an deren oberem Ende sich die Pfarrkirche erhob, die durch ein schlichtes weißes Kreuz vervollkommnet wurde, das ihr Satteldach krönte. Die Inselbewohner, die ihre Sonntagskleidung angelegt und exotische Düfte aufgelegt hatten, schritten zum Gotteshaus, als ob sie eher einem gesellschaftlichem Anlass als einer religiösen Zeremonie beiwohnen würden. Unter die Menge hatten sich auch einige Touristen gemischt, denn der volkstümliche Sonntagsgottesdienst wurde auf Rapanui gesungen und war ein Muss für alle, die die Insel besuchten.

Bevor ich das Innere betrat, blieb ich vor einer kleinen Parzelle an einer Seite des Gotteshauses stehen, die zum alten Friedhof gehörte und wo sich das Grab des ersten Missionars der Insel befand: des Franzosen Eugène Eyraud. Die Inschrift auf dem Grabstein lautete:

Die Osterinsel an den Bruder
Eugène Eyraud, der vom einfachen
Arbeiter zum Arbeiter Gottes wurde,
indem er die Insel für Jesus Christus eroberte.

Ich kannte die Geschichte des französischen Missionars aufgrund seiner Rolle beim Fund der *Rongo-Rongo*-Schrifttafeln, die die mysteriöse Hieroglyphenschrift tragen, gut. Ohne besonders religiös zu sein, fiel es mir nicht schwer zuzugeben, dass ich tiefe Bewunderung für ihn hegte, weil er der erste Abendländer war, der das Abenteuer auf sich nahm, mit den Ureinwohnern der Insel zusammenzuleben, irgendwann in der zweiten Hälfte des 19. Jahrhunderts.

Auch wenn sie mit dem Rücken zu mir stand, erkannte ich Sonia Rapu an ihrem charakteristischen Haarknoten am Hinterkopf. Ich rief ihren Namen und bemühte mich, ein leichtes Lächeln anzudeuten, das dem Moment seine dramatische Steife nehmen sollte. Die junge Archäologin begrüßte mich herzlich, und ich erwiderte den Gruß mit ehrlicher Rührung, woraufhin ich ihr mehrmals dafür dankte, dass sie sich zu Ericks Trauerfeier eingefunden hatte. Glücklicherweise kam sie mir viel gefasster vor als am Nachmittag des Vortrages in dem Café. Sonia wurde von einem Mann begleitet, den ich für ihren Vater hielt, bei dem es sich in Wirklichkeit aber um ihren Großvater handelte, wie ich erfuhr, als sie uns vorstellte. Er hieß Tulio und war sechzig Jahre alt geworden, er erfreute sich jedoch einer exzellenten Gesundheit und war beneidenswert gut in Form; das wäre ich in zwanzig Jahren hoffentlich auch.

Sonias Großvater sprach mir sein Mitgefühl aus, entschuldigte sich, um in die Kirche zu gehen, und ließ mich mit seiner Enkelin allein.

»Wusstest du, dass mein Großvater dem Ältestenrat angehört?«, meinte Sonia mit offensichtlichem Stolz.

Der Ältestenrat war eine Institution, deren Mitglieder Einheimische waren und deren Hauptaufgabe darin bestand, die politischen Stellen des Landes zu beraten mit dem Ziel, das Kulturerbe, die Tradition und die Sprache des Rapanui-Volkes zu schützen. In der jüngsten Zeit beispielsweise hatte das Einschreiten des Ältestenrates zur Vereitelung der ehrgeizigen Pläne eines mächtigen Mischkonzerns geführt. Der hatte die Behörden mit einem Projekt verführt, das die Privatisierung des Nationalparks Rapa Nui sowie den Bau von luxuriösen Freizeitanlagen zur Förderung des gehobenen Tourismus auf Kosten der Insulaner vorsah, die unter Preissteigerungen für die grundlegendsten Dienstleistungen zu leiden gehabt hätten.

»Außerdem«, erklärte Sonia weiter, »wurde meinem Großvater eines der wichtigsten Symbole zugewiesen: der *Moai.*«

»Wie bitte?« Ich verstand nicht, worauf sie sich bezog.

»Nun, intern wird jedem Mitglied des Ältestenrates ein Symbol aus dem Rapanui-Kulturkreis zugewiesen.«

Ich nickte. Das System ähnelte dem der *Real Academia Española*, der Königlich Spanischen Akademie für die Pflege der spanischen Sprache, bei dem jedem Mitglied der Akademie ein bestimmter Buchstabe des Alphabets zugewiesen wurde.

Wir beschlossen, in die Kirche zu gehen, um noch einen Sitzplatz zu ergattern, denn an diesem Morgen herrschte mehr Zulauf als gewöhnlich. Da ich allein gekommen war, hatte Sonia wohl Mitleid mit mir und setzte sich neben mich auf eine der letzten Bänke. Ihr Großvater hatte sich anderen Insulanern angeschlossen und würde sie, wie es schien, bei dem Gottesdienst nicht vermissen. Mit den Augen durchstreifte ich den Raum auf der Suche nach Hans; von dem deutschen Geologen war keine Spur zu sehen. Er hatte wohl beschlossen, dem Ereignis nicht beizuwohnen. In den ersten Reihen konnte ich allerdings Reinaldo Tepano ausmachen, mit dem ich mich noch unterhalten musste. Ich entschied mich, den Vorarbeiter der Ausgrabung am Ende der Zeremonie anzusprechen.

Die Seitenfenster warfen staubige Lichtstrahlen in das Innere des schmalen Kirchenschiffs, das ansonsten im Vergleich zu der Norm, die in katholischen Kirchen sonst üblich war, übertrieben schmucklos war. Erwähnenswert hingegen waren die Holzschnitzereien entlang des Perimeters des Gotteshauses aus der Hand einheimischer Künstler, die als meisterliches Beispiel für den religiösen Synkretismus zwischen der Mythologie der Osterinsel und dem Christentum stehen. Das Bildnis der Santa María de Rapa Nui, die beim Volk als die Schutzheilige der Insel verehrt wurde, war ein perfekter Beweis für diese besondere Verbindung. Auf dem Kopf der Jungfrau ruhte der *Manutara*, eine Möwe, die Jahrhunderte zuvor den Vogelmann-Kult begründet hatte und heutzutage, angepasst an die Traditionen der Insel, als Heiliger Geist galt. Ferner war es offensichtlich, dass das Antlitz der Jungfrau mit ihren runden Augen und dem durchdringenden Blick eine deutliche Ähnlichkeit mit dem Urgott *Make-Make* erkennen ließ. Sogar im

Profil des Jesuskindes, das sie in ihren Armen hielt, waren die klassischen Gesichtszüge der *Moai* verewigt.

Endlich kam der Pfarrer zum Vorschein, und all die Unterhaltungen und Flüstereien verstummten. Wir Anwesenden standen auf, antworteten auf seinen protokollarischen Gruß und bekreuzigten uns voller Gehorsam. Die Zeremonie kam auf Geheiß des Priesters plötzlich zum Stillstand, als dieser die Liturgie unterbrach, um aufmerksam die Eingangstür zu betrachten. Wir Gläubigen, die wir in die Kirche geströmt waren, drehten uns um und schauten in ebendiese Richtung.

Ein gekrümmter alter Mann, gestützt auf einen Gehstock, tauchte im hinteren Bereich der Kirche auf wie eine Erscheinung. Tatsächlich aber hielten ihn zwei oder drei Familienangehörige, die ihm bei jedem seiner mitleiderregenden Schritte halfen. Sein pergamentartiges Gesicht beeindruckte mich, vor allem imponierte mir die große Anstrengung, die ihn der Weg in die Kirche gekostet haben muss. Kein vernünftiger Mensch, nicht einmal der Priester selbst, hätte ihm sein Zuspätkommen vorwerfen können.

»Das ist Simeón Pakarati«, klärte mich Sonia flüsternd auf. »Er wird Simeón ›der Ewige‹ genannt, weil er der betagteste Bewohner der Insel ist. Er ist einhundertvier Jahre alt.«

Sofort bot eine Gruppe Teilnehmer Simeón und den Familienangehörigen, die ihm zur Seite standen, ihre Bank an. Ich konnte meine Augen nicht von dem Greis abwenden, vor dem ich sofort tiefen Respekt hatte.

»Simeón gehört auch dem Ältestenrat an«, fuhr Sonia fort, »aber mittlerweile nur noch als Ehrenmitglied. Auch wenn er noch klar im Kopf ist, lässt sein körperlicher Zustand dennoch sehr zu wünschen übrig.«

Nachdem sich alle niedergelassen hatten, nahm der Gottesdienst dem Dogma der katholischen Religion gemäß seinen Lauf, wenn auch mit leichten Zugeständnissen an die

Eigenheiten der Insel. Auf diese Weise ging jeder ermüdenden Ansprache des Pfarrers in spanischer Sprache glücklicherweise ein melodischer Gesang auf Rapanui voraus. Die sinnlichen Stimmen des örtlichen Chores stimmten liturgische Hymnen mit polynesischen Wurzeln an, welche auf kluge Weise in den Rahmen des christlichen Glaubens eingepasst wurden.

Am Ende der Zeremonie sprach der Priester einige Worte in Gedenken an Erick, die keiner der Anwesenden mit mehr Ergriffenheit aufnahm als ich. Erick Solsvik mochte ein Ausländer gewesen sein, doch die Rapanui vergaßen nicht, dass jener sonderbare Norweger einen Großteil seiner beruflichen Laufbahn dem Studium und der Verbreitung ihrer Kultur gewidmet hatte.

Als der Pfarrer den Gottesdienst für beendet erklärte, war ich verblüfft, dass sich niemand vom Platz rührte. Schnell begriff ich, dass alle darauf warteten, dass Simeón »der Ewige« als erster hinausging, denn der alte Mann brauchte nicht nur länger als alle anderen, sondern benötigte auch möglichst viel Platz, um mit seiner Familie zu manövrieren. Draußen wartete natürlich ein Wagen auf ihn, der ihn nach Hause fuhr.

Anschließend beeilten Sonia und ich uns hinauszugehen, allerdings weckte der Kontrast mit der Außentemperatur in mir den Wunsch, sogleich in die Kirche zurückzukehren. Sofort erschien ihr Großvater, und beide verabschiedeten sich von mir, zuvor versprach ich jedoch der jungen Archäologin, sie über die Neuigkeiten aus Oslo auf dem Laufenden zu halten. In der Menschenmenge hielt ich nach Reinaldo Ausschau und wartete, bis er zu mir aufschloss.

Reinaldo Tepano war fünfundsechzig Jahre alt und schleppte stets eine gewisse melancholische Aura mit sich, die sich in seinem Blick und auch in der Ernsthaftigkeit seines Gesichtsausdrucks widerspiegelte, er gönnte sich nur selten ein Lächeln. Vielleicht um dies aufzuwiegen, pflegte der erfahrene

Vorarbeiter stets zu wiederholen, in seinen Adern fließe authentisches Blut der »Langohren«, worauf er mächtig stolz war. Wie es schien, entsprang seine Familie direkt diesem angesehenen Stamm, der vor einer Handvoll Jahrhunderten während der Bruderkriege kurz vor dem Aussterben gewesen war. In diesen Kriegen standen seine Ahnen dem rivalisierenden Geschlecht gegenüber.

Reinaldo gab mir einen kräftigen Händedruck.

»Es ist schrecklich, dass so etwas auf *meiner* Insel passieren konnte«, erklärte er verdrossen. »Und auch noch Herrn Solsvik, der es als Letzter verdient hätte.«

Ich nickte nur, seinem Kommentar war kaum etwas hinzuzufügen.

»Reinaldo, hast du schon mit der Polizei gesprochen?«

»Noch gestern hat sich Kommissar Villegas mit mir unterhalten«, gab er zu. »Ich habe alle seine Fragen beantwortet, auch wenn ihn das meiner Meinung nach nicht viel weiterbringen wird. Ich weiß nichts darüber, was geschehen ist.«

»Es ist ein komplizierter Fall«, entgegnete ich. »Auf alle Fälle ist es etwas seltsam, dass niemand einen Hinweis geben kann, meinst du nicht auch?«

Reinaldo zuckte mit den Schultern.

»Diese Insel ist klein«, erwiderte er. »Und doch ist sie voller Schlupfwinkel.«

Ich vermochte nicht ganz den Sinn dieser Behauptung zu entschlüsseln. Reinaldo verzog keinerlei Miene.

»Sag mal, Reinaldo, hast du Freitagnacht von Erick einen Anruf erhalten?«

»Ich besitze kein Mobiltelefon, Don Germán. Und ich kann nicht sagen, ob er bei mir Zuhause angerufen hat, weil mein Telefon seit über einer Woche defekt ist. Aber das beunruhigt mich nicht. Ich war noch nie ein großer Anhänger der modernen Apparate, zu denen wir in meiner Kindheit auf der Insel nicht einmal Zugang hatten.«

Ich merkte, dass Reinaldos Mentalität exakt dieselbe war wie vor elf Jahren, als ich ihn während meiner ersten Ausgrabung kennenlernte.

»Don Germán, machen wir in der Stätte mit den Prospektionen weiter? Vergessen Sie nicht, dass ein Dutzend Männer von dieser Arbeit abhängig ist.«

»Das hängt nicht von mir ab, Reinaldo. Aber sobald ich etwas in Erfahrung bringe, wirst du der Erste sein, der es erfährt, damit du mit der Mannschaft die Rückkehr zur Ausgrabung koordinieren kannst.«

Nach einem bescheidenen Mittagessen ging ich meine E-Mails durch, um zu sehen, ob ich neue Nachrichten erhalten hatte. Da waren einige, sehr wichtige sogar. Ich las sie mehrmals durch, um sicherzugehen, sie auch richtig verstanden zu haben. Die Geldgeber der Ausgrabung hatten beschlossen, das Projekt weiterzuführen. Außerdem sollte ich vorerst die Arbeiten leiten, auch wenn man überlegte, einen neuen Verantwortlichen – wahrscheinlich einen Norweger – zu schicken, der die Leitung übernehmen sollte, sobald er die Insel erreichte.

Das waren gute Nachrichten. Ich könnte mich in die Arbeit flüchten, meine Gedanken wären beschäftigt; es wäre eine Art Balsam, der zu einer schnelleren Heilung meiner Wunden verhelfen könnte. Was den Ersatzmann anging, damit hatte ich kein Problem, auch wenn ich mir sicher war, dass keiner von Ericks Landsleuten auf dem Gebiet der Rapanui-Kultur den gleichen Ruf genoss.

Ich beschloss, sofort zu Reinaldo nach Hause zu gehen, um ihm die Nachricht mitzuteilen und ihm zu sagen, dass wir gleich morgen früh normal mit den Arbeiten weitermachen wollten. Bei Hans und Sonia reichte ein Telefonat, um sie auf dem Laufenden zu halten.

Kaum war ich auf die Straße hinausgelangt, da stieß ich mit Esteban Villegas zusammen, der gerade sein Fahrzeug vor der Tür der Pension geparkt hatte. Der Kommissar lächelte steif unter seinem Militärschnurrbart und brachte mir einen diplomatischen Gruß entgegen.

»Ah, Germán! Ich wollte gerade zu Ihnen.«

Ich erzählte ihm, wohin ich gehen wollte, und Esteban bot mir seine Begleitung an, damit wir auf dem Weg dahin plaudern konnten. Reinaldo Tepanos Haus war nicht allzu weit weg, keine Stelle in Hanga Roa war es. Die Ortschaft besaß ein unregelmäßig verlaufendes Straßennetz, jedoch teilten sich zwei Straßen, die sich kreuzten – die Avenida Te Pito o Te Henua und die Avenida Atamu Tekena –, den Großteil der Geschäfte, Restaurants und Regierungsgebäude der Insel zu gleichen Teilen.

Wir setzten uns in Bewegung, wobei ich den Kommissar in erster Linie über die letzten Neuigkeiten zur Ausgrabung informierte.

»Glückwunsch zu Ihrer Ernennung zum Projektleiter«, gratulierte er mir in einem zweideutig anmutenden Ton.

»Das ist nur vorläufig«, unterstrich ich.

Der Kommissar zeigte mir sein Walrosslächeln und ging weiter, die Augen nach vorne gerichtet.

»Und wie laufen die Ermittlungen?«, fragte ich. »Gibt es Fortschritte?«

»Kaum«, gab er ungeniert zu. »Wir machen kleine Schritte, die uns bis jetzt nirgendwohin geführt haben. Nach der Aufnahme unendlich vieler Aussagen wissen wir mit Sicherheit nur, dass Herr Solsvik um fünf Uhr von der archäologischen Stätte aufgebrochen ist und sich in sein Hotelzimmer begeben hat, welches er gegen fünf Uhr dreißig wieder verließ. Von da an verliert sich seine Spur. Niemand hat ihn mehr gesehen, bis man dann seine Leiche am nächsten Morgen fand.«

»Diese Insel ist klein, doch wissen Sie, sie ist voller Schlupfwinkel«, antwortete ich mit Reinaldos Worten, ohne genau zu wissen, warum, und bereute es augenblicklich.

Esteban warf mir einen eiskalten Blick zu und ignorierte meinen Kommentar.

»Der Gerichtsmediziner ist der Auffassung, dass der Tod gegen Mitternacht eingetreten ist … Doch diese Angabe verkompliziert den Fall noch mehr, anstatt etwas zu seiner Klärung beizutragen, denn dies würde bedeuten, dass Herr Solsvik noch einige Stunden länger am Leben geblieben wäre, nachdem er mit Ihnen um neun Uhr abends gesprochen hat.«

Dies hat mich auch verwirrt, ich hegte nämlich den Verdacht, dass Erick noch während unseres Gesprächs getötet wurde, vermutlich in dem Augenblick, in dem die Verbindung abrupt abbrach.

»Germán, ich habe die wichtigsten Teilnehmer der Ausgrabung persönlich befragt, doch nun würde ich gerne ein Detail mit Ihnen besprechen, das nicht ins Bild passen will, so sehr ich mir darüber auch den Kopf zerbreche.« Esteban hielt an und blieb mitten auf dem Bürgersteig stehen, um meine ganze Aufmerksamkeit zu haben. »Laut Ihrem Bericht sagte Herr Solsvik, dass er die übrigen Teammitglieder angerufen hat und sich einer von ihnen sogar bereits bei ihm befindet.«

Ich nickte. Die Zusammenfassung des Kommissars gab meine Aussage fast wortwörtlich wieder.

»Allerdings gibt das keiner von ihnen zu«, urteilte Esteban. »Hans Ottomeyer sagte aus, dass sein Mobiltelefon ausgeschaltet gewesen war und er den Anruf von Herrn Solsvik bis zum nächsten Morgen nicht gesehen hat. Reinaldo Tepano seinerseits erklärte, nicht einmal über ein Telefon zu verfügen und dass Herr Solsvik ihn auf keinen Fall kontaktieren konnte. Lediglich Sonia Rapu gab zu, sich kurz mit ihm unterhalten zu haben. Aufgrund der Verabredung mit ihrem Großvater hat sie es jedoch abgelehnt, zu so später Stunde seiner Bitte nachzukommen.«

Ihre Erklärungen stimmten mit dem überein, was sie mir selbst erzählt hatten.

»Jemand lügt …«, deutete der Kommissar an. »Oder, und verzeihen Sie mir meine Offenheit, der, der lügt, das sind Sie«, fügte er klar und deutlich hinzu. »Es kann aber auch sein, dass es sich bei der Person, die bei Herrn Solsvik war, um jemanden handelt, der mit der Ausgrabung nichts zu tun hat. Laut Ihren eigenen Worten erscheint diese letzte Option jedoch nicht sehr wahrscheinlich.«

Dem konnte ich wenig bis gar nichts hinzufügen. Ich war zu demselben Schluss gekommen wie der Kommissar. Was mir jedoch überhaupt nicht gefiel, war die Möglichkeit, von Esteban auf seine Liste der Verdächtigen gesetzt zu werden.

»Das ist schon seltsam«, erkannte ich an, »aber sicherlich gibt es eine vernünftige Erklärung dafür. Ehrlich gesagt, glaube ich nicht daran, dass irgendein Teammitglied in ein solches Verbrechen verwickelt ist. Und ich bin es definitiv nicht.« Mein Ausdruck verhärtete sich. »Sie wissen, dass mich mit Erick eine große Freundschaft verband.«

»Nein, ich bitte Sie!«, sputete sich Esteban richtigzustellen. »Verstehen Sie mich nicht falsch, ich klage Sie hier keineswegs an. Das fehlte noch. Ich habe lediglich ein paar Tatsachen auf den Tisch gelegt.«

Plötzlich ertönten aus der Querstraße laute Rufe, die sich über die einstöckigen Häuser hinweg erhoben. Neugierig beschleunigte ich meine Schritte, um an der Straßenecke nachzusehen, was es damit auf sich hatte. Aus dem resignierten Ausdruck auf Estebans Gesicht konnte ich schließen, dass er absolut nicht überrascht war und natürlich bereits Kenntnis dessen besaß, was wir gleich sehen sollten.

Ein Strom von Osterinsulanern marschierte im Schutze eines Transparentes die Hauptstraße hinauf und stimmte Protestparolen an, mit denen sie ihre Forderungen kundtaten. Ein paar uniformierte Polizisten, Untergebene des Kommissars Villegas, eskortierten den Marsch, um Vorfälle jeglicher Art zu vermeiden.

Ohne dass ich ihn erst fragen musste, erläuterte mir Esteban die Hintergründe der Protestaktion.

»Einige Mitglieder der wichtigsten Familien auf der Insel fordern schon seit Jahrzehnten die Rückgabe ihres angestammten Landbesitzes. Alles geht auf das Jahr 1888 zurück, als die Rapanui ihre Souveränität an den chilenischen Staat abtraten, das Eigentum an ihrem Land jedoch nicht. Kurze Zeit später allerdings übergab die chilenische Regierung dieses Land provisorisch an die Staatskasse. Für die Durchführung allerlei Bauvorhaben und die Förderung der Entwicklung der Insel wurden dann ab den sechziger Jahren einige Familien aufgefordert, ihre Grundstücke vorläufig aufzugeben, wobei sie als Ausgleich Wohnungen in den Randgebieten erhielten. Unter den jetzt zurückgeforderten Grundstücken befinden sich der Flughafen, das Standesamt, der Regierungsplatz und sogar das Hotel Hanga Roa, das vor einiger Zeit in Privatbesitz überging.«

Mir war bekannt, dass die Rapanui Forderungen stellten, doch ich wusste nicht, dass sich der Konflikt dermaßen zugespitzt hatte.

»Nach dem kürzlichen Negativurteil des Berufungsgerichtes von Valparaíso haben die betroffenen Klans angekündigt, Rechtsbeschwerde einlegen zu wollen. Doch währenddessen bereiten sie weitere Protestaktionen vor, darunter, wie ich fürchte, die Besetzung öffentlicher Gebäude.«

»Da bahnen sich Probleme an«, kündigte ich an.

»Viele. Als ob ich nicht ohnehin schon genug hätte mit dem verflixten Mord in der Höhle der Kannibalen, wie die lokale Presse den Fall bereits getauft hat.«

Als wir die Hauptmasse des Aufmarsches kreuzten, polterten einige der aufgebrachtesten Insulaner mit Parolen auf Rapanui gegen Kommissar Villegas, der weiterging, um Konfrontationen auszuweichen. Kurioserweise war Esteban nicht das Objekt ihrer Wut aufgrund seines Postens an der Spitze der Polizeibehörde, sondern weil er ein Chilene vom Kontinent war. Seit der Annektierung der Osterinsel gegen Ende des 19. Jahrhunderts hatte Chile das Volk der Rapanui in einem Prozess der kolonialistischen Ausbeutung unterdrückt. Und dieser Prozess endete erst einige Zeit nach Beginn der sechziger Jahre des darauffolgenden Jahrhunderts. Heutzutage verband die Rapanui mit den Chilenen vom Festland eine herzliche Beziehung, doch unter bestimmten Umständen fiel es nicht leicht, die Vergangenheit zu vergessen.

»Lassen sie sich nicht täuschen. Hinter diesen Protesten verbirgt sich der Wunsch der Rapanui nach Unabhängigkeit«, vertraute der Kommissar meinem Ohr an. »Die Angelegenheit ist absolut abwegig«, fügte er hinzu.

Als die Demonstranten weitergezogen waren und es etwas ruhiger wurde, nutzte Esteban die Gelegenheit und sprach ein Thema an, bei dem er zweifellos meine Meinung hören wollte.

»Im Verlauf der Ermittlungen kam mir ein Zwischenfall zu Ohren, der sich erst kürzlich ereignet hat und den Sie überraschenderweise überhaupt nicht erwähnt hatten. Er könnte im Zusammenhang mit dem Fall stehen oder auch nicht, aber im Vorfeld finde ich diesen Sachverhalt sehr bedenkenswert.«

Der Kommissar fügte nichts weiter hinzu und wartete darauf, dass ich die Initiative ergriff. Das Dumme war nur, dass ich ihm ohne jeden Anhaltspunkt schwerlich weiterhelfen konnte. Während wir weitergingen, hielt ich seinem Blick stand und wartete auf mehr Details.

»Soweit ich es verstanden habe, hatten Reinaldo Tepano und Herr Solsvik vor nur wenigen Tagen eine Auseinandersetzung auf dem Ausgrabungsgelände …«

Zu Anfang war ich etwas konfus, weil ich mich nicht daran erinnern konnte, dass etwas Derartiges geschehen war, bis mir schließlich kurz darauf der Vorfall einfiel, auf den sich Esteban bezog.

»Ich weiß nicht, was man Ihnen erzählt hat, aber das, was da passiert ist, hatte nicht die geringste Bedeutung.«

»Gut, erzählen Sie mir Ihre Version der Geschichte.«

Ich nahm einen Atemzug der aromatischen Inselluft und schickte mich an, ihm vom fraglichen Vorfall zu berichten.

»Sehen Sie, Reinaldo ist ein Rapanui der alten Schule, ein Experte auf dem Gebiet der Legenden und Traditionen seiner Vorfahren und ein großer Verfechter der Bräuche seines Volkes. Der Mann ist felsenfest von der Existenz der Schutzgeister der Erde überzeugt und sagt, dass er sie während der Ausgrabungen hören könne. Aus all diesen Gründen schätzte Erick seine Meinung sehr hoch ein. Sogar wenn es um die Entscheidung des Ortes ging, an dem eine neue Grube ausgehoben werden sollte, hörte er ihn immer voller Respekt an; nur selten fand sein Urteil keine Berücksichtigung.« Ich hob den Blick und sah, dass Esteban meinen Ausführungen aufmerksam folgte. »Aber zu Wochenbeginn waren Erick und Reinaldo unterschiedlicher Auffassung. Auf der Grundlage rein wissenschaftlicher Kriterien hatte Erick beschlossen, eine Prospektion an einer bestimmten Stelle dieser Stätte durchzuführen, und Reinaldo war entschieden gegen dieses Vorgehen und brachte das Argument an, dass die *Aku Aku* nicht mit einer Schändung dieses Landstreifens einverstanden wären. Natürlich hatte die Wissenschaft Vorrang vor dem Aberglauben, und Reinaldo akzeptierte am Ende seine Niederlage, mehr oder weniger zähneknirschend.«

»Sie haben die Einzelheiten sehr gut zusammengefasst«, lobte der Kommissar. »Genau das wurde mir berichtet.«

»Aber machen Sie sich kein falsches Bild. Der Vorfall hatte keinerlei Bedeutung. Es war nicht die erste Zusammenarbeit von Erick und Reinaldo, und schon früher haben sich ähnliche Zwischenfälle ereignet.«

Gerade als ich die letzten Worte ausgesprochen hatte, erreichten wir das Haus des Vorarbeiters. Schnell fand ich heraus, dass er nicht zu Hause war: Er hatte an der Demonstration teilgenommen und kehrte sicherlich nicht vor Ende der Protestkundgebung zurück.

Kommissar Villegas verabschiedete sich von mir und machte sich auf den Rückweg. Ich beschloss, in einem nahegelegenen Café auf Reinaldo zu warten, während ich die ausstehenden Anrufe erledigte, um Hans und Sonia darüber zu informieren, dass sie morgen zur Ausgrabung kommen sollten.

Ich kehrte erst am späten Nachmittag in die Pension zurück, doch zumindest hatte ich sämtliche Hausaufgaben erledigt. Sowohl Reinaldo als auch die anderen wussten Bescheid, und am nächsten Morgen sollte keiner dem Termin in der archäologischen Ausgrabungsstätte fernbleiben. Gloria Riroroko stutzte einige Pflanzen und Bäume im dicht bewachsenen Garten am Eingang, der beinahe einem tropischen Regenwald glich. Die Leiterin der Pension ließ von ihrer Tätigkeit ab und wies mich darauf hin, jemand warte im Gemeinschaftssaal bereits seit einer Weile auf mich, dabei warf sie mir einen missbilligenden Blick zu, wie sie es noch nie zuvor getan hatte. Ich dankte ihr für diese Information und ging verwundert ins Innere, in der Absicht, das Geheimnis zu lösen.

Bereits vom Flur aus konnte ich Maeva ausmachen, die mit einem dicken Buch in den Händen dasaß und mich mit einer Engelsgeduld erwartete. Kupferfarbene Lichtschimmer skizzierten ihre Konturen, deren Formen bereits die außergewöhnlich schöne Frau erkennen ließen, die sie später einmal werden würde.

Ich konnte mir gut Doña Gloria vorstellen, wie sie einige Worte mit Maeva wechselte, die sicherlich ohne Umschweife in alle vier Himmelsrichtungen verkündete, der dort logierende spanische Archäologe, Don Germán Luzón de Estrada, sei kein Geringerer als ihr Vater, den sie in ihrem Leben so sehr vermisst habe. Das Gerücht, da hatte ich keinen Zweifel, würde sich wie eine ansteckende Krankheit über die ganze Insel ausbreiten. Ich seufzte. Besser so. Früher oder später musste das ja passieren.

Maeva hob den Blick, und auf ihrem Gesicht formte sich ein strahlendes Lächeln, das mich kurzerhand meine ganzen Probleme vergessen ließ. Dieses Mal hatte sie mich aufgesucht. Aber auch wenn sie damit nur Hanarahis Anweisungen befolgt hätte, so bescherte mir ihre Anwesenheit dennoch ein immenses Hochgefühl. Diese Art Treffen konnten nur dazu beitragen, das entstehende Band zu stärken, das sich zwischen uns beiden bereits aufgebaut hatte.

Wir küssten uns auf die Wange und machten es uns auf dem komfortablen Sofa gemütlich, das Doña Gloria für die Gäste bereitgestellt hatte.

»Wartest du schon lange?«, fragte ich.

»Ein bisschen«, log sie.

Offenbar hatte die gute Frau Riroroko plötzlich ihre Arbeit im Garten aufgegeben, um sich im Haushalt nützlich zu machen, wobei eine genaue Einordnung des Zwecks ihrer jetzigen Aufgabe schwerfiel. Und so kam es, dass sie, ganz unauffällig, ihr dralles Gesäß von hier nach da bewegte und uns nicht eine Sekunde aus den Augen ließ. Ich beschloss, sie nicht weiter zu beachten; ihre Klatschweib-Neugier störte mich nicht.

Maeva zeigte mir das Buch, das sie beim Warten gelesen hatte.

»Ich habe es aus der Bibliothek geholt«, klärte sie mich auf. »Es handelt von der Osterinsel und ihrer Geschichte, aber es ist langatmig. Ich finde es besser, wenn du mir davon erzählst.«

Ich schaute mir den Wälzer kurz an. Es handelte sich um schwer verdauliche wissenschaftliche Kost, die wahrscheinlich sogar mich gelangweilt hätte.

»Dieses Buch ist nicht für Kinder geschrieben worden«, bemerkte ich. »Besser, ich erkläre dir, was du wissen willst.«

Maeva nickte und runzelte die Stirn, als sie ihre Nervenzellen zum Laufen brachte.

»Was passierte danach?«, platzte sie heraus, ohne lange zu überlegen.

»Wonach?«

»Nach Hotu Matua.«

»Ah ja«, erwiderte ich. »Nun, jetzt begeben wir uns in eine Epoche vor relativ kurzer Zeit. Und denk daran, dass dies die Version der Ereignisse ist, die allgemein als wahrscheinlichste betrachtet wird.«

Maeva machte es sich gemütlich und war gewillt, nicht das kleinste Detail meiner Schilderung zu verpassen.

»Viele Jahrhunderte nach dem Tod von Hotu Matua hatte sich die Bevölkerungszahl der ›Langohren‹ exponentiell vervielfacht, und die Insel zählte bereits mehrere Tausend Einwohner. Aber das kluge Wirtschaften mit den natürlichen Ressourcen bedrohte noch in keiner Weise die Nachhaltigkeit des Systems. Die Herstellung der *Moai* ließ im Laufe der Zeit keineswegs nach und bildete in der Tat noch immer den Grundpfeiler der Gesellschaft, ferner verhalf sie den Inselbewohnern zur Geschlossenheit. Dennoch hatte die ursprünglich den Kolossen beigemessene Bedeutung starke Veränderungen erfahren und ihre Weiterentwicklung gestaltete sich parallel zum politischen und ideologischen System der Insel. Der *Ariki* als direkter Nachfahre von Hotu Matua blieb an der Spitze der Gesellschaftsordnung der Osterinsel, welche sich aus den verschiedenen Klans zusammensetzte, die die Oberfläche der Insel zu gleichen Teilen untereinander aufgeteilt hatten. Doch in Wahrheit hatte sich die Priesterkaste einen besseren Rang innerhalb der Hierarchie gesichert, indem sie die Verbindung und die Kommunikation mit den Göttern mittels Zeremonien und der Monumentalarchitektur allein für sich in Anspruch nahm – unter dem Vorwand, die Gunst reicher Ernten zu garantieren.

Alles änderte sich, als ungefähr im 13. Jahrhundert eine zweite große Migrationswelle von Polynesien aus startete, angeleitet vom Stamm der *Hanau Momoko*, dessen Mitglieder unter ihrem Kosenamen »Kurzohren« bekannt werden sollten.

Um auf der Insel sesshaft werden zu können, hatten die neuen Siedler keine andere Alternative, als sich dem *Ariki*, der religiösen Aristokratie und überhaupt fast allen Bräuchen zu unterwerfen, die das herrschende Geschlecht der ›Langohren‹ eingeführt hatte. Beispielsweise wurden sie ausdrücklich dazu verpflichtet, ihre Arbeitskraft für die Herstellung der *Moai* einzubringen, und den ›Kurzohren‹ blieb nichts anderes übrig, als dieser Verpflichtung nachzukommen, obwohl für sie jene einschüchternden Skulpturen jeder Bedeutung entbehrten.

Lange Zeit lebten beide Stämme friedlich und beinahe beispielhaft miteinander. Dennoch dauerte diese Friedensperiode nicht bis in alle Ewigkeit. Die ›Kurzohren‹ verzeichneten ebenfalls ihre eigene demografische Explosion, bis etwa im 15. Jahrhundert das Ökosystem der Insel nicht länger in der Lage war, eine solche Menschenmenge zu versorgen. Schätzungen zufolge stieg ihre Zahl auf knapp zwanzigtausend.

Unbewusst hatten die eigenen Bewohner die Insel einem langsamen Erstickungsprozess unterzogen, indem sie allmählich den Druck auf die begrenzt zur Verfügung stehenden Ressourcen verstärkten. Das Abholzen der eigenen Flora zur Verwendung der Stämme beim Transport der großen megalithischen Bauwerke, der tägliche Bedarf an Brennholz, die Herstellung von Kanus sowie der fest verwurzelte Brauch der Verbrennung der Toten mit dem damit verbundenen hohen Brennstoffverbrauch führte zur endgültigen Ausrottung all ihrer Baumarten. Die Konsequenzen dieses Handelns waren unvorhersehbar und völlig verheerend. Die einheimischen Vögel verschwanden von der Insel und somit auch vom Speiseplan der Insulaner. Gefangen wurden lediglich Küstenfische, denn in Ermangelung von Kanus, mit denen sie hätten aufs Meer hinausfahren können, mussten sie auf Schweinswale und Thunfische verzichten. Das waren weit verbreitete Gerichte vor nicht allzu langer Zeit. Der Großteil der Lebensmittelquellen aus wild lebenden Tieren und Pflanzen ging verloren, und die Ackerbauproduktion ging infolge der landwirtschaftlichen Übernutzung zurück.

Der Hunger wütete unter den immer verzweifelter werdenden Inselbewohnern, die zum Durststillen dazu übergingen, das Brackwasser aus den unterirdischen Läufen zu trinken, bevor es ins Meer gelangte.

Trotz der extremen Situation, die über der Insel in der Luft hing, ließen die ›Langohren‹ auf Geheiß ihrer Anführer und Priester nicht von ihrem Bestreben ab, weiterhin Ressourcen und Mühen für die Errichtung der *Moai* aufzuwenden. Dem widersetzten sich die ›Kurzohren‹ aus einem gesundem Menschenverstand und elementaren Überlebensinstinkt heraus.

Ein solches Szenario erwies sich als komplett unhaltbar, und der Funke des Konflikts konnte jeden Augenblick übersprühen. Schließlich entfesselte sich ein blutiger und langanhaltender Krieg zwischen beiden Stämmen, dem aufgrund des

Gefangenseins auf der einsamen Insel niemand entkommen konnte.«

***

1651 n. Chr. – Osterinsel. »Schlacht am Poike-Graben«

Ororaina schaute völlig verängstigt um sich. Er schämte sich und fühlte sich unwürdig, dem glorreichen Geschlecht der »Langohren« zu entstammen. In diesem Moment war von dem wilden Krieger, der er so lange Zeit zu sein geglaubt hatte, nicht das kleinste bisschen übrig geblieben. Er zitterte von Kopf bis Fuß, und seine Muskeln hatten sich versteift.

Nicht einmal in seinen schlimmsten Träumen hätte er sich vorstellen können, dass das Szenario, dessen Zeuge er gerade wurde, Realität werden könnte.

Nach Ausbruch des Krieges hatten die »Langohren« nach und nach Stellungen im Inneren der Insel verloren, und zuallerletzt sahen sie sich zum Rückzug in deren östlichste Region gezwungen: auf die Halbinsel Poike. Zu ihrem Schutz hoben sie einen tiefen und langen Schutzgraben aus, den sie mit Reisig und Vegetation füllten und den anzuzünden sie bereit waren, sollten die »Kurzohren« es wagen, den Hang hinaufzusteigen, welcher zu der Hochebene führte. Poike verwandelte sich somit in eine Festung, in der sich die »Langohren« einige Zeit lang sicher fühlten. Dieser Umstand allerdings konnte keineswegs ewig andauern.

Schließlich fassten die »Kurzohren« den Entschluss zum frontalen Angriff und zwangen ihre Feinde auf diese Weise zum Anzünden des Grabenfeuers, um sich vor dem brutalen Angriff zu schützen. Doch in Wahrheit war dieses Manöver Teil eines Ablenkungsplans, denn gleichzeitig drang ein Kontingent der »Kurzohren« in die Hochebene ein, indem sie sich über den Rand der Steilküste gleiten ließen. Die »Langohren« waren jetzt gefangen, und viele von ihnen verbrannten im eigenen Grabenfeuer, das sie selbst zu ihrer Verteidigung entzündet hatten.

Ororaina hustete. Der vom Wind in alle Richtungen gewehte Rauch setzte ihm zu und nahm ihm die Sicht auf alles, was weiter als zwei Meter entfernt war. Die Angstschreie der hingerichteten Opfer vervielfältigten sich genauso wie das Kriegsgeschrei ihrer Feinde; in alten Zeiten waren beide fügsam dem Willen des Stärkeren unterworfen. Ororaina betastete seinen linken Arm, und seine Finger wurden mit Blut befleckt. Es war nicht seins, zumindest glaubte er dies. Es mussten die Blutspritzer eines Kameraden aus den eigenen Reihen sein, einer von vielen, die an diesem Tag ihr Leben auf grausamste Weise verlieren sollten. Das Summen eines Speeres durchschnitt die Luft und vergrub sich in Ikos Brust. Iko war der Anführer, unter dessen Kommando sie in der letzten Kriegsetappe gekämpft hatten. Ororaina befand sich nur wenige Schritte von ihm entfernt und beobachtete mit Schrecken Ikos ungläubigen Blick, während dieser im Sterben lag und versuchte, seine letzten Worte zu sprechen. Doch stattdessen konnte er nur noch einen Blutschwall ausspucken, der seinen Hals herabfloss. Die Schlacht entwickelte sich zu einem wahren Massaker.

Ororaina reagierte endlich und beschloss, über den Wallgraben zu springen, um dem vom Feind gelegten Hinterhalt zu entkommen. Einer feurigen Liebkosung gleich streichelten die lodernden Flammen des Grabenfeuers seine Haut, sie fügten ihm jedoch keinerlei Schaden zu. Ororaina floh in Richtung Anakena, getrieben von einem drängenden Überlebensinstinkt und besessen von einem einzigen Gedanken: sich zu verstecken.

Je weiter die Entfernung zum Feuergraben wurde, desto mehr verzog sich die Rauchwolke, die das Gebiet bedeckte. Die Schatten seiner Feinde kamen und gingen, und Ororaina versuchte, unbemerkt zu bleiben, indem er sich das Chaos des Kampfes und die Verwirrung des Moments zunutze machte und den Feinden auswich. Die Kriegstradition der »Kurzohren« war spärlich, jedoch machten ihr Hass, ihre Wut und ihr Wunsch nach Rache ihre Mängel auf dem Schlachtfeld bei Weitem wett. Die einzige Überlebenschance bestand für Ororaina darin, in einer Höhle nahe der Küste unterzutauchen.

Plötzlich waren seine Ohren von einem enormen Krachen erfüllt, und die Erde unter seinen Füßen bebte wie Gelatine. Ororaina durchzog ein Zucken, das seinen ganzen Körper durchschüttelte. Hatte gar die Insel selbst gegen die Ausschreitungen rebelliert, die von ihren unbesonnenen und grausamen Siedlern angezettelt wurden? Ororaina überwand seinen furchtbaren Schrecken und setzte seinen Marsch fort, bis ein riesiger Steinblock ihm überraschend den Weg versperrte. Dann begriff er vollkommen entsetzt, was gerade geschehen war: Das Getöse war von einem Moai verursacht worden, als dieser zu Boden stürzte, umgeworfen von einer Gruppe von »Kurzohren«, die zur Siegesfeier beschlossen hatten, all ihre Wut an der Ikonografie des früheren Regimes der Unterdrücker auszulassen.

Ororaina war zum zweiten Mal an diesem Morgen bewegungsunfähig. Die »Kurzohren« hatten seine Anwesenheit nicht bemerkt und verfolgten weiterhin ihr Vorhaben mit Nachdruck. Sie untergruben die Mauerfundamente des Ahu mit dem Ziel, den zweiten Moai niederzureißen, der auf seiner Plattform ruhte. Ororaina verspürte den Impuls, sie mit seinen eigenen Händen zu vernichten, doch er befand sich klar in der Unterzahl und wusste, die »Kurzohren« hätten ihn ausgeschaltet, noch bevor er ihnen einen einzigen Schlag versetzen könnte. Während er die Szene von seiner Machtlosigkeit aufgezehrt beobachtete, begann der zweite Moai leicht zu schwanken, als ob er ein Eigenleben führte. Schließlich verlor der Koloss endgültig das Gleichgewicht und stürzte zu Boden, wobei er das gleiche Krachen von sich gab wie sein Zwilling zuvor. Der Pukao wurde weggeschleudert und rollte auf der Erde Ororaina vor die Füße, der nun zuschaute, wie die »Kurzohren« auf die Skulptur kletterten und ihr die aus Koralle und Obsidian hergestellten Augen ausrissen, um ihnen auf diese Weise die Macht zu entreißen, die ihnen die Tradition nachsagte.

Ororaina erwachte endlich aus seiner Erstarrung, als er bemerkte, dass ihn einer der Krieger hoch oben auf dem gerade gestürzten Moai mit seinem unbändigen Blick anstarrte. Das »Langohr« zauderte nicht, er vergewisserte sich nicht einmal, ob er von dieser feindlichen Truppe verfolgt wurde oder nicht. Kurzerhand machte er kehrt, um erneut mit der ausgestoßenen grauen Rauchwolke des Grabenfeuers zu verschmelzen. Ororaina nahm eine Gabelung und stieg einen zur nördlichen Steilküste ausgerichteten schroffen Hügel hinab.

Aus heiterem Himmel sprang aus Ororainas Gedächtnis eine Erinnerung hervor: In diesem Abschnitt des Abhangs lag der Zugang zu einer geheimen Höhle von geringer Größe verborgen, die ihn unter diesen Umständen wohl vor dem sicheren Tod bewahren konnte. Der Untergrund der Insel bestand aus einem verschlungenen Netz aus unterirdischen Galerien, die vor Hunderttausenden von Jahren aus den alten Lavakanälen entstanden waren. Ororaina nahm die Bodenbeschaffenheit in Augenschein, ein steiniger Mantel aus unendlichen Fragmenten von Vulkanschlacke, die mit bloßem Auge eigentlich unmöglich voneinander zu unterscheiden waren. Dies traf jedoch nicht auf das geübte Auge zu, das Kenntnisse über die genaue Lage hatte. Ororaina entnahm einige Steine und legte einen schmalen vertikalen Kanal frei, der dem Bau eines Tieres ähnelte.

Aus der Vertiefung ragte daraufhin ein Gewimmel aus Armen hervor, das Ororaina daran hinderte, sich Zugang ins Innere des Schlupfloches zu verschaffen. Diese Stelle war bereits von einer Gruppe von Frauen und Kindern besetzt, die versuchten, mit allen ihnen zur Verfügung stehenden Mitteln den Schrecken des Krieges zu entfliehen. Die Höhle war ein dunkles Loch, dessen Schwärze nur von den glänzenden Blicken seiner terrorisierten Insassen gemildert wurde. Eingesperrt wie Ratten in deren Löchern riskierte die schwächste Partei dieses Konflikts, von der gegnerischen Seite entdeckt zu werden. In diesem Fall bräuchte diese nur die Eingangsöffnung mit einem gewaltigen Stein zu versiegeln, um sie lebendig zu begraben.

Ororaina tarnte den Zugang zur geheimen Höhle wieder und nahm erneut seinen abstrusen Lauf auf, den nicht enden wollenden Hang hinab.

Der Schweiß lief ihm in Strömen herunter und zerstörte die Kriegsbemalungen, mit denen er seinen Körper beschmiert hatte. Die Jubelschreie der »Kurzohren« erklangen zwar aus der Ferne, sie waren jedoch deutlich vernehmbar und breiteten sich bereits über die gesamte Insel aus. Sein schlimmster Albtraum war Wirklichkeit geworden. Ororaina erlitt einen plötzlichen Hustenanfall, der ihn zwang, auf der Stelle stehen zu bleiben. Erst nach einigen Minuten ließen die Lungenkrämpfe nach, sodass er wieder Atem schöpfen konnte. In diesem Augenblick umwarb der einzigartige Duft nach gegrilltem Fleisch seinen Geruchssinn und erregte seine volle Aufmerksamkeit. Sein Interesse war geweckt, und so folgte er dem verlockenden Aroma, das bereits dafür gesorgt hatte, seine Magensäfte zu aktivieren.

Ororaina erreichte den Rand der Felswand und beugte sich vor. Am Fuße der Klippe, auf einer felsigen Fläche über dem Meeresspiegel, gönnte sich eine Handvoll »Kurzohren« rund um ein Lagerfeuer ein wahres Festmahl. Dies war eigentlich ungewöhnlich, bedenkt man die Hungersnot, die die Insel heimsuchte, insbesondere aufgrund des besorgniserregenden Mangels an Geflügel. Einen unerträglichen Augenblick lang war Ororaina durcheinander, bis er schließlich die Situation einordnen konnte. Es war kein tierisches Fleisch. Es war menschliches Fleisch. Die zerstückelten Gliedmaßen eines Verbündeten wurden gerade am Lagerfeuer gegrillt und von den ruchlosen Tischgenossen genüsslich verschlungen. Ororaina überkam Brechreiz, und ein unkontrollierbarer Schmerz stieg in ihm auf. Er fiel auf die Knie und erbrach Blut und Galle auf seine

Hände. Seine Augen tränten und benebelten seinen Blick. Alles war verloren. Sowohl die Seelen der Sieger als auch die der Besiegten waren beschmutzt durch die Lasterhaftigkeit der begangenen verdammenswerten Taten.

Stimmen in seinem Rücken holten ihn in die Realität zurück. Ororaina drehte sich um und erblickte ein Trio von »Kurzohren« um ihn herum, das seine einschüchternden Speere auf ihn gerichtet hielt. Beinahe hätte er ihnen die Stirn geboten in der stillen Hoffnung auf einen schnellen Tod. Doch letztendlich unterließ er alles; er bettelte nur um sein Leben und akzeptierte die Kapitulation im Namen der »Langohren«. Hotu Matua, dessen direkter Nachfahre er war, hätte eine tiefe Enttäuschung empfunden.

Ororaina geriet in Gefangenschaft und war einer der wenigen »Langohren«, die Nachkommen zeugten, nachdem sie diesen Tag überlebt hatten.

***

»Es muss schrecklich gewesen sein …«, murmelte Maeva eher zu sich selbst.

»Die ersten archäologischen Ausgrabungen brachten Tausende Speere zum Vorschein, die über die gesamte Insel verteilt waren und zweifelsohne ein Zeugnis dieser Etappe voller Aufruhr sind.«

Maevas Blick verlor sich, als ob sie sich die Abscheulichkeit dessen, was ich ihr gerade beschrieben hatte, vor Augen führte.

»Haben die früheren Rapanui tatsächlich die *Moai* gestürzt, nach all der Zeit und den Mühen, die es sie gekostet hat, sie zu meißeln und zu transportieren?«, fragte sie ungläubig.

»So ist es«, bestätigte ich. »Die *Moai*, die die Touristen heute auf ihren *Ahu* betrachten können, wurden in Wahrheit in jüngster Zeit und im Laufe von sukzessiven Restaurationsprozessen aufgerichtet, bei denen der Einsatz riesiger Industriekräne vonnöten war.«

»Und stimmt es, dass sie sich gegenseitig gegessen haben?«

Ich nickte. Die Höhle der Kannibalen, wo Ericks Leiche gefunden wurde, verwies auf die anthropophagen, also die menschenfressenden Rituale, die in jener Zeit der Knappheit sehr wahrscheinlich abgehalten wurden.

Maevas scharfsinnige Augen glänzten mit erstaunlicher Intensität.

»Und was geschah nach dieser Epoche?«

»Gegen Mitte des 17. Jahrhunderts, als die schrecklichen Stammeskämpfe zu Ende gingen, durchlebte die Rapanui-Gesellschaft radikale Veränderungen, nicht nur hinsichtlich ihrer Bräuche, sondern auch was Ideologien und religiösen Glauben betrifft. Die Kriegerklasse kam an die Macht, während die Priesterkaste einen Großteil ihrer Glaubwürdigkeit und quasi all ihre Privilegien verlor. Die alte an die riesigen Steinkolosse gebundene Religion wurde aufgegeben und durch den neuartigen Vogelmann-Kult und einen erneuerten Glauben an den Schöpfergott *Make-Make* ersetzt. Ferner entwickelte sich zu jener Zeit die Kunst der Petroglyphen, die in der Realisierung feiner Einritzungen in Stein bestand. Zu ihrer großen Vielfalt an Motiven gehörten anthropomorphe Figuren wie Vulven als Fruchtbarkeitssymbole und abstrakte Darstellungen des Vogelmannes und von *Make-Make* selbst.

Der neue Kult, der eng mit der Fruchtbarkeit, dem Frühling und der Ankunft der wandernden Seevögel verknüpft war, leitete das Verschwinden des einstigen Erbmachtsystems ein, an dessen Stelle ein Machtwechsel auf der Grundlage eines jährlichen Wettkampfes zwischen den wichtigsten Klans der Insel eingeführt wurde. Jedes Jahr wurden in der Orongo-Kultstätte am schmalen Rand des Vulkans Rano Kau wochenlang Feste gefeiert und Rituale abgehalten, deren Höhepunkt die Wahl des künftigen Inselgouverneurs war, der sein Amt dann für ein Jahr ausüben sollte.

Die Vertreter der Anführer eines jeden Klans mussten die steile Felswand hinabklettern, die Strecke zur Felseninsel Motu Nui schwimmen und darum wetteifern, das erste Ei einer Möwenart, *Manutara* genannt, in die Hände zu kriegen. Die Aufgabe war durchaus nicht einfach zu bewältigen, und die Kandidaten riskierten im wahren Wortsinn Kopf und Kragen, um nicht Opfer der Meeresströmungen oder der Haie zu werden oder durch einen ungeschickten Fall die Klippe hinabzustürzen. Der erste Schwimmer, der mit einem unversehrten Ei zurückkehrte, gewann den Wettkampf, und seinem Anführer wurde unverzüglich der Titel *Tangata Manu* verliehen: Vogelmann und Oberster Regierender der Insel.«

In die Unterhaltung versunken hatten Maeva und ich uns vollkommen von der Welt um uns abgesondert. Erst als ich meine Augen von den ihren abwandte, bemerkte ich die Anwesenheit weiterer Gäste, die sich im Gemeinschaftssaal eingefunden hatten und meinen detaillierten Ausführungen andächtig lauschten.

Ein frisch verheiratetes kolumbianisches Ehepaar beklatschte begeistert meinen Vortrag.

»Sind Sie Reiseführer?«, fragte mich der Mann. »Wir würden sehr gerne Ihre Dienste in Anspruch nehmen, damit Sie uns die Insel zeigen.«

Ich fühlte, wie mir das Blut ins Gesicht schoss und ich errötete, und lehnte so ein verlockendes Angebot höflich ab, wobei ich mich gleichzeitig aus dem Staub machte und Maeva hinter mir herzerrte.

Draußen streichelte ein Ensemble aus grauen Wolken den Gipfel des Vulkans Rano Kau, der in das goldene Licht der Abenddämmerung getaucht war. Die Zeit, die ich mit Maeva verbrachte, schien definitiv doppelt so schnell zu verstreichen wie sonst.

»Gehen wir, Maeva. Ich begleite dich nach Hause. Es ist sehr spät geworden, und deine Mutter macht sich bestimmt schon Sorgen.«

Hanarahi empfing uns am Gartentor, da sie das Summen unserer Stimmen schon vom Ende der Straße aus gehört hatte. Ihr Lächeln drückte die enorme Erleichterung aus, die sie verspürte, als sie feststellte, dass die Beziehung zwischen Maeva und mir Fahrt aufnahm. Dennoch blieb ihr Mutterinstinkt recht wachsam, und sie schickte ihre Tochter sofort hinein, um Hausaufgaben zu machen, weil die an diesem Tag liegengeblieben waren. Maeva machte Anstalten zu protestieren, doch schließlich fügte sie sich und verlor sich flugs im Inneren des Hauses.

Hanarahi schaute mich an und war dankbar dafür, dass ich Maeva so hervorragend aufgenommen und die schwierige und für mich vollkommen unerwartete Situation auf diese Weise gemeistert hatte.

»Es war ihre Idee, dich zu besuchen«, verriet sie mir.

»Wirklich? Ich war davon überzeugt, dass du hinter diesem unerwarteten Besuch stecktest«, erwiderte ich. »Nur so nebenbei … War Maeva schon immer so interessiert daran, die Geschichte der Insel kennenzulernen oder ist dies ihre Ausrede, um in meiner Nähe zu sein?«

Hanarahi dachte darüber nach, was sie antworten sollte.

»Sicherlich etwas von beidem«, gab sie zu. Für ihr Alter weiß sie schon einiges über die Vergangenheit der Insel und auch über den Inhalt mancher Legenden. Keinesfalls jedoch so detailreich und gehaltvoll, wie ein Experte wie du ihr diese vermitteln könnte.

Mit einer Kopfbewegung bedankte ich mich für ihr Lob und brachte sie auf den neuesten Stand, sowohl im Hinblick auf das Verbrechen als auch auf die archäologische Ausgrabung. Hanarahi hörte sich die Neuigkeiten mit großer Aufmerksamkeit an.

»Übrigens«, fügte ich hinzu, »ich dachte, du würdest heute Morgen zum Gottesdienst kommen, der zum Gedenken an Erick abgehalten wurde. Viele sind gekommen, um von ihm Abschied zu nehmen.«

Hanarahi senkte den Blick, und ihr Gesicht verdüsterte sich. Auch wenn sie versuchte, sich ihre Reaktion nicht anmerken zu lassen, so hatte ich bereits Notiz davon genommen.

»Was ist los?«, wollte ich wissen.

»Nein, es ist nichts. Vergiss es.«

Es war offensichtlich, dass sie nicht darüber sprechen wollte, doch ich wollte mich nicht so leicht geschlagen geben.

»Bitte, erzähl es mir.«

Hanarahi seufzte resigniert.

»Ich habe keine gute Erinnerung an diesen Mann. Das ist alles.«

Ich legte ihr eine Hand auf die Schulter, um sie zum Weiterreden zu ermutigen. Ein Teil von ihr wollte sich durchaus laut äußern, das merkte ich ihr an.

»Eines Nachts, nach meinem Auftritt mit der Folkloregruppe, der ich angehöre, hat Erick versucht, seine Grenzen zu überschreiten«, gestand sie mir. »Das war vor einigen Jahren, als Erick das letzte Mal zu einer Ausgrabung auf die Insel kam.«

Das verschlug mir die Sprache. Ich hatte Erick Solsvik immer für einen äußerst korrekten Mann gehalten. Außerdem kannte ich seine Frau gut, mit der er über zwanzig Jahre verheiratet war. Auf der anderen Seite zweifelte ich keinen Moment an Hanarahis Worten. Es hatte keinen Sinn zu lügen, jetzt, wo Erick tot war.

Ich entschied mich dazu, Vorsicht walten zu lassen, und beharrte nicht weiter auf der Angelegenheit. Hanarahi war dankbar für mein Verständnis. Zwischen uns bestand eine Verbindung, die schwer zu erklären war, jedoch nichts mit der Leidenschaft zu tun hatte, die uns in der Zeit unseres Kennenlernens verzehrt hatte. Minuten später verabschiedete ich mich von ihr und gab ihr mein Versprechen, mit Maeva in regelmäßigem Kontakt zu bleiben.

Nach einer Weile war ich zurück in der Pension. Ich wich den anderen Gästen aus und ging direkt in mein Zimmer mit dem Gedanken, mir eine erfrischende Dusche zu gönnen, ein leichtes Abendessen zu mir zu nehmen und früh zu Bett zu gehen, damit ich neue Energie tanken konnte für den langen Arbeitstag, der mich am nächsten Tag erwartete.

Dennoch war etwas fehl am Platz und erregte meine Aufmerksamkeit. Meine Augen blieben an einem Stück Papier haften, das jemand auf mein Bett gelegt hatte. Es schien sich um ein einfaches, zusammengefaltetes Blatt zu handeln. Ich vermutete, dass Doña Gloria dahintersteckte. Wer sonst?

Während ich das Papier nahm und es auseinanderfaltete, überlief mich ein leichter Schauder, ohne genau sagen zu können, weshalb. Die handgeschriebene Notiz enthielt eine kurze Mitteilung auf Rapanui, die ich freilich nicht verstehen konnte. Ich ließ den Blick über das Blatt wandern und runzelte die Stirn. Die eigentümliche Handschrift ließ auf Unerfahrenheit schließen, aber auch auf eine feste Entschlossenheit. Unterhalb der Linien fand sich eine Zeichnung mit einfacher Linienführung, die meiner Ansicht nach Ähnlichkeit mit den Umrissen einer Schildkröte aufwies.

Ich suchte Doña Gloria auf, die immer noch einen für sie nicht üblichen missbilligenden Ausdruck auf ihrem Gesicht hatte. Sofort wusste ich, dass ich erst die Ursache ihrer rätselhaft feindseligen Haltung mir gegenüber klären musste, bevor ich die Sache mit der Notiz anschneiden konnte.

»Ist irgendetwas, Doña Gloria?«

Die Eigentümerin der Pension nahm eine stolze Körperhaltung ein.

»Aufgrund meiner guten Erziehung hatte ich nicht vor, es Ihnen zu sagen. Aber da Sie schon fragen, muss ich Ihnen sagen, dass es überhaupt nicht in Ordnung ist, wenn ein Mann ein junges Mädchen in anderen Umständen im Stich lässt, so tut, als wüsste er von nichts, um dann nach zehn Jahren wieder aufzutauchen, als wäre nichts gewesen.«

»Doña Gloria, Sie irren sich«, entgegnete ich. »Ich schwöre Ihnen, ich wusste nichts von Maevas Existenz. Hanarahi kann es Ihnen selbst bestätigen. Sie brauchen sie nur zu fragen.«

Gloria schloss halb die Augen und musterte mich mit ihrem Blick. Ihr angespanntes Gesicht entspannte sich allmählich.

»Ich glaube Ihnen, Don Germán. Ich war schon etwas verwundert, im Grunde hatte ich nicht angenommen, dass Sie so handeln könnten.«

Da das Missverständnis aus der Welt geschafft war, sprach ich direkt das Thema der mysteriösen Notiz an. Weder sie noch ihr Mann, so versicherte sie mir, hätten etwas damit zu tun. Ihre Antwort half mir bei der Aufklärung der Umstände überhaupt nicht weiter.

»Könnten Sie mir zumindest sagen, was drin steht?«

Mit einer gewissen Ungeduld ergriff Gloria den Zettel an einer Ecke, als ob ich aus einer simplen Geschichte gleich ein Drama machte oder in Wahrheit alles Teil eines von mir ausgeheckten Plans wäre, auf ihre Kosten für Lacher zu sorgen.

Zuerst las sie die Notiz für sich, um sie im Anschluss perfekt ins Spanische zu übersetzen:

> *»›Ihr Kollege hat einen hohen Preis gezahlt, aber wenn Sie sich zutrauen, seinen Schritten zu folgen, führe ich Sie zum bestgehüteten Geheimnis*

der Insel. Sollten Sie die Herausforderung annehmen wollen, legen Sie morgen am frühen Nachmittag diese Notiz am Fuße des einsamsten Moai in Anakena ab.‹«

Ich erblasste einen Moment, obwohl ich mit allen Mitteln versuchte, mir das nicht anmerken zu lassen.

»Was bedeutet das, Don Germán? Ist das eine Art Spiel?«

In der Tat, ein Spiel, dachte ich. Und wenn du verlierst, schlägt man dir den Kopf ein, und du bekommst eine Langustenantenne in den Hintern geschoben.

»Sie haben recht, Doña Gloria«, reagierte ich schnell und nahm ihr die handgeschriebene Notiz ab. »Das war Maeva. Sie wissen ja, wie Kinder sind, die haben ihre Freude daran, Geschichten zu erfinden und sich alle Arten von seltsamen Spielen auszudenken.«

Ich suchte erneut in meinem Zimmer Zuflucht und zitterte wie Espenlaub. Natürlich war ich mir sicher, dass Maeva den Zettel nicht verfasst hatte. Die Handschrift zumindest sah nicht aus wie die eines Kindes. Und das Schlimmste daran war: Je länger ich über den möglichen Verfasser dieser Zeilen nachdachte, desto klarer wurde mir, dass es jeder sein könnte. Wie in den meisten Gegenden der Insel war es auch hier immer noch üblich, die Außentür den ganzen Tag über offen stehen zu lassen. Und nicht einmal die Zimmer der Pension wurden abgeschlossen. Mit etwas Vorsicht stellte es bestimmt für niemanden ein Problem dar, unbemerkt das Haus zu betreten.

Mein Herz schlug schneller, und Hände und Stirn waren mit einem Film kalten Schweißes bedeckt.

Ich vermutete, dass die Notiz echt war, und ihr Inhalt hatte dazu geführt, dass ich den Fall nun mit ganz anderen Augen betrachtete. Zunächst einmal war jetzt damit zu rechnen, dass die von Erick angekündigte außergewöhnliche Entdeckung, der ich kaum Glauben geschenkt hatte, der Wahrheit entsprach. Und wenn man diesen Gedankengang einen Schritt weiter führte, deutete alles darauf hin, dass dieser Fund in der Tat auch hätte das Tatmotiv sein können. Die mysteriöse Nachricht ließ den Schluss zu, dass die Person, die das Geheimnis kannte, die Absicht hatte, es unter Wahrung ihrer Anonymität ans Licht zu bringen. Allerdings musste sie dazu auf die Hilfe eines Archäologen zurückgreifen, der für den Fund verantwortlich zeichnete. Beim nochmaligen Durchlesen wurde offensichtlich, dass andere Personen zu allem bereit waren, um ebendieses zu verhindern, sogar zu Mord, wenn es sein musste.

Über die Echtheit der Notiz war ich mir nicht im Klaren, für den Moment zog ich jedoch den einen simplen Schluss: Erick war für den geheimnisvollen Verfasser die erste Option gewesen, um diesen riskanten Auftrag auszuführen, und jetzt, nach der Wendung der Ereignisse, hatte dieser beschlossen, mich auszuwählen.

Kapitel 4

Montag

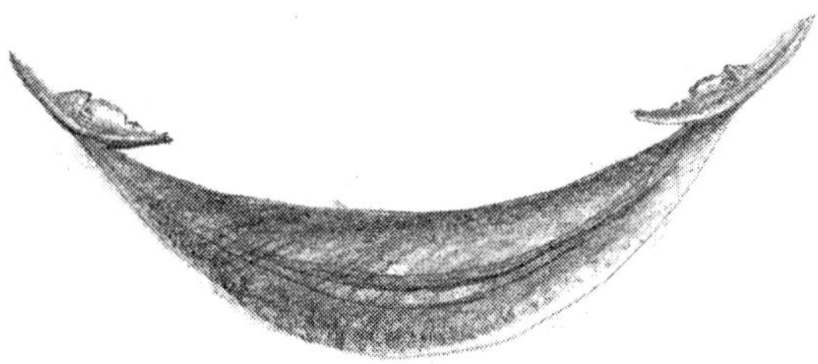

Rei Miro: Wichtigstes Symbol des Rapanui-Volkes, und als solches dominiert es die Flagge der Osterinsel. Es handelt sich um einen Brustschmuck in Form eines Halbmondes, der von den früheren Stammesanführern getragen wurde. Die Spitzen sind mit zwei einander zugewandten Gesichtern verziert. Der Rei Miro kann ebenfalls als das Kanu gedeutet werden, mit dem die ersten Siedler, angeführt von Hotu Matua, die Insel erreichten.

Am Morgen war die archäologische Stätte erneut zum Leben erwacht, und die Arbeiten waren mit relativer Normalität wieder aufgenommen worden. Die Nacht hatte mit Aussetzern einigen flüchtigen Regen gebracht, der der Umgebung zu klareren und transparenteren Farben sowie zu einem lieblichen Wohlgeruch verhalf, der von der nassen Erde aufstieg und die Weiten und Breiten der Insel erreichte.

Das Klima, das in der Ausgrabung herrschte, unterschied sich jedoch sehr von demjenigen, das bis zu jenem Freitag überwogen hatte. Arbeitswille und Arbeitsfreude waren ersetzt worden durch einigen Überdruss und eine hohe Dosis Niedergeschlagenheit.

Ericks Tod hatte die Gruppe im größeren oder kleineren Maße getroffen, und die Abwesenheit des norwegischen Anthropologen als verantwortlicher Kopf des Projekts war in jenen Momenten zweifelsohne deutlicher zu spüren als in anderen Situationen oder Orten. Allerdings war dies nicht der einzige Grund für das Abkühlen des Klimas. In der Nacht zuvor hatten mehrere Rapanui-Familien in Erfüllung ihrer Drohungen diverse öffentliche Gebäude als Zeichen ihres Protestes besetzt, weswegen lediglich die Hälfte der angestellten Arbeiter bei der Ausgrabung erschienen war.

Die wenigen Mitglieder der Grabungsmannschaft verbreiteten auch nicht die gewohnte Heiterkeit, auf die sie so häufig zurückgriffen, um ihre monotone Tätigkeit etwas angenehmer zu gestalten. Mit Spitzhacken und Schaufeln versehen beschränkten sie sich darauf, die Erde abzutragen und sie anschließend durchzusieben, wobei sie Rundsiebe und Gittersiebe einsetzten, als ob sie alte Goldsucher wären.

Sonia Rapu hatte sich in einem mit weißen Schnüren perfekt abgesteckten Planquadrat postiert. Mit Pinsel und Schaufel bewaffnet widmete sie sich jetzt einer viel minutiöseren Aufgabe, die darin bestand, die kleinen Funde in transparenten

Plastiktüten zu verpacken, die sie mit den präzisen fachlichen Angaben beschriftete. Die junge Archäologin war wegen der Tragödie immer noch erschüttert, auch wenn sie sich freute, wieder an die Arbeit gehen zu können, obwohl die Umstände nicht allzu günstig waren. Zumindest hatte Sonia versucht, die reduzierte Mannschaft mit ihrem unentwegten Lächeln zu animieren, womit sie jedoch keineswegs die Bitterkeit in ihrem Blick verbergen konnte.

Hans befand sich in der entlegensten Grube der Stätte und widmete sich der Stratigrafie des Geländes. Die Schichtenabfolge in einem vertikalen Profil, die später auf Millimeterpapier übertragen wurde, erlaubte wie die Seiten eines offenen Buches ein äußerst genaues Ablesen der Farben und Verfüllungen und konnte Informationen von größtem Wert über die Vergangenheit der Insel liefern. Der deutsche Geologe war weit davon entfernt, den Schock verkraftet zu haben, und schien von uns allen derjenige zu sein, den die Angelegenheit am meisten getroffen hatte. Kaum bei der Ausgrabung angekommen, flüchtete er sich in eine Blase des Schweigens, die er nur durchbrach, um für seine Nichtteilnahme am Gedenkgottesdienst für Erick um Entschuldigung zu bitten.

Reinaldo Tepano schließlich arbeitete mit den Arbeitern zusammen, beaufsichtigte sie und gab ihnen die entsprechenden Anweisungen, wenn er dies für nötig hielt. Der alte Vorarbeiter eher ruhigen Charakters zeigte sich sichtbar beunruhigt aufgrund der Ereignisse der letzten Stunden. Reinaldo war vor eine schwere Wahl gestellt worden, die ihm den Schlaf geraubt hatte: Entweder blieb er der Verpflichtung treu, die er mit der archäologischen Ausgrabung eingegangen war, oder er verbündete sich mit seinen Familienangehörigen und Landsleuten in ihrem Einsatz für die Verteidigung der traditionellen Rechte seines Volkes. Vorerst hatte er die erste Option gewählt und konnte nicht umhin, sich deswegen furchtbar schuldig zu fühlen.

Ich hatte unterdessen das bis dahin gefundene Material gesäubert, gewogen, fotografiert, gemessen, beschrieben und eingepackt und beobachtete sie nun alle von der Schwelle des Bürocontainers aus und aus der Perspektive, die mir meine neue Position als provisorischer Projektleiter gewährte. Die rätselhafte Notiz, die ich erhalten hatte, ging mir sowieso nicht aus dem Kopf, und ich rang noch mit mir, ob ich den Inhalt wortwörtlich befolgen oder – im Gegenteil – gar nicht erst beachten sollte. Meine Skepsis hatte mit der Zeit zugenommen, und letzten Endes mangelte es an Indizien, die für die Echtheit der Notiz bürgten.

Ich konzentrierte mich wieder auf die Sachlage und beschloss, die wichtigsten Mitglieder des Teams zusammenzurufen. Auf dem Bürotisch hatte ich einen Grabungsplan ausgelegt, den ich durch neue Randbemerkungen und Vermerke auf eigene Faust ergänzt hatte. Hans, Sonia und Reinaldo stellten sich um den Plan herum auf und beobachteten das Kreuz, auf dem mein Zeigefinger ruhte. Mein einziges Vorhaben bestand nun darin, Ericks Wunsch zu verwirklichen, dessen Absicht es gewesen war, die Ausgrabungszone um eine angrenzende Grube zu erweitern, die etwas weiter nördlich gelegen sein sollte.

»Die Erde in diesem Bereich ist besonders trocken«, warf Hans ein. »Es wird ziemlich schwierig werden, dort eine Prospektion durchzuführen.«

»Könnten wir bis zum Muttergestein vorstoßen?«, fragte Sonia.

»Möglich«, antwortete der Deutsche. »Ich schätze, es befindet sich in einer Tiefe von etwa drei Metern.«

In diesem Kontext hatte Hans ein bestimmtes Auftreten und strotzte vor Selbstvertrauen. Außerhalb der archäologischen Belange jedoch war er kaum in der Lage, mit einer Person des anderen Geschlechts eine Unterhaltung unter vier Augen aufrechtzuerhalten, schon gar nicht mit Sonia, die er mit einem besonderen Glanz in den Augen beobachtete.

»Erick glaubte, wir könnten in den ersten Schichten auf Reste primitiver Bauten stoßen«, erklärte ich.

»Paenga-Häuser?«, erkundigte sich Hans.

Ich nickte. Die Paenga-Häuser, auf Rapanui *Hare Paenga*, waren auf Fundamentsteinen aus Basalt errichtete Häuser in der Form eines umgedrehten Kanus mit einem einzigen Eingang auf Bodenhöhe, der so eng war, dass jeweils nur eine Person hinein- oder hinausgelangen konnte.

Reinaldo studierte den Plan mit zusammengekniffenen Augen und bat darum, uns an die exakte Stelle zu begeben, um *in situ* eine Einschätzung vorzunehmen.

Wir gingen hinaus und steuerten den angegebenen Bereich an, ohne uns allzu sehr vom *Ahu* Vinapú zu entfernen, den wir weiterhin als die zentrale Achse der Ausgrabung ansahen und von dem aus alle Bohrungen ausgehen mussten. Hans bückte sich und betastete den Boden, um seine Härte abzuschätzen. Währenddessen lief Reinaldo mit geschlossenen Augen und einem unbeirrbaren Ausdruck in seinem starren Gesicht hin und her und war sehr auf sein Tun konzentriert.

»Don Germán«, sagte er endlich, »wir sollten hier nicht graben. Die *Aku Aku* sind sehr stark präsent, und die Schutzgeister haben mir ihren festen Willen verkündet, diesen Ort bis aufs Äußerste zu schützen. Seien Sie unbesorgt, an dieser Stelle werden wir ohnehin nichts Wertvolles finden.«

Ich seufzte tief.

»Reinaldo, du weißt, dass ich dich sehr schätze und auch deinen Glauben respektiere. Aber meine Entscheidungen werden sich immer, genau wie bei Erick, auf rein wissenschaftliche Kriterien stützen.«

Reinaldo schaute auf der Suche nach Unterstützung für sein Anliegen zu Sonia. Aber die junge Archäologin senkte den

Kopf und setzte sich nicht für den Vorarbeiter ein. Die neuen Generationen der Osterinsulaner teilten bestimmte Ansichten der Vergangenheit definitiv nicht mehr, die eher Personen ab einem gewissen Alter vorbehalten waren.

Der alte Vorarbeiter warf Sonia einen niederschmetternden Blick zu und kanalisierte seine Empörung schließlich in meine Richtung.

»Erick hätte meine Meinung berücksichtigt«, warf er mir vor.

»Das stimmt nicht, Reinaldo«, entgegnete ich verärgert. »Du weißt genauso gut wie ich, dass er es nicht immer getan tat.«

Der Vorarbeiter ballte die Fäuste und biss die Zähne zusammen; er war unfähig zu akzeptieren, dass ich ihm widersprochen hatte.

»Du solltest meinen Standpunkt nicht ignorieren!«, fuhr er aus der Haut. »Ich gehöre dem Stammbaum der ›Langohren‹ an. Ich bin ein echter Nachfahre von Ororaina und seinen Erben.«

Schweigend hielt ich seinem Blick stand, bis sich Reinaldo schließlich umwandte und fortging, wobei er Worte auf Rapanui vor sich hin murmelte.

»Was sagt er?«, fragte ich.

»Er klagt mich an«, klärte Sonia mich auf, »mich und alle jungen Menschen, weil wir bestimmte Glaubensvorstellungen seiner Vorfahren aussterben lassen. Aber er verwechselt Glaubensvorstellungen mit Traditionen. Meine Skepsis den *Aku Aku* gegenüber ist nicht damit unvereinbar, dass ich mich den Bräuchen meines Volkes verpflichtet fühle, die wir, wie so viele andere Jugendliche, unter allen Umständen zu verteidigen bereit sind.«

Der restliche Morgen verlief ohne weitere Zwischenfälle. Reinaldo beruhigte sich langsam, und kurze Zeit später hatte er seine übliche Gemütslage wiedergewonnen. Vermutlich wäre es mit seiner Ruhe an dem Tag vorbei, an dem die Öffnung der neuen Grube ansteht. Dann würde er sicherlich erneut und auf energischere Weise seinen Widerstand kundtun.

An diesem Tag fanden wir einige sowohl menschliche als auch tierische Knochenreste, die wir auflasen und klassifizierten, um sie dann später eingehender zu studieren und der C14-Kohlenstoffdatierung zu unterziehen.

Gegen Mittag erschien ein Wagen auf dem Weg, der zur Ausgrabung führte, und störte damit den Frieden, der die einsame Gegend erfüllte. Zu meiner Überraschung entstieg dem Wagen der Inselgouverneur, der mir zum Gruß zuwinkte und gleich darauf auf mich zukam.

Der Besuch des Gouverneurs traf mich völlig unvorbereitet. An dem Tag, an dem wir auf die Insel gekommen waren, empfing er uns mit allerlei guten Wünschen und stand uns unverzüglich zu Diensten, um alle Widrigkeiten aus dem Weg zu räumen, die unsere Arbeit durchkreuzen könnten. Doch seitdem hatte er sich nicht wieder blicken lassen; auch war ich mir nicht wirklich sicher, dass er überhaupt Interesse für die bis dahin gemachten Fortschritte gezeigt hätte, weswegen mich seine ungewöhnliche Anwesenheit vor Ort nichts Gutes ahnen ließ.

Ich schlug den Weg zum Bürocontainer ein und gab dem Gouverneur ein Zeichen, uns dort zu treffen, weil dieser uns etwas Schutz vor der stickigen Hitze bieten konnte. Beim Durchqueren der archäologischen Stätte schaute der Gouverneur um sich und musterte die offenen Gruben, ohne dass seinen Lippen der kleinste Anflug eines Lächelns entfleuchte. Das Amt, das er bekleidete, machte ihn zum höchsten Vertreter der chilenischen Regierung und damit zur wichtigsten Autoritätsperson auf der Insel.

Als er bei mir ankam, reichte er mir entschlossen die Hand und sprach mir sein Beileid zu Ericks schrecklichem Tod aus. Es war die einzige Anteilnahme, die er sich gestattete.

Der Gouverneur war ein großer Mann mit eleganter Haltung, dessen attraktives Erscheinungsbild durch eine formidable Glatze geschmälert wurde, die vom Scheitel ausging und nach außen hin den Kopf vollumfänglich einzunehmen drohte. Er hieß Mario Ubilla, wobei nicht extra betont werden muss, dass es sich bei ihm um einen Chilenen vom Festland handelte. Der Gouverneur nahm Platz und legte den Aktenkoffer, den er bei sich hatte, auf den Schreibtisch. Er holte eine Handvoll Papiere hervor und sah deren Inhalt durch, um schließlich ein Dokument nach dem anderen auf den Tisch zu werfen, als ob er mit leisen Geschossen eine Breitseite abfeuerte.

»Ich werde gleich und ohne Umschweife auf den Punkt kommen«, herrschte er mich an. »Die chilenische Regierung hat die Genehmigung zurückgezogen, die Ihnen für die Durchführung Ihrer Ausgrabung erteilt wurde.«

Ich hätte lieber eine Ohrfeige einkassiert als diese Nachricht, für die ich keine mögliche Erklärung fand. Erick hatte alle möglichen Bewilligungen eingeholt, die erforderlich waren, um auf ausländischem Boden eine Prospektion vorzunehmen, und selbstverständlich hatte er den Segen sowohl der chilenischen Regierung als auch der übrigen involvierten Stellen erhalten. Ungläubig wollte ich die Dokumente durchgehen, die der Gouverneur auf dem Tisch verteilt hatte.

»Aber …«

»Die Entscheidung ist endgültig und unwiderrufbar«, unterbrach er mich.

Es stand außer Zweifel, dass er sich außerordentlich beeilt hatte, den endlosen Papierkram zu erledigen.

»Ich werde mit den Geldgebern der Ausgrabung sprechen«, erwiderte ich.

»Machen Sie das, sie werden auch benachrichtigt werden.«

Der kalte Ton in seiner Stimme und die Bösartigkeit in seinen Augen gaben mir Anlass zu vermuten, dass die Rolle, die der Gouverneur in diesem merkwürdigen Schauspiel übernommen hatte, die eines einfachen Boten überstieg. Sein arrogantes Benehmen deutete vielmehr darauf hin, dass er als Drahtzieher bei dieser Entscheidung selbst eine Hauptrolle gespielt hatte.

»Ich denke, dass wir zumindest eine Erklärung verdient haben«, setzte ich mich zur Wehr. »Nach der großen Investition, die wir getätigt haben, ist es nicht fair, jetzt, wo die Arbeiten erste Früchte tragen, alles aufgeben zu müssen.«

Zum ersten Mal änderte sich der steife Ausdruck im Gesicht des Gouverneurs, der nun in eine Art selbstgefälliges Lächeln verfiel.

»Machen Sie sich keine Sorgen; für die bis heute entstandenen Kosten werden Sie ordnungsgemäß entschädigt«, erklärte er. »Doch in einer Sache irren Sie sich. Die Ausgrabung wird planmäßig fortgesetzt, wenn auch von jetzt an unter der Leitung der chilenischen Behörden. Und zu Ihrer Information: unter anderem werden wir unser eigenes Team von Archäologen zusammenstellen.«

Noch mehr Öl ins Feuer. Anfangs verwirrte mich das nur noch mehr, falls dies überhaupt möglich war. Doch kurz darauf glaubte ich begriffen zu haben, was dort vor sich ging. Dies alles hatte mit der Behauptung zu tun, die Erick kurz vor seinem Tod über eine hypothetische große Entdeckung geäußert hatte, die die wissenschaftliche Gemeinschaft auf den Kopf stellen würde. Auf die eine oder andere Art war diese Information dem Gouverneur zu Ohren gekommen, und um auf Nummer sicher zu gehen, hatte dieser beschlossen, sich in die Angelegenheit einzumischen. Es gab zahlreiche Präzedenzfälle, in denen nach einer wichtigen anthropologischen Entdeckung ein Konflikt zwischen den ausländischen Wissenschaftlern und den Behörden des Landes losgebrochen war, auf dessen Territorium der Fund realisiert wurde. Manchmal hielten die Archäologen die Tatsachen eine Zeit lang geheim, um ihre Forschungen in Ruhe und unter ständigem Ausschluss der lokalen Behörden betreiben zu können, die den gesetzlichen Bestimmungen zufolge eigentlich über die Angelegenheit in Kenntnis zu setzen waren. Bei anderen Gelegenheiten verweigerten sie auch anderen Wissenschaftlern den Zugang zu den Überresten. So konnten nur die Entdecker selbst diese analysieren und damit gleichzeitig die Veröffentlichung von Schlussfolgerungen verhindern, die von ihren eigenen abwichen. Der Katalog übler Praktiken enthielt in Wahrheit eine umfassende Fallsammlung.

Wie dem auch sei, es war offensichtlich, dass der Gouverneur Ericks Worten genug Glauben geschenkt hatte, um den Entschluss zu fassen, sich den vom Norweger ausgearbeiteten Ausgrabungsplan anzueignen und für die chilenische Regierung die Urheberschaft an dem vermuteten Fund zu sichern.

»Die archäologische Tätigkeit wird hiermit eingestellt, und Sie hinterlassen die Stätte exakt in ihrem jetzigen Zustand.«

Alle meine Hoffnungen zerplatzten wie eine Seifenblase. Resigniert nickte ich. Die Schlacht war verloren, und mit einer Szene hätte ich nichts gewonnen. Mit diesem Manöver hat sich der Gouverneur allerdings keinen Vorteil verschafft. Meiner Ansicht nach, auch wenn es sich vorerst lediglich um eine Vermutung handelte, war der Schlüssel zu der Entdeckung nicht in der Stätte zu finden, sondern in der Notiz, die ich erhalten hatte. Nur ihr anonymer Absender war im Besitz des Schlüssels, der uns zum »bestgehüteten Geheimnis der Insel« – so seine Worte – führen konnte.

Nach und nach fühlte ich Empörung in mir aufsteigen. Ericks mysteriöse Worte waren absolut vertraulich, waren sie doch Bestandteil der laufenden polizeilichen Ermittlungen. Doch auf die eine oder andere Weise war der Gouverneur informiert worden, und diese Enthüllung muss ihm gereicht haben, um seine Nase in die Angelegenheit zu stecken. Entweder irrte ich mich gewaltig oder der Wink kam direkt von Kommissar Villegas, den zu besuchen ich mir in diesem Augenblick vornahm.

Sobald der Gouverneur gegangen war, versammelte ich alle Teilnehmer der Ausgrabung und teilte ihnen die Neuigkeit klar und deutlich mit, wobei ich jede Sentimentalität vermied.

»Wenn ihr geht«, wies ich sie an, »lasst die Werkzeuge und Utensilien an ihrem Platz.«

Sie wollten von mir eine Erklärung, ich konnte ihnen jedoch keine geben. Der Gouverneur, so versicherte ich ihnen, habe mir auch keine gegeben. Ganz anders verhielt es sich hingegen mit den Mutmaßungen, die ich anstellte, die ich aber zunächst lieber für mich behielt.

Wütend verließ ich so schnell wie möglich die Ausgrabungsstätte wie ein Kapitän sein sinkendes Schiff. Die Eile brachte mich sogar dazu, meine Arbeitskollegen nicht einmal ausreden zu lassen.

Im Dorf angekommen steuerte ich sogleich das Polizeirevier an und kam auf dem Weg dorthin am Regierungsplatz vorbei, welcher von den Klans der Rapanui besetzt worden war, die die Rückgabe ihrer Grundstücke forderten. Die Inselbewohner hatten Zelte aufgestellt und an Wänden und Häuserfassaden auch Unmengen an Schildern und Plakaten mit originellen Protestparolen angebracht. Sie wünschten einen friedlichen Ausgang des Konflikts, drohten aber gleichzeitig, sich bis zur letzten Konsequenz zu widersetzen, sollten die Behörden Gewalt gegen sie anwenden. Es sprang ins Auge, dass sie ausgezeichnet organisiert waren und ihre Druckmaßnahmen sehr ernst genommen werden mussten. Für die Zubereitung ihrer Lebensmittel hatten sie Grills aufgebaut, ein Zeichen dafür, dass die Rapanui bereit waren, die Besetzung so lange wie nötig aufrechtzuerhalten.

Das Polizeirevier war ein Chaos aus Stimmen, Nerven und Hektik. Zwei Polizisten gingen ans Telefon, das ununterbrochen klingelte, und machten sich fieberhaft Notizen, während ein dritter kam und ging und Esteban Berichte auf den Schreibtisch legte. Ohne von jemandem daran gehindert zu werden, machte ich einige Schritte und beobachtete den Kommissar, der hinter seinem Bürotisch versunken in ein Telefongespräch vertieft war, zu dem er kaum beitrug. Esteban fixierte mit den Augen die letzte Meldung, doch pflichtete er weiterhin eifrig den Worten bei, die sein Gesprächspartner durch die Leitung ausspuckte.

Kurz darauf legte er den Hörer auf und hob den Blick. Als sich unsere Augen auf der Türschwelle trafen, verdüsterte sich sein Blick. Trotz allem wollte er mich nicht warten lassen und forderte mich mit einer Kopfbewegung auf, einzutreten.

»Der Gouverneur hat die Ausgrabung gestoppt«, verkündete ich kurz entschlossen, ohne einen Gruß vorweg oder wenigstens Platz zu nehmen. »Und ich glaube, das haben wir Ihnen zu verdanken. Oder irre ich mich?«

Seine Miene zeugte von absoluter Gleichgültigkeit. Die Sache interessierte ihn offensichtlich herzlich wenig.

»Germán, ich weiß, worauf Sie hinauswollen«, erwiderte er, »aber seien Sie nicht so naiv. Meine Aufgabe ist es, wie Sie sicherlich verstehen, den Gouverneur über alles zu informieren, was auf der Insel vor sich geht. Und ich gebe alles bis ins kleinste Detail weiter, insbesondere wenn es sich um so etwas handelt wie das, was Sie mir anvertraut haben.« Der Kommissar schien überhaupt nicht darüber beschämt zu sein, dass er den Vorfall hatte durchsickern lassen. »Mario hat auf dieser Insel das Sagen, und ich habe ihm gegenüber keine Geheimnisse. Aber

Sie irren sich, mit den politischen Entscheidungen des Gouverneurs habe ich nichts zu tun.«

Ich schüttelte den Kopf und war empört über seinen Mangel an Professionalität.

»Mich beruhigt zu wissen, dass wir uns in guten Händen befinden«, antwortete ich sarkastisch.

»Wissen Sie eigentlich, vor welche Situation ich zurzeit gestellt werde?«, konterte er. »Sogar die Untersuchung des Mordes an ihrem Kollegen ist zweitrangig geworden. Auf der Insel wurde gerade eine Revolte ohnegleichen ausgerufen. Hunderte Rapanui haben eine ganze Reihe von öffentlichen Gebäuden eingenommen: das Rathaus, das Gerichtsgebäude, die Staatsbank, das Gemeindezentrum und den Regierungsplatz. Sogar vor dem Hotel Hanga Roa sind sie nicht zurückgeschreckt, wo die Crème de la Crème der Inseltouristen logiert. Meine Quellen berichten mir, dass sie dabei sind, sich mit Macheten und Stöcken auszurüsten und Molotowcocktails herzustellen. Außerdem planen sie wohl, den Luftverkehr zu behindern, indem sie sich mitten auf die einzige Piste des Flughafens Mataveri postieren.«

Ströme kalten Schweißes flossen dem Kommissar die breiten Wangen hinab.

»Germán, ich habe keine Zeit für Sie. Die Insel durchschreitet eine extrem delikate Phase. Ich hatte gerade eine Unterhaltung mit dem Oberkommando, und soweit ich informiert wurde, startet vom Kontinent gerade ein Hercules-Transportflugzeug der Luftwaffe mit einem Sondereinsatzkommando an Bord. Auf höchster Ebene ist man bereit, diese Revolte auf schnellstem Wege niederzuschlagen, und ich versichere Ihnen, dass den Entscheidungsträgern nicht die Hand zittern wird.«

Ich blieb stehen, während Esteban weiterhin hinter seinem Schreibtisch lümmelte. Wir starrten uns in die Augen, und für einige Sekunden sprach keiner ein Wort. Ich wollte schon auf dem Absatz kehrtmachen, als ich plötzlich eine Frage in den Raum warf, ohne dabei die Tragweite der möglichen Folgen zu bedenken.

»Haben Sie zufällig in einer von Ericks Taschen eine seltsame handgeschriebene Notiz auf Rapanui gefunden?«

Mit tellerrunden Augen und funkelndem Blick stieß der Kommissar seinen Stuhl nach hinten und sprang wie eine Feder auf. Seine Reaktion war nicht nur ein offensichtlicher Beweis für die Echtheit der Notiz, die ich erhalten hatte, sondern stützte zudem die Hypothese, die ich von vornherein in Erwägung gezogen hatte: Die Person, die mir den mysteriösen Brief geschrieben hatte, hatte sich zuvor an Erick gewandt und ihn zum angeblichen Fund geleitet. Ericks spätere Ermordung hatte ihn dann dazu veranlasst, sich an mich wenden zu müssen.

»Woher wissen Sie das mit der Notiz?«, erkundigte sich Esteban, der anscheinend sehr darauf bedacht gewesen war, diese Einzelheit geheim zu halten. »Hat Ihnen Erick etwa davon erzählt?«

Wenn ich ihm jetzt die Wahrheit verriet, würde sich die Polizei in die Angelegenheit einmischen, und ich erhielte mit Sicherheit keine Nachrichten mehr. Aber … welches Ammenmärchen könnte ich ihm auftischen, ohne den Anschein zu erwecken, irgendwie in den Mord verwickelt zu sein? Unfähig, eine Ausrede zu improvisieren, beschloss ich, dass meine einzige Alternative darin bestünde, etwas Zeit zu gewinnen.

»Wir reden zu einem anderen Zeitpunkt«, sagte ich zu ihm. »Das verspreche ich Ihnen. Jetzt sollten Sie sich besser um die Krise kümmern, die sich zusammenbraut.«

Esteban ging um den Tisch herum und ergriff meinen Arm, als ich mich anschickte, sein Büro zu verlassen.

»Sie spielen mit dem Feuer«, warnte er mich und hauchte mir seinen Atem ins Gesicht. »Bis jetzt hatte ich Sie nicht als Verdächtigen im Visier, aber wissen Sie, Sie haben kein Alibi.

Es stimmt, bis elf waren Sie bei Señorita Hanarahi zu Besuch, aber danach gibt es keine Zeugen für die Uhrzeit, zu der Sie in Ihre Pension zurückgekehrt sind. Und vergessen Sie nicht, dass laut den Angaben des Gerichtsmediziners der Tod gegen Mitternacht eingetreten ist.« Ich schaute Esteban an und erkannte ihn beinahe nicht wieder. »Überrascht, dass ich meine Arbeit gut mache?«

Ich wusste nicht, ob mir der Kommissar von vornherein etwas vorgemacht hatte oder aber die Anzeichen für seine Intelligenz plötzlich erkennbar waren. Gewiss hielt ich ihn jetzt nicht mehr für so unfähig, wie ich gedacht hatte.

»Wenn ich in einem Hotel wohnen würde, sähe die Sache ganz anders aus«, erwiderte ich zu meiner Verteidigung. »Sie kennen sich bestens damit aus, wie es in so einer Pension zugeht. Die Gäste kommen und gehen, wann sie wollen, von den Angestellten in den meisten Fällen unbemerkt. Und erst recht in den späten Nachtstunden.«

Der Kommissar setzte ein diabolisches Lächeln auf, das mich noch mehr aus dem Konzept brachte.

»Ich erinnere Sie daran, dass Sie nicht nur die Gelegenheit hatten, sondern auch das Motiv. Oder strebten Sie etwa nicht an, die Ausgrabungsleitung zu übernehmen und den ganzen Erfolg für sich allein zu beanspruchen? Außerdem erklärten ihre eigenen Kollegen, dass Sie am besagten Tag sehr nervös erschienen. Und zum Schluss kommen Sie mir mit dem verdächtigen Brief, den wir bei der Leiche gefunden haben und von dessen Existenz niemand außer der Polizei etwas wusste.«

Da ich mir meiner Unschuld sicher war, versuchte ich, Ruhe zu bewahren, doch es machte mich wütend, dass Esteban eine Theorie ausarbeitete, die mich als den Verantwortlichen für Ericks Tod auswies, auch wenn sie sich mehr auf Indizien als auf Beweise stützte.

»Ich denke nicht daran, hierzubleiben und weiteren Unsinn zu hören!«, platzte es aus mir heraus. »Wenn Sie wirklich Ericks Mörder finden wollen, dann sollten Sie Ihre Konzentration darauf lenken herauszufinden, wer sich bei ihm befand, als er mich anrief und die Verbindung plötzlich unterbrochen wurde!«

Ich wollte nicht in eine Diskussion geraten, denn das genau war Estebans Absicht. Daher löste ich mich von seinem Griff und steuerte auf die Straße zu, ohne mich umzudrehen. Noch beim Hinausgehen hörte ich die Tiraden des Kommissars, die dieser mir hinterherschrie.

»Ich weiß, dass Sie etwas vor mir verbergen, Germán! Und früher oder später werden Sie mir das schon verraten! Ich werde mit dem Richter sprechen, damit der Ihnen den Reisepass entzieht! Sie können sich nirgendwo verstecken! Sie sind auf der Insel gefangen!«

Orientierungslos streifte ich durch die Straßen von Hanga Roa und grübelte darüber nach, was sich alles gerade abspielte. Es hätten Stunden anstelle von wenigen Minuten verstreichen können, hätte das Mobiltelefon nicht meine Gedankengänge jäh unterbrochen. Der Anrufer war Hans, dessen Fassungslosigkeit die meine übertraf. Er warf mir meine überstürzte Flucht von der Ausgrabungsstätte vor.

Ich schaute auf die Uhr und stellte fest, dass es beinahe Zeit zum Mittagessen war, und auch wenn ich keinen Appetit verspürte, entschied ich mich, Hans in eines meiner bevorzugten Restaurants in der Hauptstraße von Hanga Roa zu bestellen, um ihm Gesellschaft zu leisten und eine mögliche Erklärung anzubieten.

Mit den Händen in den Hosentaschen bog ich in die Straße ein und beobachtete die Pferde, die meinen Weg kreuzten und von jungen Rapanui mit muskulösen Körpern und langen schwarzen Mähnen geritten wurden, die sich selbst als die wahren Herrscher der Insel sahen. Als ich das Restaurant erblickte, stieg Hans gerade aus dem Taxi aus, das er bis dorthin genommen hatte.

»Was ist los, Germán?«, fragte er, als ich näher kam.

Sein starrer Gesichtsausdruck verriet tiefe Besorgnis. Ich beruhigte ihn und forderte ihn auf, das Lokal zu betreten, das in einem betont tropischen Ambiente nach polynesischer Art eingerichtet war.

»Bestell, was du möchtest«, bot ich ihm an, als der Kellner uns die Karte brachte.

Das Angebot umfasste eine breite Palette an Fisch und Meeresfrüchten. Die Preise lagen zwar im oberen Segment, standen jedoch im Einklang mit dem Rest der Gastronomiebetriebe auf der Insel.

»Wie ist unsere Lage?«, wollte er wissen und hatte viel mehr Interesse an unserer Konversation als an den schmackhaften Gerichten, die zur Auswahl standen.

»Ich weiß es nicht«, gab ich zu. »Ich nehme an, dass sie in Oslo alles nur Mögliche versuchen werden, um die Entscheidung der chilenischen Behörden rückgängig zu machen. Sie werden auf diplomatischem Wege protestieren und, wenn das nichts bringt, den Fall vom juristischen Standpunkt aus betrachten. Vielleicht gibt es ja einen Ausweg, der es ihnen erlaubt, die einmal erteilten Genehmigungen geltend zu machen.« Nach einer kurzen Pause fügte ich hinzu: »Aber um ehrlich zu sein, ich zweifele sehr daran, dass irgendwelche Aktionen ihrerseits den gewünschten Erfolg bringen werden. Wie ich das sehe, hat der Inselgouverneur selbst dieses schmutzige Manöver eingefädelt, und er wird es um jeden Preis bis zum Ende durchführen.«

Hans warf den einen oder anderen geistesabwesenden Blick auf die Speisekarte; vermutlich hatte er ebenso wenig Appetit wie ich.

»Glaubst du, sie hätten uns die Ausgrabung entrissen, wenn Erick noch am Leben wäre?«

Daraufhin schoss mir ein Gedanke durch den Kopf. Könnte der Gouverneur Mario Ubilla etwas mit Ericks Tod zu tun haben und auf diese Weise die Zügel der Ausgrabung in die Hand nehmen? Ich schüttelte den Kopf und zwang mich, diese perverse Idee zu vergessen, überzeugt davon, mittlerweile dort Geister zu sehen, wo es keine gab.

»Ich sage das«, fuhr Hans fort, »wegen der engen Verbindung, die Erick zum Gouverneur hatte.«

Diese Information überraschte mich. Ich wusste zwar, dass die beiden einen herzlichen Umgang miteinander gepflegt hatten, aber nicht, dass die Beziehung so eng war, wie Hans gerade angedeutet hatte.

»Eine enge Beziehung?«

»Ja. Erick rief den Gouverneur ziemlich oft von der Ausgrabung aus an, ich nehme an, um ihn über die gemachten Fortschritte auf dem Laufenden zu halten.«

Hin und wieder hatte ich selbst gesehen, dass er Gespräche übers Mobiltelefon führte, doch hatte ich mich nie gefragt, mit wem er da wohl telefonierte. Diese neue Information änderte meine Sichtweise auf den Fall vollkommen. Vom neuen Blickwinkel aus betrachtet, existierte nun auch die Möglichkeit, dass Erick in der Mordnacht den Gouverneur ebenfalls anrief. Könnte Mario Ubilla die Person sein, die bei ihm war? In diesem Fall machte es nicht sonderlich viel aus, dass der Kommissar ihm das mit dem vermeintlichen Fund verraten hatte, denn der Gouverneur wusste bereits Bescheid, er erfuhr es aus Ericks Mund.

Hans wartete immer noch darauf, dass ich seine ursprüngliche Frage beantwortete.

»Es tut mir leid, Hans. Ich fürchte, wir werden nie eine Antwort darauf haben«, sagte ich nur.

Hans senkte den Blick. Hinter seinen dicken Brillengläsern vermittelte er das Bild vollkommener Hilflosigkeit.

»Und was sollen wir jetzt machen?«

»Einige Tage abwarten, bis sich die Lage endgültig klärt. Für den Moment, und solange uns nichts Gegenteiliges berichtet wird, bleiben wir beide auf der Gehaltsliste der Norweger. Sieh es als eine Art bezahlten Urlaub an.«

Hans schnaubte und war offensichtlich verärgert.

»Mich trifft es tief im Inneren«, vertraute er mir an. »Ich habe mich sehr für das Projekt engagiert und mich bereits an den Gedanken gewöhnt, mehrere Monate auf der Insel zu verbringen.«

»Du hast eine brillante Zukunft vor dir«, meinte ich. »Es werden sich andere Projekte ergeben, andere archäologische Ausgrabungen.«

»Aber nicht wie diese hier«, entgegnete er. »Nicht auf der Osterinsel. Dieser Ort ist von einem Zauber umgeben wie kein anderer Ort auf der Welt. Ich weiß nicht, wie ich es beschreiben soll, aber bereits kurz nach der Landung auf der Insel ist es schon unmöglich, diesem Magnetismus, der von ihr ausgeht, zu entkommen.«

Ich pflichtete ihm bei und lächelte in mich hinein. Die gleichen Empfindungen hatte ich bei meiner ersten Reise vor elf Jahren selbst durchlebt. Dennoch vermutete ich in seinem Fall, dass die Insel nicht das einzige war, in das er sich verliebt hatte.

Plötzlich schien Hans beunruhigt wie nie zuvor. Er neigte sich mit angstverzerrtem Gesicht nach vorn, ergriff meinen Unterarm und drückte ihn mit aller Kraft.

»Germán«, krächzte er betroffen, »schwör mir, dass du alles daran setzen wirst, um zu verhindern, dass die uns das Projekt entreißen.«

»Ich gebe dir mein Wort«, versicherte ich ihm sofort. Seine unerwartete Reaktion hatte mir einen leichten Schrecken eingejagt.

Hans murmelte eine Entschuldigung für seinen Gefühlsausbruch und lehnte sich erneut in seinem Stuhl zurück. Währenddessen erholte sich sein Gesicht, bis es sein gewöhnliches harmloses Aussehen wiedererlangte.

»Und was wirst du jetzt machen?«, fragte er nach.

Für einen Augenblick war ich drauf und dran, ihm von den Machenschaften zu berichten, in die ich aufgrund der Zustellung der geheimnisvollen Nachricht verwickelt worden war. Doch ich war entschlossen, niemanden in dieses gefährliche Spiel hineinzuziehen.

»Mich ausruhen«, log ich.

Wir aßen praktisch schweigend, während wir mit einem gewissen Neid die glücklichen Gesichter der Touristen betrachteten, die die übrigen Tische besetzten. Es war Hochsaison, und die Besucherzahlen stiegen exponentiell an. Danach verabschiedeten wir uns voneinander mit einem Schulterklopfen und einigen Worten, die Mut machen sollten, die jedoch vom Winde verweht wurden, noch bevor sie unsere Lippen verließen. Hans rief sich ein Taxi. Mir hingegen war nach einem Spaziergang.

Auf dem Rückweg kam ich wieder am Regierungsplatz vorbei. Die Zahl der Demonstranten und Protestplakate hatte sich vervielfacht. Eine enorm große Flagge der Osterinsel mit ihrem charakteristischen *Rei Miro* in leuchtendem Rot auf weißem Hintergrund wehte vom höchsten Punkt aus. In der Menge erkannte ich Sonia, die neben ihrem Großvater und einem anderen Rapanui-Mann herging, dem alle ehrfürchtig Respekt zu zollen schienen. Dieses charismatische Individuum war wie geschaffen für Plaudereien mit den dort versammelten Familien und bewegte sich in der Öffentlichkeit wie ein ranghoher

Politiker. Er hörte zu, wenn er musste, und hielt eine Ansprache, wenn sich ihm die Gelegenheit dazu bot.

Ich wollte eigentlich unerkannt bleiben, doch Sonia nahm meine Anwesenheit wahr und kam rasch auf mich zu. Hinter ihr stehend schaute mich Tulio mit einem traurigen Lächeln an und hob die Hand zum Gruß.

»Germán, wie geht es dir?«, nahm Sonia die Konversation auf, als sie zu mir aufschloss.

»Gut«, antwortete ich. »Und verzeih mein Benehmen. Ich hätte die Ausgrabung nicht in der Art und Weise verlassen sollen, wie ich es gemacht habe.«

Sonia teilte meine Frustration, und ihre vage Handbewegung machte die Belanglosigkeit meiner panischen Flucht deutlich.

»Wer ist der Herr, der deinen Großvater begleitet?«, fragte ich.

»Das ist Lázaro Hereveri, der Präsident des Ältestenrates«, klärte sie mich auf. »Auch wenn er die Revolte selbstredend unterstützt, so ist er besorgt angesichts der Züge, die die Angelegenheit annimmt.«

Ich beobachtete Lázaro beim Händedrücken und Meinungsaustausch mit den Anführern der Klans, die von der Aberkennung ihres Landes am meisten betroffen waren. Sein kurzes und graues Haar verlieh ihm einen Hauch Distinguiertheit.

»Lázaro ist äußerst populär«, meinte Sonia. »Aber bedauerlicherweise liegt die Lösung bestimmter Probleme nicht in seiner Macht.«

»Du sagtest mir, dass jedem Mitglied des Ältestenrates ein Symbol des Rapanui-Universums zugewiesen wurde«, kommentierte ich mit wirklichem Interesse, »und ich erinnere mich daran, dass das Symbol deines Großvater der *Moai* war. Welches Symbol hat Lázaro erhalten?«

»Den *Tangata Manu* oder Vogelmann«, meinte Sonia.

»Natürlich«, murmelte ich. Das hätte ich mir denken können.

Sonia öffnete den Mund, um etwas zu sagen, doch im letzten Moment überlegte sie es sich wohl anders. Ich bemerkte, dass sie mich mit besonderer Ernsthaftigkeit anschaute. Daraufhin versuchte sie es erneut, bis die Worte schließlich wie ein Wasserfall aus ihr heraussprudelten.

»Glaubst du, die chilenische Regierung hat uns die Ausgrabung wegen des angeblichen großen Fundes entrissen, den Erick erwähnt hat, kurz bevor er umgebracht wurde?«

Sonia war von sich aus auf dieselbe Schlussfolgerung gekommen wie ich.

»Eine andere Erklärung fällt mir nicht ein«, gab ich zu.

»Aber Erick muss sich einen Scherz erlaubt haben. Es gibt nichts, das die Richtigkeit seiner Behauptung untermauert. Du selbst hast es gesagt, nicht wahr?«

So war es, zumindest bis ich die Nachricht erhielt, welche die Büchse der Pandora öffnete.

»Mario Ubilla wird nicht gewollt haben, das kleinste Risiko einzugehen«, äußerte ich. »Falls dies stimmt, könnte der Gouverneur den besten Treffer seiner Karriere erzielen.«

Einige Kinder liefen vor uns her und verfolgten unter Gelächter einen Straßenhund. Dieser Anblick schien Sonia an etwas zu erinnern, das ihr durch den Kopf geisterte.

»Germán, mir ist da ein Gerücht zu Ohren gekommen …«, Sonia zögerte, aber schließlich drückte sie sich klar aus. »Stimmt es, dass du Maevas Vater bist?«

Ich gab dies offen zu. Es hatte keinen Sinn mehr, es zu verheimlichen.

»Unglaublich«, bekundete sie lächelnd. »Hanarahi hat sich immer geweigert, die Identität von Maevas Vater preiszugeben. Wir wussten, dass es niemand von der Insel war, aber das war alles.«

»Ich wusste es bis vor einigen Tagen selbst nicht.«

»Maeva ist ein außergewöhnliches Mädchen.« Sonia lobte sie voller Enthusiasmus.

»Kennst du sie?«

»Wir kennen uns alle auf der Insel, Germán.«

»Dann bereite dich schon mal vor, denn Maeva ist gewillt, in deine Fußstapfen zu treten. Sie sagt, sie will Archäologin werden.«

Sonia lachte herzlich. Es entstand eine Stille, die uns zu den Sorgen wiederkehren ließ, die uns verfolgten und wir nicht ignorieren konnten. In diesem Moment fiel mir ihr Schmuck auf. Sonia trug ein Paar silberne Ohrgehänge, die die wundervolle Figur des *Manu Piri* darstellten. Sofort begriff ich, dass diese Ohrringe und der Anhänger, der zwischen Ericks Habseligkeiten gefunden wurde, eine Einheit bildeten und zusammengehörten. Sonia war es! Ich konnte mich daran erinnern, gesehen zu haben, wie sie den Anhänger um ihren Hals trug! Dieser Umstand brachte mich vollends aus dem Konzept. Ich wusste nicht, was ich denken sollte, daher beschloss ich, in diesem Augenblick nichts zu sagen … und trotzdem, in meinem Geist hatte sich bereits ein leiser Verdacht eingenistet.

»Und was sollen wir jetzt machen?«, fragte mich Sonia und unterbrach damit das Schweigen.

»Wenn ich du wäre, würde ich mit dem Gouverneur sprechen«, erwiderte ich. »Die Ausgrabungen sollen wieder aufgenommen werden, und zwar unter neuer Leitung und mit einem Team, das ausschließlich aus chilenischen Archäologen bestehen soll. Es ist unbestreitbar, dass niemand es mehr verdient hätte als du, zum neuen Team zu gehören.«

Sonia wandte ihr scharfkantiges Gesicht ab und betrachtete die Gruppe Demonstranten auf dem Platz. Sie starrte mich erneut an.

»Ich bin Chilenin, aber auch Rapanui. Und ich denke, die Tatsache, dass ich mit euch zusammengearbeitet habe, wird sich auch nicht sonderlich günstig auswirken. Ich bezweifele also sehr, dass Mario Ubilla mich dort sehen will.«

Ich sagte es nicht laut, denn es war gar nicht notwendig. Sonia las auch so in meinem Gesicht, dass ich vollkommen ihrer Meinung war.

Ich durchquerte den dicht bewachsenen Garten der Pension und steuerte mein Zimmer an, wobei ich ein Zusammenstoßen mit Gloria Riroroko vermied. Auch wenn sie für gewöhnlich froh gelaunt war, so war mir zu diesem Zeitpunkt weder danach, mit der guten Frau zu sprechen noch ihr irgendwelche Erklärungen wegen meiner ungewohnten Anwesenheit dort abgeben zu müssen, denn schließlich hätte ich mich ja auf dem archäologischen Gelände befinden sollen. In den Fluren und Gemeinschaftsbereichen traf ich ebenfalls auf keinen anderen Gast.

Ich war dankbar dafür, mich in den Stunden, in denen die Sonne am heißesten brannte, in mein Zimmer zurückziehen zu können. Der Raum war großzügig und zeugte von Doña Glorias einladender Hand, welche sich bis ins kleinste Detail bemerkbar machte. Das Ehebett wurde zu beiden Seiten von zwei Rattan-Nachttischchen flankiert, und an der gegenüberliegenden Wand ruhte ein hölzerner Schreibtisch, auf den ich einen Bücherberg und meinen diskreten Laptop ablegen konnte. Ein Fenster, durch das sich die intimen Wohlgerüche der Insel hindurchschlängelten, gab den Blick auf die Bucht frei und ließ mich keine Sekunde lang vergessen, dass ich mich an einem der atemberaubendsten Orte des Planeten befand.

Ich warf mich auf das Bett und fand mich von einem Meer aus Zweifeln umgeben. Ließ ich mich vom anonymen Verfasser des Briefes leiten oder ließ ich von jenem gefährlichen Plan ab und beichtete Kommissar Villegas alles, was ich wusste? Wenn ich mich darauf einließ, die Suche auf eigene Faust fortzusetzen, musste ich die Notiz an jenem Nachmittag vor Sonnenuntergang am Fuße des einsamsten *Moai* in Anakena ablegen. Andernfalls galt dies als Nichtannahme der Herausforderung. War ich wirklich bereit weiterzumachen, obwohl ich nur allzu gut wusste, wozu der Mörder imstande war? Die Langustenantenne in Ericks Eingeweiden müsste mich von vornherein von dieser Idee abbringen. Ich wog die Vor- und Nachteile analytisch ab, hielt aber inne und ergründete meine Gefühle. Es überraschte mich nicht zu erfahren, dass vorerst meine Neugier meine Angst bei Weitem überstieg. Schließlich entschied ich mich, die Unternehmung weiterzuführen, obgleich ich schwor, mit Bedacht vorzugehen und nicht den Helden zu spielen. Das schreckliche Schicksal, das Erick erlitten hatte, war in meinem Gedächtnis noch immer sehr präsent.

Am Ende siegte die Müdigkeit, und ich fiel für den Zeitraum einer Stunde in die Arme eines leichten Schlafes. Als ich aufwachte, rieb ich mir die Augen und stellte fest, dass die Sonne langsam entlang ihrer Bahn am Himmelsgewölbe gewandert war. Nachdem ich mich vergewissert hatte, dass die Notiz weiterhin in einem Fach meiner Tasche sicher verwahrt war, verließ ich die Pension und machte mich auf den Weg zum Rendezvous mit dem Schicksal, das ich mir selbst ausgesucht hatte.

Ich ging in Richtung eines nahegelegenen Hotels mit einer einträglichen Autovermietung. Der Strand von Anakena befand sich am anderen Ende von Hanga Roa an der Nordküste der Insel. Um dorthin zu gelangen, brauchte man ein Transportmittel. Mir wurden die Schlüssel eines weißen Jeeps überreicht, der auf dem gegenüberliegenden Bürgersteig geparkt war. Der Lauf der Zeit und das ständige Gerüttel hatten ihn etwas ramponiert, doch es war ein kostengünstiges Fahrzeug und erfüllte meine Anforderungen mehr als genug.

Als ich die Vordertür öffnete, ließ mich ein ferner Schrei abrupt innehalten.

»Papa!«

Mir rutschte das Herz in die Hose, als ich Maeva erblickte, die die Straße heruntergelaufen kam. Bei all den Fronten, an denen ich zu kämpfen hatte, hatte ich nicht einmal die Konsequenzen bedacht, die sich für meine Tochter aus der unerwarteten Entscheidung des Gouverneurs ergeben könnten. Maeva rechnete für einen längeren Zeitraum von einigen Monaten mit meiner Anwesenheit, doch nach der Stilllegung der Ausgrabung müsste ich wahrscheinlich bereits in wenigen Tagen die Insel verlassen. Maeva bräche es das Herz, wenn sie die Nachricht erführe. Ich konnte es ihr noch nicht sagen.

Kurz bevor sie bei mir ankam, hielt Maeva an. Nach dem anstrengenden Rennen musste sie wieder zu Atem kommen. Ihre Augen glänzten wie gerade aus dem Krater eines Vulkans entnommene schwarze Obsidian-Kristalle. Ich küsste sie auf die Wange, sie ihrerseits legte ihre Arme fest um meinen Hals und umarmte mich kräftig. Es gab keinen Zweifel daran, dass sich Maeva nach dem Treffen vom gestrigen Tage viel wohler an meiner Seite fühlte und sich das Band zwischen uns beiden allmählich verfestigte.

»Wo warst du? Ich habe dich überall gesucht.«

»Es tut mir leid, Maeva. Heute war ein ziemlich außergewöhnlicher Tag.«

Maeva ließ ihren Blick zwischen dem Wagen und den Schlüsseln in meiner Hand hin- und herwandern.

»Wohin fährst du?«, fragte sie mich.

»Zum Strand von Anakena«, gestand ich.

Maeva warf mir ihren subtilsten Blick zu, da war sie schon ganz Expertin.

»Möchtest du mich begleiten?«, bot ich ihr an, unfähig, ihrer stillen Bitte zu widerstehen.

Bevor ich mich umsah, war Maeva bereits blitzschnell in den Jeep geklettert und wartete dort auf mich. Sie saß mit angelegtem Sicherheitsgurt gemütlich auf dem Beifahrersitz und grinste von einem Ohr zum anderen.

Wir nahmen die Wege, die aus Hanga Roa hinausführten, und drangen ins Innere der Insel ein. Der Jeep glitt langsam durch eine Arterie aus kupferfarbener Erde und wirbelte Staubwolken auf, die wie schmutzige Nebelfahnen unsere Fahrt zu begleiten schienen. Zu beiden Seiten sichteten wir grasbewachsene Hänge und die schläfrigen Gipfel der inaktiven Vulkane. Weit und breit war keine Seele zu sehen, mit Ausnahme zahlreicher Wildpferde, die in den paradiesischsten Landstrichen, die die Insel zu bieten hatte, ihrer Herzenslust freien Lauf ließen. An diesem Nachmittag sprenkelten Wolken den Himmel, die in perfekter Harmonie vorbeizogen und sich auflösten, sobald sie das Meer erreichten.

Maeva hatte eine Unterhaltung begonnen und zeigte sich sehr daran interessiert, mehr über meine Familie in Spanien zu erfahren. Also erzählte ich ihr lang und breit von meinen beiden Kindern, die sie als Verwandte ansehen konnte.

»Werde ich sie eines Tages kennenlernen?«

»Wenn du das Einverständnis deiner Mutter erhältst, dann verspreche ich dir, dich in deinen Ferien eines Tages mit mir nach Spanien mitzunehmen«, willigte ich ein.

»Wirklich?«

»Ich weiß nicht, wann das sein wird, aber sobald sich die Gelegenheit ergibt, werden wir uns darum kümmern, ein Datum festzumachen«, meinte ich. »Und wenn es nicht möglich sein sollte, werde ich das schon irgendwie arrangieren können, dass eben meine Kinder hierherkommen.«

Ich nutzte die Gelegenheit, um Maeva auch einiges über ihre Mutter zu fragen, denn ich verstand nicht, warum Hanarahi in all der Zeit nicht geheiratet hatte. Maeva berichtete mir zumindest von einigen mehr oder weniger ernsten Beziehungen, jedoch habe ihre Mutter sich immer sehr abgeschottet und ihre Partner fast nie mit zu sich nach Hause mitgenommen. Maeva dachte, dass Hanarahi noch nicht ihren Traummann gefunden habe und auf jeden Fall zufrieden sei mit ihrer Rolle als alleinerziehende Mutter.

Wir schlängelten uns zwischen den Schlaglöchern hindurch, und nach nur zwanzig Minuten Fahrt stieg der Jeep einen letzten kurzen Steilhang hinauf, um daraufhin einen leichten Abstieg in Angriff zu nehmen, der uns die Aussicht auf einen blauen Horizont bescherte, in dem Himmel und Meer zu einer einzelnen Linie verschmolzen. Der Strand von Anakena war ein halbmondförmiger Sandstreifen, dem ein Palmenhain vorausging. Der stand unter der Aufsicht von sieben wortkargen Wächtern, vor denen sich die Besucher nur allzu gern porträtieren ließen. Wegen der unvergleichlichen Kulisse zählten die *Moai* des *Ahu* Nau Nau zu den beliebtesten der Insel. Ich parkte bei den Holzständen, an denen die Touristen sich mit Getränken versorgen und zu einem moderaten Preis großzügige chilenische *Empanadas* – mit Fleisch gefüllte Teigtaschen – essen konnten.

Maeva und ich stiegen zum Strand hinab, der beträufelt war mit Ausländern, die auf ihren Handtüchern ein Sonnenbad nahmen oder lieber ein Bad im kristallklaren Wasser des Pazifischen Ozeans. Wir setzten uns ans Ufer in den Korallensand, der in seiner Weiße beinahe mit Schnee konkurrieren konnte. Die marine Brise streichelte unsere Haut und pustete uns mit ihrem salzigen Bouquet an.

»Erzähl mir die Geschichte der Insel weiter«, bat mich Maeva. »Wie war die Zeit nach der Einführung des Vogelmann-Kults, die auf die inneren Konflikte folgte?«

Ich begrüßte Maevas Vorschlag und ordnete meine Gedanken, bevor ich mit meiner Geschichte begann.

»Danach endlich erfuhr auch die restliche Welt von der Entdeckung der Insel, die erstmals in den Navigationskarten kartografiert wurde. Die Ehre gebührte Jakob Roggeveen, einem holländischen Seefahrer, der in Wirklichkeit ein ganz anderes Ziel verfolgte. Roggeveen hatte im Auftrag der Westindischen Handelsgesellschaft eine Expedition organisiert und war auf der Suche nach einem mythischen Südkontinent, bekannt unter dem Namen *Terra Australis*. Dieser Kontinent hatte sich nicht nur in der Gedankenwelt der Europäer einen Platz verschafft, sondern auch in vielen Karten jener Zeit. Grund dafür war der seit dem antiken Griechenland aufrechterhaltene falsche Glaube, in der südlichen Hemisphäre müsse eine große Landmasse als Gegengewicht zu der bekannten Masse in der entgegengesetzten Hemisphäre existieren.

Der holländische Admiral brach zu seiner sensationellen Reise am 1. August 1721 von der vor der nördlichen Küste der Niederlande gelegenen Insel Texel auf. Auf seiner ersten Etappe durchsegelte er den Atlantischen Ozean, dann umschiffte er das Kap Hoorn und schlug schließlich seine Route ein, um den Pazifischen Ozean von Osten nach Westen zu durchqueren und nach jenem vermuteten mysteriösen Land voller Reichtümer Ausschau zu halten. Und so geschah es, dass Jakob Roggeveen am Ostersonntag, den 5. April 1722, durch Zufall diese einsame Insel entdeckte und sie nach dem religiösen Fest taufte, das an diesem Tage begangen wurde.«

»Der Name Rapa Nui gefällt mir besser.«

»Das ist nicht der älteste Name«, bemerkte ich. »Die alten Legenden verweisen auf die Insel mit den Namen *Te pito o te henua*, das bedeutet ›Der Nabel der Welt‹ oder *Mata ki te rangi*, was so viel heißt wie ›Die Augen, die gen Himmel blicken‹.«

Maeva hörte mir interessiert zu, während sie den Sand mit den Fingern harkte.

»Und wie war diese erste Begegnung mit der europäischen Kultur?«

Ich schüttelte schweigend den Kopf. Die Geschichte hatte schon bei unzähligen Gelegenheiten gezeigt, welch unheilvolle Konsequenzen ein Kontakt zwischen Zivilisationen haben konnte, die sich auf einem unterschiedlichen technologischen Stand bewegten.

»Pass auf«, sagte ich. »Ich erzähle dir, was passiert ist …«

***

7. April 1722 – Bucht von Hanga Roa. Osterinsel

Der Admiral Jakob Roggeveen betrachtete abermals die Insel durch sein Fernrohr, von dem er unzertrennlich war. Durch den ewigen Dunst, der ihre aus schroffen Klippen geformten unregelmäßigen Umrisse umhüllte, war ein schmales und gewundenes Relief grüngrauer Farbe zu erahnen, das sehr charakteristisch für vulkanische Oberflächen war. Aber es gab ein seltsames Detail, das seine ganze Aufmerksamkeit geweckt hatte. Handelte es sich bei den Silhouetten, die überall auf einem Hügel den Hang hinab verstreut waren, um Standbilder, oder verwechselte er dies mit einer Art Formation natürlichen Ursprungs?

Seit zwei Tagen lagen sie vor Anker, an die drei Meilen von der Küste einer Insel entfernt, die in den nautischen Karten nicht aufgeführt war, und diskutierten über das weitere Vorgehen. Der Kapitän Bouman, der Zweite an Bord, plädierte für ein Weitersegeln und die Fortsetzung ihres Weges auf der Suche nach dem mythischen Kontinent, wobei jene gerade erst entdeckte Insel möglicherweise ein Teil davon war. Doch anders als viele Seefahrer hatte Roggeveen diese Fahrt zur Erkundung ferner Meere nicht aus wirtschaftlichem Interesse angetreten, sondern vielmehr wegen seiner Abenteuerlust, die ihm sein Vater schon als Kind eingetrichtert hatte, ein Dozent der Disziplinen, die eng mit der Hochseenavigation in Verbindung standen wie Astronomie, Geografie oder Mathematik.

Der federnde Wellengang durchschüttelte das Schiff, das knarrte und ächzte, als ob es ein Eigenleben führte.

»Und nun?« Bouman, der an Deck neben dem Admiral stand, setzte diesen konstant unter Druck, damit er eine Entscheidung traf. »Hast du schon die Vor- und Nachteile abgewogen?«

Sie wussten, dass die Insel nicht unbewohnt war, weil sie dünne Rauchsäulen ausgemacht hatten, die vom Landesinneren aufstiegen. Roggeveens Wunsch war es, zur Erkundung der Insel an Land zu gehen und Informationen über die Gebräuche und Lebensweise ihrer primitiven Einwohner zu sammeln. Und nebenbei wollte er das Mysterium der vermeintlichen Standbilder aufklären, das er sich nicht aus dem Kopf schlagen konnte. Außerdem konnten sie den Besuch nutzen, um sich mit frischen essbaren Gewächsen zu bevorraten und die Wasserreserven aufzufüllen, die zum Teil bereits aufgebraucht waren.

Kapitän Bouman argumentierte jedoch damit, die Expedition einer Insel mit dermaßen dürftigen Ressourcen sei die Mühe nicht wert, vor allem unter Berücksichtigung der damit verbundenen Gefahren. Gewiss, aufgrund der bewegten See war ein Landgang nicht ratsam, schon gar nicht in einer so felsigen Bucht. Ein weiteres gewichtiges Argument waren die fehlenden Kenntnisse über ihre Bewohner. Die vermutlich wilde Natur der Eingeborenen konnte angesichts der aufsehenerregenden Ankunft dieser Invasoren aus weiter Ferne in ihrem Land gut in Feindseligkeit ausarten. Bouman wünschte einzig und allein, die Überfahrt wieder aufzunehmen, die sie an ihr Ziel Terra Australis führen sollte, von dessen Entdeckung er sich unsäglichen Reichtum erhoffte.

Der plötzliche Aufschrei eines Seemanns unterbrach Roggeveens Gedankengänge.

»Admiral! Ein Eingeborener nähert sich an Steuerbord!«

Roggeveen und Bouman suchten mit den Augen den Punkt in der gezeigten Richtung und bestätigten sogleich die Behauptung des Seemanns.

»Schnell! Fiert ein Boot und helft ihm hierher zu gelangen!«, lautete die Anordnung des Admirals trotz des missbilligenden Blicks, den ihm Bouman ganz und gar nicht heimlich zuwarf.

Roggeveen beobachtete den sich nähernden Besucher und konnte nicht umhin, über den Mut dieses armen Teufels erstaunt zu sein, der die enorme Distanz zum Schiff auf einem fragilen Kanu hockend zurückgelegt hatte, das überall leckte und den schäumenden Wellen, die über die Bucht peitschten, getrotzt hatte.

Schnell wurde der Einheimische vorgeführt, nachdem dieser den festen Boden des Schiffsdecks betreten hatte. Der Besucher, von dunkler Haut und robustem Körperbau, war vollkommen nackt, auch wenn aufwendige Tätowierungen ihn von oben bis unten bedeckten, die Vögel und andere seltsame Gestalten darstellten. Roggeveen flüsterte dem jüngsten Besatzungsmitglied namens Roseendal mit gesenktem Kopf zu, er solle etwas holen, das sie dem Einheimischen als Willkommensgruß anbieten könnten.

Währenddessen betrachtete der Ureinwohner mit offensichtlicher Faszination die Dimensionen des außergewöhnlichen Wasserfahrzeugs: die große Höhe der Masten, die majestätischen Segel und auch das seltsame Material, aus dem die Kanonen gemacht waren. Die Seemänner hatten sich zusammengedrängt, umringten den Eingeborenen und beobachteten belustigt die weitere Entwicklung der Begegnung. Der Besucher zeigte keinerlei Nervosität und schien sich in seiner Rolle als Kundschafter sogar wohlzufühlen.

Roseendal kehrte augenblicklich mit einem Glas Wein zurück, das der Einheimische dankend annahm. Doch anstatt zu trinken schüttete er ihn sich über den Kopf. Die Mannschaft brach in schallendes Gelächter aus, dem sich der Eingeborene kurzerhand anschloss, auch wenn er nicht den Grund für derlei Heiterkeit verstand. Dann zeigte Roggeveen dem Eingeborenen einen kleinen Spiegel, woraufhin dieser, erschrocken vor seinem eigenen Spiegelbild, zurückwich und umgehend die Ursache für die Erscheinung zu ergründen suchte, indem er die Rückseite des Kristalls inspizierte.

Nach einigen Minuten ungefährlicher Interaktion zwischen den Vertretern beider Kulturen murmelte der Ureinwohner mit zum Himmel erhobenen Armen eine Litanei, als ob er zum Zeichen des Dankes an den Gott seines Volkes betete. Die Anwesenden warteten solange, wobei Roseendal den Umstand nutzte, um seine Violine hervorzuholen und eine heitere Melodie anzustimmen, in die die Seeleute sofort mit obszönen Liedern voller Einfallsreichtum und Ironie einstimmten. Dem Ureinwohner war deutlich anzumerken, dass er an derart Spektakel großen Gefallen fand, und jedes Mal, wenn einer der Seemänner ihn bei der Hand nahm, zögerte er nicht, mitzutanzen und zum Rhythmus der Musik umherzuspringen.

Schließlich kehrte der Eingeborene an Bord seines Kanus zur Insel zurück, ausgerüstet mit einem breiten Lächeln und einigen Präsenten, mit denen Roggeveen ihn zum Abschied beschenkt hatte: einem Spiegel, einigen Scheren und einer Kette aus blauen Glasperlen.

»Jetzt werden die restlichen Inselbewohner wissen, dass unsere Absichten friedlicher Natur sind, und uns entsprechend empfangen«, vertraute Roggeveen Bouman an. »Also werden wir an Land gehen, sobald das Unwetter abflaut.«

Am nächsten Tag bekam das europäische Schiff Besuch von unglaublich vielen Ureinwohnern. Einige bewältigten die Strecke in ihren unsicher wackelnden Kanus, andere sogar mit kräftigen Schwimmstößen; damit erbrachten sie den Beweis, dass sie alle exzellente Schwimmer waren. Es gab auch einige, die zum Zeichen der Freundschaft mit Geschenken erschienen – gebratenen Hühnern und gekochten Bananen.

Die Neugier auf alles, was ihnen unter die Augen kam, ergriff die Eingeborenen allerdings so sehr, dass sie keinerlei Hemmungen hatten, alles, wonach ihnen war, in Besitz zu nehmen, wobei sie diesen Umstand mal mehr, mal weniger überspielten. Einer von ihnen gelangte von seinem Kanu aus durch ein Fenster in den Speiseraum und nahm sich – einer Trophäe gleich – eine Tischdecke, die auf dem Tisch lag. Die Unbekümmertheit der Einheimischen erreichte ein solches Maß an Unverfrorenheit, dass sogar die Seemänner zusehen mussten, wie sie ihnen ihre Hüte vom Kopf rissen und anschließend mit der begehrten Beute über Bord sprangen. Es entstand ein solcher Tumult, dass auf dem Schiff angesichts der Entwicklung der Ereignisse eine gewisse Hilflosigkeit herrschte.

Kapitän Bouman, der sich schon zu Beginn einer Kontaktaufnahme widersetzt hatte, war wütend wie kein anderer.

»Sie verhalten sich wie Raubvögel«, stieß er aus.

»Beruhige dich«, bat ihn Admiral Roggeveen. »Von jetzt an werden die Einheimischen, die an Bord kommen wollen, dies schichtweise tun müssen. Außerdem werde ich der Besatzung den Befehl erteilen, sowohl ihre persönlichen Habseligkeiten als auch die Schiffsutensilien zu bewachen.«

Endlich, am 10. April, kam es zum lang ersehnten Besuch auf der Insel.

Auf drei Boote verteilt legten rund einhundert Männer am Strand an, allesamt bis auf die Zähne mit Säbeln und Musketen bewaffnet: In Anbetracht des unvorhersehbaren Verhaltens der Einheimischen war es besser, Vorsichtsmaßnahmen zu ergreifen, auch wenn es bis zu diesem Zeitpunkt keinerlei Anzeichen für deren Feindseligkeit gegeben hatte.

Während also Admiral Roggeveen mit dem Gros der Expedition ins Innere der Insel eindrang, blieb Kapitän Bouman mit zwei Dutzend Mann am Strand zurück, um die Boote vor der Raffsucht der Ureinwohner zu schützen.

Der vielköpfige Vortrupp, an dessen Spitze Roggeveen voranging, marschierte als geordnete Gruppe in perfektem Einklang und behielt stets den inneren Zusammenhalt. Die Ureinwohner, die zu Hunderten herbeigeströmt waren, umringten und verfolgten sie und zwangen sie damit, sich mit Schubsen und Ellenbogenhieben einen Weg zu bahnen. Glücklicherweise zeigten sich die Eingeborenen weiterhin friedlich, und die Europäer konnten an ihnen keinerlei Waffen erkennen.

Je weiter sie vorankamen, desto mehr konnte Roggeveen seinen Entdeckerdurst stillen, indem er sich ein vages Bild von der Lebensweise dieser Menschen machte, deren fensterlose Hütten in Form eines umgestülpten Bootes nur einen einzigen Zugang aufwiesen, der Ähnlichkeit mit einem Mauseloch hatte. Bei den Europäern kam ein Gefühl der Klaustrophobie auf, vor allem, wenn sie bedachten, dass diese Behausungen darauf ausgelegt waren, ganze Klans aufzunehmen. Ferner machten sie die Beobachtung, dass die Ureinwohner ihr Land bewirtschafteten und auch übervolle Gehege mit Hausgeflügel besaßen. Hauptsächlich wurden Süßkartoffeln, Bananen und Zuckerrohr angebaut.

Nachdem sie geschlussfolgert hatten, dass es sich bei ihm um den Anführer handeln musste, gingen einige Einheimische auf Roggeveen zu, um ihm frisch zubereitete Delikatessen anzubieten, die der holländische Admiral höflich ablehnte. Anfänglich war es ihm unerklärlich, wie sie ohne Töpfe und Pfannen oder sonstige Behälter kochen konnten, bis er schließlich selbst herausfand, wie sie es taten: Die Lebensmittel wurden zwischen heiße Steine gelegt, die sie mit glühenden Holzkohlen und verschiedenen Blättern zudeckten. Im Tausch gegen diese Zeichen der Großzügigkeit revanchierten sich Roggeveens Männer und übergaben ihnen, zum Entzücken der Ureinwohner, Kleinigkeiten und allerlei Schnickschnack.

Der Admiral bemerkte das Fehlen von Frauen in der Menge, mit Ausnahme einiger weniger in bereits reifem Alter. Dies ließ ihn vermuten, dass sie vor den Blicken der Männer verborgen werden sollten und zu diesem Zweck an das entgegengesetzte Ende der Insel gebracht oder dort in den Tiefen der vielen Höhlen versteckt worden waren, die diesen Ort prägten. Seine Aufmerksamkeit erregte auch das längliche Aussehen der Ohren einiger Insulaner, die mit der Einführung von Holzpflöcken ihre Ohrläppchen künstlich gedehnt hatten.

Zum Schluss ging Roggeveen dorthin, wo sich einige jener seltsamen Standbilder befanden, die er vom Schiff aus gesehen hatte. Er war entschlossen, das Mysterium ihrer Herkunft endlich aufzudecken. Als er sich ihnen näherte, stellte er konsterniert fest, dass es sich in der Tat um Götzenbilder enormer Ausmaße handelte, die bis zu dreißig Fuß hoch waren. Einige von ihnen standen noch, die Mehrzahl aber lag umgestürzt auf dem Boden. Wie konnte es sein, dass jene rückständigen Eingeborenen in der Lage waren, Statuen solcher Größe zu erbauen, die er nicht einmal in Holland zu Gesicht bekommen hatte? Es ermangelte ihnen doch der elementarsten Instrumente für deren Transport und Errichtung – wie starke Holzbalken oder Seile angemessener Stärke. Unmöglich, sagte Roggeveen zu sich selbst. Sie müssen diese Kolosse mit einer Art Lehm modelliert und anschließend mit Kies aufgefüllt haben.

Am Strand wartete währenddessen Kapitän Bouman zusammen mit der Einheit Männer, die unter seinem Kommando geblieben waren.

Diese Gruppe fühlte sich alsbald belästigt, denn eine andere Horde Einheimischer hatte sich rings um sie geschart und betrachtete sie mit neugierigen Augen und entschlossenem Gemüt. Nach und nach wurden sie mutiger, und angelockt durch die auffälligen

Kleider, die die Seemänner trugen, kamen sie näher, um derart extravagante Gewänder zu betasten, insbesondere aber die Hüte, für die die Eingeborenen eine spezielle Vorliebe zu haben schienen.

Die Urbewohner nutzten jede Zerstreutheit aus, und bei erstbester Gelegenheit waren auch schon einige Hüte von den Köpfen ihrer Eigentümer geflogen.

»Lasst euch nicht berauben, ihr Idioten!«, stieß Bouman aus. »Stoßt sie weg, wenn sie zu aufdringlich werden.«

Zur gleichen Zeit stiegen einige von ihnen in die Boote, um deren Beschaffenheit zu überprüfen und auch das Hab und Gut zu untersuchen, das auf Deck verstreut herumlag. Bouman, der einen Halt auf der Insel nie befürwortet hatte, war der Sache langsam überdrüssig.

»Holt sie aus den Booten heraus! Schnell!«, ordnete er an. »Und erlaubt ihnen nicht, sich wieder zu nähern!«

Roseendal, der sich unter ihnen befand, bedauerte den Umstand, seine Violine nicht mitgebracht zu haben, deren fröhliche Melodie dazu verholfen hätte, die Ureinwohner abzulenken, während sie auf die Rückkehr der restlichen Expedition warteten. Gerade Roseendal schien sich mit einem nicht mehr als fünfzehn Jahre alten Inselbewohner mit Lausbubengesicht gut zu verstehen, dessen Gesten verrieten, dass er diesen unglaublichen Augenblick äußerst aufregend fand.

Genau in dieser Sekunde, in einem Moment der Unachtsamkeit, entriss der junge Eingeborene Roseendal ein sonderbares Objekt, das von Anfang an seine Aufmerksamkeit erregt hatte: die Muskete.

»Nein! Stopp!«, schrie Roseendal instinktiv, als ob der Eingeborene ihn verstehen könnte.

Roseendal versuchte daraufhin, dem Dieb hinterherzurennen, doch ein Kamerad hielt ihn gewaltsam davon ab, indem er ihn fest am Arm gepackt hielt. Bouman hatte beschlossen, die Angelegenheit auf seine Weise zu klären. Der Kapitän hob seine Feuerwaffe und zielte auf den jungen Einheimischen, der in die entgegengesetzte Richtung floh.

Das Dröhnen des Schusses hallte am Strand nach und breitete sich auch über das Inselplateau aus. Die Urbewohner liefen in alle Richtungen auseinander wie ein Schwarm erschrockener Wespen, wenngleich sie sich sofort wieder neu gruppierten. Der Bursche lag tot auf dem Sand in einer Lache dickflüssigen Blutes, die sich langsam um seinen übel zugerichteten Körper herum ausbreitete. Einige von Boumans Männern fürchteten die Reaktion der Einheimischen, und von der Panik getrieben zögerten auch sie nicht, ihre Musketen abzufeuern und somit dem Beispiel ihres Kapitäns zu folgen. Bald brach ein Massaker aus, und als die Ureinwohner der verheerenden Wirkung gewahr wurden, die diese fremdartigen Artefakte auf sie ausübten, flüchteten sie entsetzt in das Inselinnere.

Roggeveen hörte die Salve der Detonationen, als er gerade dabei war, einen Moai unter die Lupe zu nehmen. Er befürchtete das Schlimmste.

»Kehren wir zu den Booten zurück!«, befahl er. »Sofort!«

Schnellen Schrittes – ohne dabei allerdings die Formation zu verlassen – ging die Gruppe des Admirals den Weg wieder zurück, während sich über ihnen eine wachsende Meute Einheimischer zusammenbraute, von denen einige offensichtlich erzürnt und wutentbrannt waren.

Als sie den Strand erreichten, erkannten sie, dass Bouman und seine Männer bereit waren, mit den Booten aufzubrechen. Sie zählten auch ein knappes Dutzend Einheimischer, vom Feuer ihrer Musketen abgeschossen.

»Was habt ihr bloß getan!?«, brüllte Roggeveen rot vor Zorn.

»Es sind Wilde! Habe ich dich etwa nicht gewarnt!?«, entgegnete Bouman. »Sie haben uns keine andere Wahl gelassen!«

Der Admiral schüttelte den Kopf und ordnete äußerst unwillig den sofortigen Abzug von der Insel an, um eine noch größere Tragödie abzuwenden.

Kurze Zeit später beobachteten die noch immer verunsicherten Einheimischen, wie sich jene Wesen entfernten, die vom anderen Ende des weiten Ozeans gekommen waren. Sie sammelten ihre zurückgelassenen Toten auf und atmeten den Geruch nach verbranntem Pulver ein, der den Strand von Anakena überzog.

***

Die Mehrheit der Touristen hatte den Strand bereits verlassen, und wir waren nur noch wenige, die dort verblieben waren. Durch das Geplätscher der Wellen war Anakena von einer übernatürlichen und wohltuenden Ruhe erfüllt.

»Und sie haben sie einfach so getötet?«, fragte Maeva.

»Es waren andere Zeiten, es herrschte eine andere Mentalität. In den Augen der westlichen Welt wurden jene unzivilisierten Ureinwohner nicht einmal als Personen erachtet. Ganz zu schweigen davon, dass die Europäer in vollem Bewusstsein der Tatsache handelten, absolute Straffreiheit zu genießen.«

Maeva verbarg den Kopf zwischen den Knien.

»Jedenfalls«, fuhr ich fort, »ist es sehr aufschlussreich, dass Jakob Roggeveen die Insel in der Überzeugung verlassen hat, jene imposanten Skulpturen müssten aus Tonerde hergestellt worden sein, weil sein Verstand nichts anderes akzeptieren konnte.

Es vergingen fast fünfzig Jahre, bis die Insel erneut besucht wurde. Bei dieser Gelegenheit waren es die Spanier, die an Bord einer Fregatte zur Osterinsel – welche sie in San Carlos umtauften – mit dem Ziel gelangten, diese für ihr Königreich zu beanspruchen. Nach so langer Zeit schienen die Einheimischen das tragische Kapitel mit der Expedition des holländischen Admirals vergessen zu haben, denn sie empfingen die Spanier friedfertig und zeigten große Freude. Abermals bereiteten die Diebstähle den Besuchern große Probleme, auch wenn dieses

Mal glücklicherweise niemand das Feuer gegen die Ureinwohner eröffnete. Die Spanier untersuchten jene unglaublichen Skulpturen eingehender, und um ihre wahre Beschaffenheit herauszufinden, schlugen sie mit einer Hacke auf eine von ihnen ein, bis Funken sprühten. So unglaublich es ihnen erscheinen mochte: Ihnen blieb nichts anderes übrig als zuzugeben, dass diese aus Stein gehauen waren. Ihre Ratlosigkeit ging jedoch so weit, dass sie am Ende sogar ihre Zweifel daran hatten, dass diese Statuen überhaupt auf der Insel hergestellt worden sind.

Vier Jahre später, im Jahre 1774, machten die Engländer unter dem Befehl des legendären Kapitäns Cook einen Zwischenstopp auf der Osterinsel. Auch ihnen wurde ein freundlicher Empfang bereitet, obschon Cook nach dem gewissenhaften Auskundschaften des gesamten Inselterritoriums das Fehlen von Frauen sehr ungewöhnlich fand. Der englische Kapitän schlussfolgerte, dass sich diese in den unzähligen Höhlen und Grotten versteckt halten müssten, die der Insel ihre Form verliehen und deren Zugang ihnen von den Einheimischen verwehrt wurde.

1786 machte der Franzose La Pérouse ebenfalls auf seiner Reise Halt und stattete der Insel einen flüchtigen, vierundzwanzigstündigen Besuch ab; bei dieser Gelegenheit jedoch ließen sich Frauen und Kinder auf der Insel blicken, als ob dies vollkommen normal wäre. La Pérouse wurde sogar in die unterirdischen Galerien eingelassen, in denen sich einst Teile der Gemeinschaft vor den Blicken der Besucher versteckt hatten. Der französische Seemann vermutete, das anständige Verhalten der letzten Kundschafter habe die Ureinwohner zu Vertrauen gegenüber den Fremden veranlasst.

Sowohl Cook als auch La Pérouse waren ob der Großartigkeit der Statuen überwältigt und betonten die enormen technischen Probleme, die die Erbauer haben bewältigen müssen, um sie zu transportieren und auf ihren steinernen Altären aufzurichten. Sie beide stimmten darin überein, dass jene

Monumente einer fernen Vergangenheit zuzuschreiben seien und die gegenwärtigen Siedler in keiner Weise etwas damit zu tun haben könnten.

Glücklicherweise hatten diese ersten Kontakte mit der Außenwelt kaum Auswirkungen auf den Erhalt der Kultur und die Gebräuche des Rapanui-Volkes. Allerdings sollte sich diese Situation mit Beginn des 19. Jahrhunderts radikal ändern, als eine Periode mit fatalen Folgen für die Insel ihren Anfang nahm.

1805 landete ein nordamerikanischer Schoner auf der Osterinsel, um Arbeitskräfte für den Robbenfang auf dem Juan-Fernández-Archipel zu rekrutieren. Zwölf Männer und zehn Frauen wurden verschleppt und an Bord des Schiffes gebracht. Nach drei Tagen Seefahrt wurden die Gefangenen entfesselt und an Deck gelassen; diesen Moment nutzten diese jedoch aus, um von Bord zu springen, auch wenn um sie herum nichts war als die weite See.

Aufgrund dieser Geschehnisse konnte in den Folgejahren kein weiteres Schiff an der Insel anlegen, denn die Einheimischen empfingen sie mit offener Feindseligkeit und mit Schlägen und Steinwürfen.

Allerdings ließen die Einheimischen in ihrer Wachsamkeit wieder nach, sodass im Jahre 1811 ein Walfangschiff anlandete, um seinen Vorrat an Wasser und Gemüse aufzustocken – und nebenbei ein paar Frauen zu entführen. Am darauffolgenden Morgen wurden die jungen Frauen in Küstennähe über Bord geworfen, und während sie zurück an Land schwammen und dabei das Gelächter der Seemänner im Hintergrund hörten, nahm der Zweite Offizier sein Gewehr und drückte von der Kommandobrücke aus ab. Die übrige Besatzung bejubelte seine exzellente Treffsicherheit.

Danach wurde es für einige Zeit relativ ruhig, bis 1862 die Osterinsel den schlimmsten aller Schläge erlitt. Eine Flotte peruanischer Schiffe ankerte in der Bucht von Hanga Roa, wo sie Unmengen an Nippes verstreuten, um die Aufmerksamkeit der Ureinwohner auf sich zu lenken. Die Sklavenhändler umzingelten die Eingeborenen und schossen erbarmungslos mit ihren Feuerwaffen all diejenigen nieder, die Widerstand leisteten oder zu fliehen versuchten. An die Tausend Osterinsulaner, unter denen sich der *Ariki* und die letzten Weisen der Insel befanden, wurden gefangen genommen und als Arbeiter zu den florierenden Guano-Vorkommen und den Plantagen im Inneren Perus verschifft. Als der Bischof von Tahiti hiervon Kenntnis erlangte, forderte er beim französischen Konsul in Lima Hilfe an, welcher zugunsten der Osterinselbewohner einschritt. Schließlich beschloss die peruanische Regierung, dass die Sklaven zurück auf ihre Heimatinsel gebracht werden sollten. Doch neunhundert von ihnen waren bereits verstorben, den Krankheiten und qualvollen Lebensbedingungen zum Opfer gefallen. Und obendrein waren von den einhundert, die an Bord des Schiffes gegangen waren, das sie zurückbringen sollte, fünfundachtzig während der Überfahrt gestorben, und die fünfzehn, die es lebend geschafft hatten, brachten die Pocken mit sich, die sich schnell über die gesamte Insel ausbreiteten und den Großteil der Bevölkerung ausrotteten. An diesem Punkt seiner Geschichte war das Rapanui-Volk vom Aussterben bedroht, denn lediglich einige Hundert Einheimische vermochten am Leben zu bleiben.«

Als ich mit meinem Bericht fertig war, bemerkte ich Maevas nachdenklichen Ausdruck, ihren ins Leere gerichteten Blick und ihre wässrigen Augen. Für einen Moment fürchtete ich, in meiner Schilderung der Details etwas zu explizit gewesen zu sein, doch ich glaubte, niemand habe es mehr verdient als sie, über die Grausamkeiten Bescheid zu wissen, die ihrem Volk widerfahren waren.

Eine Zunge karmesinroten Lichts erstreckte sich über das Wasser des Pazifischen Ozeans – ein untrügliches Zeichen dafür, dass sich die Sonne in ihren Unterschlupf im Universum zurückzog. Wir hatten keine Zeit zu verlieren. Nach Anakena war ich gekommen, um einen Plan umzusetzen. Ich stand auf und schüttelte den Sand aus, der an meiner Hose haften geblieben war.

»Gehen wir schon?«, Maeva schien die Fassung wiedererlangt zu haben.

Einige Touristen nutzten den herrlichen Sonnenuntergang für einen Schnappschuss vor dem *Ahu* Nau Nau und seinen sieben stolzen *Moai*, die in einer perfekten Linie standen. Am anderen Ende des Strandes erhob sich indes ein alleinstehender *Moai*, den alle zu vergessen schienen. Mit Sicherheit bezog sich die kryptische Notiz auf jenen dort.

»Ja, aber lass uns vorher dem *Moai* am *Ahu* Ature Huki einen Besuch abstatten, der auch etwas Gesellschaft verdient hat.«

Maeva war von der Idee begeistert und rannte den Hügel hinauf, wobei sie mich schon nach kurzer Strecke hinter sich ließ. Als sie oben ankam, kletterte sie mit unglaublicher Geschicklichkeit auf die steinerne, anderthalb Meter hohe Plattform und erwartete mich neben dem *Moai* stehend, dessen Profil sie betastete. Ohne Frage war Maeva nicht nur eine gute Kletterin, sondern brachte zudem alle Voraussetzungen mit, die eine Archäologin und Abenteurerin ersten Ranges ausmachten.

Ich kam kurz nach Maeva an und nahm sie in die Arme, um sie anschließend vorsichtig auf den Boden zu stellen: Das gesamte architektonische Ensemble des Nationalparks Rapa Nui war von der UNESCO zum Welterbe erklärt worden. Um sie vor Beschädigungen zu schützen, war es strikt verboten, auf die *Ahu* zu klettern und die *Moai* zu berühren.

»Dieser *Moai* ist ziemlich hässlich«, erklärte Maeva mit der Ehrlichkeit eines Kindes.

Ich reckte den Hals, betrachtete die ungeheuerlich große Skulptur neben meiner Tochter und konnte mir das Lachen nicht verkneifen. Maeva hatte jedoch keineswegs etwas Dummes gesagt. Denn dieser *Moai* entsprach nicht dem klassischen Profil mit rechteckigem Kopf und gerader Nase und wurde traditionell einer späteren Epoche der Inselgeschichte zugeordnet, die mit dem Ende der Megalith-Bauten zusammenfiel.

Ich nahm die Notiz aus der Tasche und schaute um mich, wohl in der Erwartung, jemanden in der Umgebung auf der Lauer zu überraschen. Da war aber niemand, mit Ausnahme der letzten Touristen, die nach und nach den Strand von Anakena verließen. Einige Male holte ich hintereinander tief Luft und versuchte mir einzureden, meine Entscheidung sei die richtige. Schließlich führte ich das Stück Papier in eine Ritze zwischen zwei der vielen Steine ein, die die Skulptur stützten. Ich entschied mich dafür, die möglichen Konsequenzen dieses scheinbar ungefährlichen Handelns zu ignorieren. Ein Teil von mir wollte die Gefahr nicht wahrhaben, die die Mitwirkung an dieser undurchsichtigen Angelegenheit mit sich brachte, so sehr ich auch Vorsicht walten ließ.

Als wir den Weg zurück zum Jeep antraten, nahm mich Maeva bei der Hand. Diese liebevolle Geste traf mich unvorbereitet. Meine Tochter war offenkundig äußerst aufgeweckt, zielstrebig und entschlossen. Mit Sicherheit kam sie nach ihrer Mutter. Vom Meer her wehte eine belebende Brise, das hypnotische Rauschen der Wellen, die sich im Sand auflösten, versüßte sie.

»*Hangarahi au koe e vovo e*«, sagte Maeva und warf mir ihren bis dahin intensivsten Blick zu.

Ich runzelte die Stirn und bedeutete ihr damit, dass ich dringend eine Übersetzung benötigte.

»Es bedeutet ›Ich liebe dich‹ auf Rapanui«, gab sie mir zu verstehen und bewirkte damit, dass ich von Kopf bis Fuß erschauerte und sich mein Herz wie ein Knäuel auffädelte, als ich zum ersten Mal diese Worte aus dem Munde meiner Tochter vernahm.

»*Hangarahi au koe e vovo e*«, erwiderte ich, so gut ich konnte, und hielt ihre Hand fest in der meinen, damit Maeva mich immer an ihrer Seite wusste, auch dann, wenn ihr Vater nicht anwesend sein sollte.

Kapitel 5

Dienstag

Kohau Rongo-Rongo: Dieser Begriff lässt sich übersetzen mit »Sprechende Hölzer« oder »Stäbe der Rezitation«. Es handelt sich um ein auf der Osterinsel entdecktes Schriftsystem, dessen Symbole mittels Obsidian-Splittern oder Haifischzähnen hauptsächlich auf hölzernen Täfelchen eingeritzt wurden. Diese Täfelchen sind beidseitig mit Zeichen beinahe ohne Abstand zueinander bedeckt. Sie bilden eine Art ununterbrochene Schreibweise, die für einige Schriftsysteme alter Kulturen typisch ist. Trotz zahlreicher Versuche seitens der versiertesten Experten der Welt konnte die Rongo-Rongo-Schrift bis heute nicht entziffert werden.

Es war bereits später Vormittag, und ich lag noch immer im Bett. Zuweilen döste ich im Halbschlaf, andere Male grübelte ich über die Ereignisse, die sich jüngst auf der Insel zugetragen hatten. Da die Ausgrabung auf Anordnung des Gouverneurs gestoppt worden war, musste ich keinerlei Verpflichtungen nachgehen und genoss dafür alle Zeit der Welt. Schläfrig wie ein Murmeltier tat ich nichts anderes, als das Licht zu ignorieren, das durch die Jalousien eindrang, bis ein Telefonanruf endgültig das Wunder bewirkte, die Flamme meiner Sinne wieder aufflackern zu lassen.

Es war Hans Ottomeyer. Mit frenetischer Stimme erklärte er mir, dass um das Hotel Hanga Roa eine konfliktgeladene Situation zwischen den Rapanui-Demonstranten und den chilenischen Sonderkräften entstanden war, die jede Minute zu eskalieren drohte. Ich dankte ihm für die Information und versicherte ihm, in weniger als zehn Minuten da zu sein.

In aller Eile machte ich mich zurecht und verließ die Pension ohne Frühstück, wobei Gloria Riroroko ihren Augen kaum traute. Ihre Verwunderung war jedoch nicht nur auf meinen mangelnden Appetit zurückzuführen, sondern auch auf meine untypische Aufmachung. An diesem Morgen hatte ich mich dafür entschieden, ein auffälliges Hawaiihemd überzuziehen, das absolut nicht zu meinem üblichen Stil passte.

Als ich am Hotel Hanga Roa ankam, stellte ich fest, dass die Realität vor meinen Augen nicht einen Deut vom Szenario abwich, das Hans beschrieben hatte. Zwei Polizeiwagen parkten an einer Ecke, und ein starkes Kontingent aus mehreren Dutzend Kräften in Sturmausrüstung – Helmen und Schilden – sperrte den Bereich vor der Hotelfassade ab. Eine Gruppe, der sich viele junge Rapanui angeschlossen hatten, harrte in der Tür, mit Stöcken und Steinen bewaffnet und bereit, sich von dem Aufmarsch der chilenischen Behörden nicht einschüchtern zu lassen.

An der Spitze des phänomenalen Aufgebots befanden sich Kommissar Villegas und der Gouverneur Mario Ubilla. Der Kommissar hatte sein Mobiltelefon ans Ohr gelegt und ging im Kreis umher, um seine Nerven zu beruhigen, sichtlich erregt durch die Schwere der Umstände. Der Gouverneur – er hatte einen eleganten Hut aufgesetzt, der seine groteske Glatze bedeckte – diskutierte hitzig mit einem Rapanui, den ich ohne Mühe als Lázaro Hereveri identifizierte, den charismatischen Präsidenten des Ältestenrates. Mario hielt in seiner Hand ein Dokument krampfhaft umklammert, bei dem es sich allem Anschein nach um eine in Rekordzeit erwirkte richterliche Anordnung handelte, die ihn zur unverzüglichen Räumung des Hotels Hanga Roa befugte. Lázaro seinerseits schwenkte ein Schreiben der Interamerikanischen Kommission für Menschenrechte in der Hand, die sich für eine friedliche Lösung einsetzte und in Konflikten dieser Art verhandelte.

Hans konnte ich in der Menge der Schaulustigen ausmachen, die in angebrachter Entfernung standen und die Entwicklung der Ereignisse beobachteten, als wären sie die Handlung eines Films. Ich kämpfte mich durch die Leute bis zu Hans durch, der sich etwas beruhigte, als er mich sah. Der deutsche Geologe setzte seine schwere Brille auf seinen Nasenrücken, und nach einem langen Seufzer brachte er mich auf den neuesten Stand der Dinge. Die Rapanui hatten freiwillig die öffentlichen Gebäude geräumt, die sie besetzt hielten, um all ihre Kräfte auf das Hotel Hanga Roa zu bündeln. Das luxuriöse Etablissement war zum Schauplatz geworden, an dem alle ihre Forderungen zusammentrafen. Das renommierte Hotel war die einzige Immobilie, die nicht einmal mehr dem chilenischen Staat gehörte, weil der es zu Beginn der achtziger Jahre an einen Privatunternehmer vom Kontinent verkauft hatte. Das verletzte jedoch bestehende Gesetze, die solche Geschäfte kategorisch untersagten. Die Angelegenheit war schon seit mehreren Jahren vor Gericht streitig und steckte in zahllosen Anfechtungs- und Revisionsverfahren fest, ohne dass der betroffene Klan als der ursprüngliche Eigentümer des Grundstückes einen positiven Beschluss am Horizont ausmachen konnte.

»Das sieht nicht gut aus«, brachte ich vor.

Hans runzelte die Stirn.

»Sonia Rapu ist da drin«, erwiderte er mit einem Hauch Besorgnis in seinem Blick.

»Ernsthaft?«

In diesem Moment ereignete sich der erste ernst zu nehmende Zwischenfall, der die Stimmung noch weiter aufheizte, falls dies überhaupt noch möglich war. Ein Mitarbeiter der Rapanui-Presse, der fotografieren wollte, was da vor sich ging, wurde von zwei Polizisten festgenommen und mit Gewalt und ohne jegliche Rücksichtnahme vom Platz gezerrt. Von meinem Standpunkt aus war dies ein eindeutiges Zeichen dafür, dass die Sonderkräfte zum Handeln entschlossen waren, trotz der verzweifelten Versuche von Lázaro Hereveri, eine gewaltsame Lösung des Konflikts zu verhindern. Ich würde alles darauf wetten, dass Kommissar Villegas, der noch immer am Mobiltelefon hing, geduldig auf die direkte Anweisung seiner Vorgesetzten wartete, um ein Eingreifen zu genehmigen.

Trotz der unübersichtlichen Lage ermutigte ich Hans, Sonia zu suchen und sie so schnell wie möglich aus dieser verzwickten Situation herauszuholen. Er verzog schuldbewusst das Gesicht. Ein Teil von ihm wünschte dies mehr als alles andere, doch der Teil, der ihn daran hinderte, sich von der Stelle zu rühren, war viel stärker. Letztendlich schien Hans nicht dazu bereit, die Initiative zu ergreifen, so sehr ich auch auf ihn einreden mochte.

Vor den verdutzten Augen des Deutschen sonderte ich mich von der Zuschauergruppe ab und umging die Polizeikette mit einem geschickten Manöver, um mich in Richtung des Hotels Hanga Roa zu begeben. Ich war dazu entschlossen,

Sonia vor der Gefahr zu warnen, der sie sich aussetzte, sollte sie sich zum Zeitpunkt des Eingriffs noch immer im Inneren des Hotels befinden.

Das erste Hindernis, auf das ich stieß, war die Ansammlung junger Rapanui, die den Hoteleingang standhaft beschützten. Ihre Gesichter verrieten mir, dass sie meine verwunderliche Anwesenheit dort nicht auszulegen wussten, in erster Linie, weil mein originelles Hawaiihemd mir den unschuldigen Anschein eines zerstreuten Touristen verlieh. Diese Musterbeispiele der Rapanui – groß wie Tannen und stämmig wie ein Wandschrank – erinnerten mich an die maorischen Spieler der neuseeländischen Rugby-Mannschaft. Einer von ihnen stellte sich vor mir auf und zwang mich, meinen Vormarsch abrupt abzubremsen, wobei ich den Hals recken musste, um ihm ins Gesicht schauen zu können. Auf der Stelle wich ich eingeschüchtert von seinem Auftreten einen Schritt zurück. Ich fühlte mich wie ein Insekt, das mit einem bloßen Handschlag zerquetscht werden konnte.

»Du bist der spanische Archäologe, stimmt's?«

Der Typ musste mich von irgendwoher kennen. Ich schluckte und nickte unterwürfig.

»Und was suchst du hier?«, er bot mir die Stirn. »Reicht es dir etwa nicht, die Reliquien unserer Insel auszuplündern und nebenbei das Andenken unserer Vorfahren zu schänden? Wir haben es satt, dass die ausländischen Wissenschaftler unser Land durchwühlen. Hier habt ihr nichts verloren.«

In seiner rechten Hand hielt der Bursche einen dicken Stock, den ich nicht aus den Augen ließ ... nicht, dass am Ende ich, stellvertretend für die Polizisten, der Adressat seiner Schläge sein sollte. Selbstverständlich hätte er mich unter normalen Umständen nicht in der Art und Weise behandelt, wie er es jetzt getan hatte, doch seine Nerven lagen zu dem Zeitpunkt blank. Nichtsdestotrotz hatte ich unter Berücksichtigung seiner

Bemerkungen zur Archäologie, insbesondere was die archäologische Arbeit der ausländischen Wissenschaftler anbelangte, keine große Mühe, mir vorzustellen, wie er im Schutz der Straffreiheit verheißenden Nacht und vor allem begünstigt durch einen alarmierenden Zustand der Trunkenheit Erick den Kopf zerschmetterte.

Bevor ich Zeit hatte, ihm eine Erklärung abzugeben, entdeckte ich Sonia, die zu meiner Rettung herbeieilte und wie der sprichwörtliche Phönix aus der Mauer der kraftstrotzenden Rapanui hervortrat.

»Lass ihn durch, Jacobo«, wies sie ihn unbeirrt an.

Von dieser Sekunde an wurde ich von Jacobo und dem Rest ignoriert, als ob ich keine Bedrohung mehr darstellte; mir wurde sogar erlaubt, Sonia ins Innere des Hotels zu begleiten.

Ich gelangte in die Eingangshalle und konnte nicht glauben, was sich meinen Augen darbot: Der Ort war komplett von Rapanui-Familien eingenommen, einschließlich Frauen, Senioren und Kindern. Eine Mutter beispielsweise ließ es sich nicht nehmen, ihrem Baby die Brust zu geben, ungeachtet der ernsten Situation und der Tatsache, dass draußen ein Krieg loszubrechen drohte, dessen Folgen nicht absehbar waren. Ihre Blicke spiegelten nicht Furcht wieder, sondern eine tiefe Entschlossenheit und die Überzeugung, einen gerechten Kampf für die Verteidigung ihrer Rechte zu führen.

Reinaldo Tepano empfing mich mit einem kalten Gruß. Von seiner Arbeit in der Ausgrabung freigestellt, hatte er sich der Besetzung des Hotels angeschlossen, um die Seinen zu unterstützen. Ich wusste nicht, ob er hier die Präsenz der *Aku Aku* spürte oder nicht, sicherlich vermochten nicht einmal die Schutzgeister der Insel sie aus solch einer Sackgasse zu befreien.

Sonias Großvater nahm als Mitglied des Ältestenrates ebenfalls an der Blockade teil und war einer der aktivsten Helfer.

»Sonia, du musst hier raus«, bat ich sie in flehentlichem Ton. »Du und alle anderen, vor allem die Schwächsten. Die Sonderkräfte werden das Hotel stürmen, und ich schwöre dir, sie werden es auf wirkungsvolle Weise tun. Sie haben gerade einen Fotografen verhaftet, um zu verhindern, dass die Gewaltszenen der Erstürmung im Anschluss in der Presse in Umlauf kommen.«

Sonia schüttelte den Kopf, als ob ich nicht in der Lage wäre, die Idiosynkrasie, die Eigentümlichkeiten des Rapanui-Volkes zu begreifen.

»Du musst mir glauben, Germán. Sosehr du auch insistieren magst, niemand wird auf dich hören. Nicht einmal ich selbst, obwohl ich keinem der betroffenen Klans angehöre und aus bloßer Solidarität hier bin.«

Ich begriff, dass ich sie nicht überzeugen konnte, wechselte schlagartig das Thema und nutzte die Gelegenheit, um sie mit einer Frage zu konfrontieren, die mir seit dem Vortag nicht mehr aus dem Kopf ging.

»Sonia, zwischen den Habseligkeiten, die sie bei Ericks Leichnam gefunden haben, war auch ein silberner Anhänger. Ich kann mich auch irren, aber ich könnte schwören, er gehörte dir.«

Die junge Archäologin reagierte so, als ob man ihr eine Ohrfeige verpasst hätte. Sofort merkte sie, dass es keinen Sinn hatte zu lügen.

»Den habe ich ihm geschenkt«, gab sie zu.

Sonia kämpfte mit den Tränen, die in ihren Augen aufstiegen. Ich wich nicht zurück und wollte der Sache auf den Grund gehen.

»Erick und du, ihr …?« Ich konnte nicht aussprechen, was jetzt naheliegend war: Die beiden hatten eine Affäre.

Anfangs antwortete sie mir nicht, aber ihr Blick sagte mehr aus, als sie zugeben wollte.

»Es hat sich einfach entwickelt, ohne dass wir es geplant haben«, beichtete sie mir. »Ich wusste, dass er verheiratet war, aber das hat mir nichts ausgemacht.«

Anscheinend hatte ich diese Facette von Erick nicht kennengelernt, die mit der besonderen Schwäche zusammenhing, die er für Frauen hatte – nicht nur für seine eigene. Und auch Hanarahis Ausführungen bestätigten diese Theorie.

»Wusste es jemand außer euch?«

»Niemand. Wir hielten es geheim.«

Ich überlegte einige Sekunden in aller Stille.

»Bist du sicher, dass Hans es nicht wusste?«

Sonia runzelte verwundert die Stirn und verstand nicht, was Hans mit dieser Angelegenheit zu tun haben könnte. Wahrscheinlich war sie von der heimlichen Beziehung mit Erick so geblendet, dass sie nicht einmal gemerkt hatte, welche Gefühle sie beim Deutschen geweckt hatte.

»Nein, natürlich nicht …«, Sonia verstummte. Sie schien sich plötzlich an etwas zu erinnern. »Aber jetzt, wo du es sagst: Einmal haben wir uns nicht vorgesehen. Nachdem ich ihm meinen Anhänger überreicht hatte, zeigte sich Erick erkenntlich und küsste mich. Das hätte er nicht tun sollen. Wir waren im Bürocontainer der archäologischen Stätte, die Tür stand halb offen. Und als ich einige Sekunden später in diese Richtung schaute, sah ich Hans draußen stehen, der uns durch den Türspalt beobachtete. Aber ich war davon überzeugt, dass er gerade gekommen war und keine Zeit gehabt hatte, den Kuss mit eigenen Augen zu sehen.«

»Weißt du noch, an welchem Tag das war?«

»Ich denke, es war letzten Freitag …«, murmelte Sonia.

In diesem Augenblick war das Geschrei von Befehlen zu vernehmen, gefolgt von einer Reihe von Warnschüssen. Die Menschenmenge, die sich reflexartig ganz klein machte, gab einen erstickten Aufschrei von sich. Das Einsatzkommando der Sonderkräfte war gerade eingeschaltet worden, und wie ich vermutet hatte, würden sie nicht gerade wie die Katze um den heißen Brei herumschleichen. Sehr vorsichtig näherte ich mich dem großen Fenster der Halle und beobachtete, was draußen vor sich ging.

Die in der Tür gruppierten einheimischen Demonstranten spürten den plötzlichen Angriff am eigenen Leib: Die Polizisten verschossen wahllos Gummi- und Stahlschrotkugeln, wobei einige der Demonstranten zahlreiche Treffer im Gesicht abbekamen. Dies legte den Grundstein für ein polizeiliches Einschreiten, das von überaus unverhältnismäßiger Gewalt gekennzeichnet war.

Die Horde Polizisten stürzte sich in dichter Kolonnenformation auf die Rapanui, die die Aggression mittels Steinwürfen und anschließend mit den Holzpflöcken abzuwehren versuchten, mit denen sie sich ausgerüstet hatten. Die Beamten wichen dem Kampf Mann gegen Mann nicht aus und teilten einen Schlag nach dem anderen aus, wobei sie dafür bedenkenlos ihre Gewehrkolben einsetzten. Schon sehr bald benetzten Blutspritzer, vor allem die der Demonstranten, den Boden des Hoteleingangs.

Ich hatte mehr als genug gesehen und zog mich in den hinteren Teil der Eingangshalle in der Erwartung zurück, die Besonnensten unter ihnen würden mir angesichts der Wende der Situation folgen. Doch nicht ein Einziger der Anwesenden machte Anstalten, sich von der Stelle zu rühren.

Ich kam mir wie ein Idiot vor, bis einige Sekunden später das Glas der Haupttür in tausend Stücke zerbarst und die Polizisten scharenweise das Hotel stürmten und Hiebe und Schläge versetzten, ohne darauf zu achten, ob sie dabei Greise, Frauen oder Kinder überrollten. Nicht wenige leisteten Widerstand, darunter auch Sonias Großvater, dessen Streitbarkeit das gemeinsame Handeln von vier Beamten erforderlich machte, um ihn zu bändigen. Das Handgemenge wurde in der Vorhalle des Hotels weitergeführt, die sich als Antwort auf den unverhältnismäßigen Auftritt der Sonderkräfte sofort mit Beschimpfungen, Tränen und Gewinsel anfüllte. Trotz alledem behielten die dort versammelten Rapanui angesichts der Misshandlungen, deren Ausmaß das Leiden ihrer Vorfahren zu Beginn des 20. Jahrhunderts in Erinnerung rief, ihre Würde bei.

Am Ende schlich ich mich durch die Hintertür davon, bevor auch ich zur Zielscheibe der Polizei würde. Ich umrundete das Hotel, bis ich wieder heil an der Hauptstraße ankam, wo sich eine wachsende Anzahl von Neugierigen zusammendrängte, um Augenzeugen des beschämenden Spektakels kostenloser Gewalt zu werden. Ich schaute mich um, konnte jedoch Hans in der Menge nicht entdecken. Die jungen Rapanui hingegen, die am meisten gekämpft hatten, marschierten nun in Handschellen auf die Polizeiwagen zu. Andere mit weniger Glück lagen schwer verletzt mitten auf dem Bürgersteig und wurden von einem Team von Sanitätern versorgt, das sich dorthin begeben hatte.

Nun stellte sich ein Polizist vor dem Gouverneur auf, der ein Gewirr aus zerknitterten Stoffen hinter sich herzerrte. Es waren die Protestplakate und Fahnen der Rapanui, die sie von den Mauern am Platz entfernt hatten. Der Gouverneur nuschelte einen Befehl, den ich nicht verstehen konnte. Der Polizist nickte und legte die Fetzen mitten auf die Straße, um sie anschließend vor den Augen aller Anwesenden anzuzünden. Auf diese so kindische Art und Weise sandte Mario Ubilla eine sehr deutliche Botschaft an alle diejenigen aus, die meinten, sich angesprochen zu fühlen: Die chilenische Regierung war nicht bereit, sich vom Rapanui-Volk auf irgendeine Wiese erpressen zu lassen, und tolerierte auch keinerlei Unabhängigkeitsbemühungen.

Je länger die Fahnen der Rapanui brannten, desto stärker wuchs meine innere Entrüstung. Die Insulaner zu demütigen, indem man die Symbole ihrer Heimat vor aller Augen zerstörte, das war ein tiefer Schlag, den die Betroffenen nicht verdienten. Mit entschiedenen Schritten durchquerte ich die Rauchwolke, die der Wind in Richtung des Vulkans Rano Kau wehte, und nahm mir in der Rolle des improvisierten Helden vor, sowohl dem Gouverneur als auch Kommissar Villegas die Stirn zu bieten. Kaum hatten sie ihre Augen auf mein Hawaiihemd gerichtet, wechselten beide einen höhnischen Blick, um mich dann von oben bis unten zu mustern, als wäre ich ein Marsmensch, der dort nichts zu suchen hatte.

»Aber, Germán ...«, begann der Kommissar in einem leicht herablassenden Ton.

»Seien Sie still«, unterbrach ich ihn. Nach meinem missglückten Auftritt wollte ich mich nicht einschüchtern lassen. »Ich schäme mich für Sie. Sie sind ein Feigling. Ein Konformist, der es vorzieht, gegen seine Gemeinschaft zu Felde zu ziehen, statt sie zu beschützen.«

Auf dem Gesicht des Kommissars zeichnete sich ein Anflug von Ungläubigkeit ab.

»Und hören Sie mir gut zu«, fuhr ich fort. »Während Sie ein ganzes Regiment antreten lassen, um eine Gruppe wehrloser Familien zu überfallen, läuft Erick Solsviks Mörder immer noch frei herum.«

Estebans Walrosswangen erröteten vor Wut. Diese öffentliche Rüge war das Letzte, was er just in dem Augenblick erwartet hatte.

»Vielleicht stellt sich ja heraus, dass er vor mir steht und ich es nur nicht erkannt hatte, trotz der vielen Indizien, die auf Sie hinwiesen«, wandte er zornig ein, in einem vergeblichen Versuch, mich zu verunsichern.

»Wenn Sie auch nur einen Beweis gegen mich hätten«, entgegnete ich, »hätten Sie mich schon längst angeklagt und meine Verhaftung angeordnet.«

Ich wandte mich zum Gehen um, doch vorher wagte ich es, auch an den ehrgeizigen Gouverneur ein paar Worte zu richten.

»Wissen Sie, Sie haben sich gründlich getäuscht«, erklärte ich ihm mit einem giftigen Lächeln, »das, wonach Sie mit so viel Eifer suchen, werden Sie niemals in der Ausgrabung finden.«

Der Gouverneur gab vor, gelassen zu bleiben, nur für einen flüchtigen Moment verrieten ihn seine Gesichtsmuskeln, die seine plötzliche Erregtheit widerspiegelten. Bevor einer der beiden auf den Gedanken käme, meine willkürliche Verhaftung auf der Grundlage irgendeiner erfundenen Beschuldigung anzuordnen, beschloss ich, mich in aller Eile aus dem Staub zu machen.

Ich streifte allein durch die Stadt Richtung Norden, ohne dabei von der Küstenlinie abzukommen, und durchquerte eine dicht bewachsene Gegend, die auf der Insel die vollkommene Ausnahme und das Ergebnis einer kürzlichen Wiederaufforstungsmaßnahme war. Begleitet wurde ich lediglich von einer Gruppe streunender Hunde, von denen es viele gab und die zu jeder Tages- und Nachtzeit die Stadt in Beschlag nahmen. Schon bald ließ ich den Friedhof von Hanga Roa hinter mir: Ein Feld aus Kreuzen und weißen Grabsteinen, die aus dem harten Boden sprossen, unter dessen Oberfläche die leblosen Körper so begraben wurden, dass der Kopf stets zum Pazifik schauen konnte.

Sofort gelangte ich zum archäologischen Tahai-Komplex, der sich aus mehreren *Ahu*-Anlagen, Resten alter Wohnhäuser, Höhlen mit mehreren Eingangstunneln, Steinöfen und einer wundervollen Anlegestelle für Kanus zusammensetzte. Von diesem Ort aus ließen sich die spektakulärsten Sonnenuntergänge des Planeten genießen, die nicht wenige Touristenpärchen dazu verleiteten, sich dort in traumhafter Kulisse das Jawort zu geben.

Ich betrachtete die *Moai* auf ihren Plattformen aus Stein und beneidete diese beeindruckenden Skulpturen um das Wissen, das sie in sich bargen; sprächen sie, könnten sie uns die jahrhundertealte Geschichte offenbaren, die noch in vollkommener Dunkelheit lag. Kurz darauf kam ich am Museum der Insel an, es lag anderthalb Kilometer vom Stadtzentrum entfernt und ich hatte es vielleicht von Beginn an unbewusst angesteuert. Ich zögerte keine Sekunde und trat ein, auch wenn ich seinen Inhalt bereits auswendig kannte. Für mich war es eine Art Tempel der Rapanui-Kultur, und zwischen seinen Wänden vergaß ich alles, was sich außerhalb dieses Geländes zutrug. In diesem Moment hatte ich das Museum für mich allein.

Einige Besucher waren aufgrund seiner geringen Ausmaße vom Museum enttäuscht, zumal die gesamte Sammlung in einem einzigen Saal untergebracht war. Doch ich gab den Touristen immer den Rat, das Museum als Ausgangspunkt für die Erkundung der Insel zu nehmen. Denn die einfachen Erklärungen auf den Schildern waren eine Hilfe, um die archäologischen Stätten, die sie später zu besuchen Gelegenheit hätten, viel besser zu verstehen. Ich schlenderte an den Vitrinen entlang, in denen die verschiedensten Stücke ausgestellt waren: Waffen, Petroglyphen, menschliche Schädel, kleine geschnitzte Holzskulpturen … und als Glanzstück ein authentisches Korallenauge eines *Moai*.

Vor einer kleinen Tafel blieb ich stehen, die mit den *Rongo-Rongo*-Symbolen beschrieben war. In Wahrheit handelte es sich bei ihr um ein Replikat, denn die Originale solch wertvoller Objekte wurden nicht im kleinen Inselmuseum aufbewahrt. Die *Rongo-Rongo*-Schrift war zweifelsohne ein weiteres großes Rätsel, auf das niemand eine Antwort hatte.

In diesem Augenblick fühlte ich eine Präsenz in meinem Rücken. Auf der Stelle drehte ich mich um. Maeva. Es erstaunte mich gar nicht, sie dort zu sehen. Meine pfiffige Tochter hatte bereits zur Genüge bewiesen, dass sie in der Lage war, mich an jedem Punkt der Insel aufzuspüren. Maeva, da war ich mir sicher, wäre mir bis ans Ende der Welt gefolgt, wenn es nötig gewesen wäre.

»Müsstest du um diese Uhrzeit nicht in der Schule sein?«

»Der Unterricht ist ausgefallen … wegen der Proteste und allem, was danach passiert ist.«

Maeva lehnte den Kopf an meine Seite und umschloss meine Taille mit ihren Armen in einer Geste voller Zärtlichkeit. Ich küsste sie auf die Stirn, und wir beide verharrten eine Zeit lang schweigend und beschauten die *Rongo-Rongo*-Tafel durch das Glas.

»Das ist die mysteriöse Rapanui-Schrift, nicht wahr?«

Ich nickte.

»In der Tat. Obwohl schon ungezählte Spezialisten den Versuch unternommen haben, sie zu entziffern, ist es bis heute niemandem gelungen. Die Aufgabe ist wahrlich schwierig, denn es sind lediglich ein paar Dutzend Täfelchen erhalten geblieben, allesamt verstreut in den wichtigsten Museen der Welt. Aufgrund ihrer geringen Anzahl weiß man also nicht, ob sie das gesamte Repertoire der *Rongo-Rongo*-Symbole wiedergeben oder nicht. Die Mehrzahl der Forscher ist der Meinung, es handele sich dabei um ein vollständig entwickeltes Schriftsystem, das dem Sumerischen oder Altägyptischen ähnele. Doch wie kann eine strukturierte Schrift in einem so isolierten Umfeld geschaffen und weiterentwickelt worden sein? Oder stammte die Schrift gar nicht von der Osterinsel? Und wenn es so wäre … Wo war ihre ursprüngliche Heimat, wo doch in ganz Ozeanien kein anderes Schriftsystem entdeckt wurde?«

Maeva schaute mich gedankenverloren an, ohne auch nur ein Bruchstück meiner laut vorgetragenen Überlegungen zu verpassen, als ob ich ein Schullehrer wäre. Ich zeigte auf die Replik im Museum und wies sie insbesondere auf die seltsamen

Symbole hin, die anthropomorphe Figuren, Land- und Wassertiere, Vögel, Pflanzen und sogar Himmelskörper darzustellen schienen. Schätzungen zufolge konnte die Kombination der annähernd einhundertzwanzig Grundsymbole miteinander an die eintausendzweihundert zusammengesetzte Zeichen ergeben.

»Bitte erzähl mir die Geschichte der Insel weiter«, bat mich Maeva. »Mach da weiter, wo du aufgehört hast.«

Ich vergegenwärtigte mir den Stand meiner Ausführungen und erklärte mich bereit, die Neugier meiner Tochter zu befriedigen.

»Die Sklavenhändler und Epidemien hatten großes Unheil angerichtet, und die Osterinsel hatte die Mehrheit ihrer Bevölkerung verloren. Die Zahl der Opfer seit der Ankunft der ersten Europäer auf der Insel war beispiellos. In einem Zeitrahmen von einhundertfünfzig Jahren schrumpfte die Bevölkerung von etwa sechstausend Einwohnern auf weniger als fünfhundert. Dann ließ sich unter diesen unbestreitbar widrigen Bedingungen ein weißer Mann zum ersten Mal auf das Abenteuer ein, für längere Zeit bei den Eingeborenen zu leben. Es handelte sich natürlich um Eugène Eyraud, den ersten Missionar der Osterinsel.

Eugène Eyraud wurde in Frankreich in eine große Familie hineingeboren, die nur über sehr wenige Mittel verfügte. Daher wanderte er trotz seiner frühen religiösen Berufung in die Neue Welt aus, wo er einer sicheren Arbeit mit angemessenem Tageslohn nachgehen konnte, davon schickte er einen Teil stets an seine Familie. Die Vorsehung wollte es so, dass zu jener Zeit die Kongregation der Heiligen Herzen einen Amtssitz in Chile ins Leben rief, in der Stadt, in der auch der fromme Franzose lebte. Schließlich gab Eugène Eyraud seiner Berufung nach und trat als Novize in den Orden ein.

Die Kongregation hatte Missionen im gesamten polynesischen Archipel errichtet, aber nicht auf der Osterinsel. Dies war das einzige Territorium, dessen Evangelisierung noch nicht in

Angriff genommen worden war und dessen Ureinwohner noch unzivilisiert waren. Schon bald wurde eine Mission organisiert, und zwei erfahrene Ordensbrüder wurden auserkoren, um die, wie sie vermuteten, langwierige Aufgabe auszuführen. Nach nicht kurzem Bitten schloss sich der Novize Eugène Eyraud ebenfalls dem Projekt an, war doch die Missionarsarbeit schon immer sein Lebenstraum gewesen. Auf diese Weise brachen sie mit einem Schoner Richtung Tahiti auf, wo sie eine Gruppe kürzlich befreiter Sklaven mit an Bord nehmen sollten, die von der Osterinsel stammten und sehnlichst darauf warteten, in ihre Heimat zurückzukehren. Allerdings erlitten ihre Pläne einen herben Rückschlag, als sie dort vom Leid erfuhren, das die Osterinsel infolge der Krankheiten durchlebte. Die daraus resultierenden heiklen Lebensbedingungen ließen nämlich dazu anraten, die Mission aufzuschieben. Jedenfalls ließ sich Eugène Eyraud davon nicht abschrecken und bot an, die Osterinsulaner in ihre Heimat zu bringen, an den Ort, an dem er bleiben sollte, um das Terrain für zukünftige Missionen zu ebnen. Seine Vorgesetzten kamen seiner Bitte nach, sodass er schließlich ganze neun Monate hintereinander mit den Einheimischen lebte.«

»Er war sehr mutig, oder?«, fragte Maeva etwas verträumt.

»Tollkühn, würde ich sagen. Aber es stimmt schon, dass er durch seinen Glauben und seinen Wunsch, die Menschen zum Evangelium zu bekehren, die nötige Beherztheit besaß, um sich einem Projekt zu stellen, das voller Gefahren war. Einen Platz in der Geschichte nimmt Eugène Eyraud ferner als Entdecker der *Rongo-Rongo*-Tafeln ein, deren Existenz bis dahin unbekannt war. Paradoxerweise wird jedoch vermutet, dass es die Missionare selbst waren, die aus übermäßigem Glaubenseifer heraus die riesigen Mengen von Tafeln zerstörten, die auf der Insel aufbewahrt wurden. Der Weg, den Eugène Eyraud bahnte, ermöglichte die Ankunft neuer Missionare, die noch direkte Zeugen des Vogelmann-Kultes wurden. Die letzte im Orongo-Dorf abgehaltene Zeremonie wird wohl um 1866 stattgefunden haben. Nach der Konvertierung der Osterinsulaner zum Christentum sollte der Vogelmann-Kult für immer verschwinden.«

***

2. Januar 1864 – Bucht von Hanga Roa. Osterinsel

Als ich die Osterinsel zum ersten Mal von Weitem erblickte, lief mir ein kalter Schauer über den Rücken, als ob ich mir bis zu diesem Augenblick nicht wirklich der Leistung bewusst gewesen wäre, die zu vollbringen ich mich anschickte. Ich bekreuzigte mich, wie es sich geziemte, und vertraute mich dem Herrn an, damit er meine Schritte leiten möge. Jetzt würde ich ihn wie nie zuvor in meinem Herzen brauchen.

Der Kapitän ankerte das Schiff gegenüber der Bucht, machte uns jedoch darauf aufmerksam, dass das Meer aufschäumte und deshalb Eile geboten war. Für mich war es unerlässlich, zuerst die Einheimischen von Bord gehen zu lassen, die ich aus Tahiti mitgebracht hatte, nachdem sie aus der Gefangenschaft befreit worden waren, damit sie mich bei ihren Landsleuten ankündigten. So konnte ich verhindern, dass diese mich für einen Piraten oder Sklavenhändler hielten. Der Zweite Schiffsoffizier war derjenige, der sie an Land führen sollte, ein junger Polynesier, der etwas Englisch und Französisch sprach und dessen Muttersprache dem Rapanui ziemlich ähnelte. Das Erscheinungsbild der Ureinwohner versetzte den Offizier jedoch in Entsetzen. Wies es schien, waren sie nackt, stießen bedrohliche Schreie aus und hatten sich mit langen Stöcken ausgerüstet, an deren Enden scharf geschliffene Steine befestigt waren. Außerdem bemerkte er, dass die Pocken unter den Inselbewohnern weiterhin Unheil anrichteten.

Nach den Schilderungen des jungen Offiziers machte mir der Kapitän das Angebot, mich ohne zusätzliche Kosten zurück nach

Tahiti zu bringen. Ich lehnte dies strikt ab, denn die Lebensumstände, die mich auf der Insel erwarteten, waren mir vorab bekannt gewesen, und nun konnte ich von meinem lange ersehnten Vorhaben nicht Abstand nehmen. Schließlich entschied er sich, ich solle allein von Bord steigen. Der Kapitän versprach, meine Sachen, die zahlreich und sehr voluminös waren, am nächsten Morgen in der Bucht von Anakena auszuladen.

An Land sah ich mich alsbald von Einheimischen umgeben: von Männern, Frauen, Kindern, die die Rückkehr derer bejubelten, die ihnen gewaltsam entrissen worden waren. Bei meinen ersten Schritten auf der Insel sah ich zu, mich in Panás Nähe aufzuhalten. Zwischen uns hatte sich in Tahiti eine Freundschaft entwickelt, und er hatte mir beigebracht, seine Sprache einigermaßen gewandt zu radebrechen. Zumindest reichte es aus, um mich verständlich zu machen, was unabdingbar war, um mein Apostolat zu erfüllen. Ich stillte meinen Hunger mit dem Verzehr von gegrillten Kartoffeln. Jedes Mal allerdings, wenn ich mich vom Riesentrubel zu entfernen versuchte, den die Ureinwohner veranstaltet hatten – was mein größter Wunsch war –, hinderten sie mich sofort daran, indem sie mich am Hals packten und mich an meinen Platz zurückbrachten. Dies genügte, um mir darüber klar zu werden, dass die Bekehrung der Einheimischen eine titanische Aufgabe darstellte und ich mich dafür mit unendlicher Geduld wappnen müsste.

Zur Schlafenszeit zog ich mich in eine Hütte der Rapanui in Form einer umgekehrten Barke mit einem Dach aus Blättern und Ästen zurück, die über eine kleine Öffnung verfügte, durch die man auf dem Bauch kriechend in das Innere gelangte. Ich war verstimmt wegen der stickigen Hitze, der vielen Einheimischen, die sich dort zusammenpferchten, und der Gerüche. Die empfand ich als lästig, sie zeugten vom offensichtlichen Mangel an Hygiene, der ihren Gewohnheiten entsprach. Weit davon entfernt, mich sicher zu fühlen, konnte ich auch kein Auge zumachen, denn in diesen

Augenblicken fürchtete ich sogar um meine eigene körperliche Unversehrtheit.

Am nächsten Morgen bei Sonnenaufgang sprach ich meine Gebete und machte mich in Begleitung von Paná in Richtung Anakena auf, um meine Habseligkeiten abzuholen, die der Kapitän mir dort jeden Augenblick in der Bucht aushändigen wollte. Die stundenlange Wanderung war anstrengend, doch sehr bald raffte ich mich auf, nämlich als ich das Schiff ausmachte, das parallel zur Küste in die Richtung segelte, in der unser Treffen stattfinden sollte. Überraschenderweise lenkte das Schiff nicht in die Bucht ein, sondern entfernte sich von ihr, und obwohl ich versuchte, mit Zeichen seine Aufmerksamkeit zu erregen, verschwand es in der Ferne und wurde vom Horizont verschlungen. Dies war ohne jeden Zweifel der schwerste Moment in meinem ganzen bisherigen Leben. Nicht nur sah ich mich meiner persönlichen Sachen beraubt – äußerst wertvolles Hab und Gut für einen angenehmen Verbleib auf der Insel –, sondern mir wurde zudem meine vollkommene Abgeschiedenheit zum ersten Mal in aller Deutlichkeit bewusst. Was ich allerdings am meisten vermisste, das waren einige Katechismus-Hefte aus Tahiti, ohne die ich den Osterinsulanern schwerlich die Wahrheiten der katholischen Religion beibringen konnte.

Ich fühlte mich so niedergeschlagen, dass ich mich nicht von der Stelle rührte. Auf einem Felsen sitzend bedauerte ich mein Unglück. Wie zutreffend war da doch das Sprichwort »Gott lässt sinken, aber nicht ertrinken«, denn nach ein paar Minuten kamen einige von Panás Familienangehörigen angerannt und teilten mir mit, der Kapitän habe meine Besitztümer in Hanga Roa ausgeladen. Es sei ratsam, eilends zurückzukehren, bevor die Siedler dieses Teils der Insel all meine Sachen für sich beanspruchten. Die Freude war so groß, dass ich beschloss, sofort aufzubrechen, obgleich meine Füße wegen des scharfkantigen Vulkanbodens, der für die Insel charakteristisch war, aufgescheuert waren.

Als wir ankamen, konnte ich das wilde Getümmel nur bestätigen, das sich um meine verlassenen Habseligkeiten am Strand gebildet hatte. Ich befürchtete das Schlimmste und irrte nicht in meiner Voraussage. Die Ureinwohner hatten ungeschoren alles in Besitz genommen, was in ihrer Reichweite lag, mit Ausnahme der Truhen, die ich unter Verschluss hielt, und der Pfosten für den Bau meiner Hütte. Ihnen war auch nicht das kleinste Anzeichen von Reue anzumerken: Einer hatte sich meinen Hut aufgesetzt, einem anderen war es gelungen, in einen meiner Mäntel zu schlüpfen, und in dieser Aufmachung spazierten sie vor mir auf und ab und waren stolz auf ihre neue Garderobe. Den Bewohnern der Insel wurde nachgesagt, raubgierig zu sein, und in der Tat machten sie ihrem Ruf alle Ehre.

Wollte ich diese Plünderung unterbinden, so musste ich so schnell als möglich meine Hütte aufbauen und versuchen, meine Truhen darin in Sicherheit zu bringen. Demzufolge konnte ich mich nicht damit aufhalten, die geeignetste Stelle dafür auszuwählen, und beschloss, mich gleich dort ans Werk zu machen, wo mir das Schicksal zuteil geworden war. Wie ich bereits festzustellen Gelegenheit hatte, gab es über die gesamte Insel verteilt mehrere Klans, und dieser Ort konnte daher genauso gut sein wie jeder andere. Ohne auch nur eine einzige Sekunde zu verlieren, nahm ich einen Hammer und eine Handvoll Nägel und begann mit der Errichtung einer Schutzhütte, die ich mein Heim nennen konnte. Doch, weh mir! Die Einheimischen wurden sofort sehr neugierig und unterbrachen mich immer wieder, darüber rätselnd, was ich denn mit den Brettern herzustellen gedachte. Die Mehrheit tippte darauf, es handele sich um eine Barke. Ich bestand darauf, mich einfach machen zu lassen, ich würde es ihnen schon bald zeigen. Aber sie beruhigten sich nicht, bis ihnen klar wurde, dass das, was sie so verwundert hatte, nichts weiter als ein Haus war.

Als die Arbeit beendet war, nahm ich erleichtert einen tiefen Atemzug und war erneut zuversichtlich, meine komplizierte

Mission zu Ende führen zu können. Jetzt hatte ich ein Dach über meinem Kopf, unter dem ich zudem mein Eigentum sicher verwahren konnte. Den Schlüssel, den ich stets bei mir zu tragen gedachte, bewahrte ich sorgsam in einer Tasche meiner Kleidung auf.

In der gleichen Nacht tauchte ein Eingeborener vor meiner Tür auf. Allerdings konnte ich mir noch nicht ausmalen, dass dieses Geschöpf namens Torometi meinen Aufenthalt auf der Insel prägen und der Urheber fast all meiner Missgeschicke werden sollte. Stark, von robustem Körperbau und etwa dreißig Jahre alt, war er der Anführer auf dem Stück Land, auf dem ich es für richtig befunden hatte, mein Haus zu errichten. Torometi genoss keinen guten Ruf, nicht einmal unter den Seinen, und zu meinem Unglück bekam ich dies schon bald darauf am eigenen Leib zu spüren. Sobald ich dem Besucher den Weg freigab, streckte sich dieser ohne Umschweife der Länge nach auf meinen Truhen aus und drängte ohne Wenn und Aber darauf, dort schlafen zu wollen, was ich ihm gewährte, denn mit Bitten oder gar Vernunft war Torometi nicht beizukommen.

Später begriff ich, dass Torometi durch diese so symbolische wie unmissverständliche Geste nichts anderes gemacht hatte, als meine Behausung in Besitz zu nehmen. Von da an war es Aufgabe des Stammesführers, mich mit Nahrung zu versorgen, in der Regel anhand der üblichen Ration, die aus gekochten Kartoffeln bestand. Im Gegenzug allerdings betrachtete er mich als sein Eigentum, sowohl mich als auch all meine Habe.

Für die Verkündung der Lehren, die mich auf diese gottverlassene Insel geführt hatten, stellte ich eine grundlegende Routine auf. Dreimal am Tag läutete ich eine Glocke, um die Aufmerksamkeit der Einheimischen zu erregen, von denen einige meinem Ruf folgten und sich vor meiner Hütte auf das ausgetrocknete Gras setzten. Ich lehrte sie die Gebete, die sie zum Auswendiglernen bis zum Überdruss wiederholten, brachte ihnen den Katechismus bei und kämpfte darum, sie auch in die Geheimnisse des Lesens einzuweihen. Die Anfänge waren hart und nicht besonders ermutigend. Meinen starrköpfigen Schülern fehlte es an Disziplin, denn wenn es ihnen zu langweilig wurde, standen sie einfach auf und gingen fort. Verspürten sie danach wieder Lust, kehrten sie zurück, womöglich weil sie sonst nicht wussten, was sie mit so viel Freizeit anfangen sollten.

Es stimmt, was ich da sage, denn sie betrieben eine sehr einfache Landwirtschaft: Ihr Bepflanzungskonzept beschränkte sich darauf, mit einem spitzen Stock ein Loch in die Erde zu bohren. Der ohnehin fruchtbare Boden, die periodischen Regenfälle und das milde Klima taten ihr Übriges. Demzufolge reichte ein einziger Arbeitstag aus, um sich reiche Kartoffelernten für das ganze Jahr zu sichern. Die Hühner, die sie züchteten, und die wenigen Fische, die sie fingen, vervollständigten ihre spärliche Diät. So viel Müßiggang spiegelte sich in immerwährenden Festen wieder, sodass jede Jahreszeit ihre eigenen Feierlichkeiten kannte. Sie gaben prächtige Gelage, tanzten, sangen und nutzten vor allem die Gelegenheit, sich möglichst extravagant herauszuputzen, was bedeutete, dass sie sich schminkten und schmückten mit allerlei Pigmenten und Schmuckgegenständen. Eine besondere Vorliebe besaßen sie für Kopfbedeckungen, wobei ihnen alles als Hut diente, seien es Kürbisse, halbe Wassermelonen oder eine aufgeschlitzte Möwe.

Auch wenn meine Religionsstunden auf nicht viel Interesse stießen, so verhielt es sich ganz anders, wenn ich auf die Gestirne und das Universum zu sprechen kam. Dann drängten sich viele von ihnen um mich, um etwas über die Sonne, den Mond und die Bewegungen der Planeten zu erfahren. Ein Hochbetagter namens Hetuki verpasste kein einziges dieser Treffen und brachte seinen besonderen Dank dafür zum Ausdruck, dass ich diese Kenntnisse an ihn weitergab, die er ungemein wertschätzte. Mit der Zeit erkannte ich in Hetuki einen wahren Verbündeten auf der Insel.

Kein Monat war seit meiner Ankunft vergangen, als Torometi eines Tages vor meiner Tür erschien und mich aufforderte, ihm alle Gegenstände zu zeigen, die ich in meinen Truhen aufbewahrte. Widerwillig stimmte ich in der Hoffnung zu, er ginge dorthin zurück, von wo er gekommen war, wenn seine Neugier einmal befriedigt wäre. Die Durchsuchung verlief recht gut, bis er eine kleine Axt bemerkte, die er mir einem Spielzeug gleich aus den Händen reißen wollte. An diesem Punkt war meine Geduld allerdings zu Ende. So energisch wie möglich hinderte ich Torometi daran, jenes gefährliche Werkzeug zu ergattern, indem ich ihn aus der Hütte hinaustrieb und ihm die Tür buchstäblich vor der Nase zuschlug. Der Stammesführer fasste meine ablehnende Haltung hingegen nicht gut auf. Anstatt aufzugeben, nahm er fuchsteufelswild wenige Schritte von meinem Haus entfernt Platz. Nach kurzer Zeit gesellten sich seine Frau, seine Nachbarn und jeder, der dort vorbeikam, dazu. Gemeinsam dauerte es nicht lange, bis sie zuerst ein sensationelles Getöse veranstalteten und dann Steine gegen das Haus warfen. Schließlich kapitulierte ich aus Angst, sie würden es anzünden – eine übliche Vergeltungsmaßnahme bei den Einheimischen, welche zwar selten aneinandergerieten, jedoch nicht zögerten, die Hütte ihres Nachbarn niederzubrennen, wenn sie dies für nötig hielten.

Zu meinem Unglück begriff ich bald, welche Absichten Torometi mit der Axt verfolgte, ich stellte nämlich fest, dass er, jedes Mal, wenn er einen meiner Schätze begehrte, nur ein heimtückisches Lächeln aufzusetzen brauchte, während er gut sichtbar das berühmt-berüchtigte Werkzeug in der Hand hielt.

Doch das Leben musste weitergehen, und der Glaubensschild schützte mich vor den Hindernissen, die sich mir in den Weg stellten. Bei den Ureinwohnern hingegen bemerkte ich keinerlei entwickelten religiösen Kult. Im Inneren ihrer Häuser waren einige kleine, an die dreißig Zentimeter hohe Statuen aufgestellt, die Mehrheit von ihnen mit dem Körper eines Mannes und dem Kopf eines Vogels, die sie hin und wieder nahmen und bei ihren Tänzen und Gesängen dem Himmel entgegen emporhoben. Paradoxerweise dienten die riesenhaften steinernen Götzenbilder, die überall auf der Insel verstreut waren, keinerlei Form der Anbetung, und auf meine Fragen nach deren Sinn bekam ich als Antwort, sie dienten lediglich zur Ausschmückung der Grabstellen. Welches Volk nähme mit der Herstellung jener Kolosse solche Mühen auf sich, um sie dann als bloße Ornamente zu betrachten? Natürlich konnte es sich dabei nicht um das Volk handeln, bei dem ich lebte. Ich fragte sie auch danach, wie diese errichtet worden seien, doch auch dies konnten sie mir nicht mit Sicherheit beantworten und beriefen sich stattdessen auf fantastische Legenden. Um die Wahrheit zu sagen, ich glaube, sie wussten es selbst nicht.

Dessen ungeachtet machte ich eine Entdeckung, die mir keine Ruhe ließ, auch wenn ich – wie viele andere – das Rätsel nicht zu lösen vermochte. In einigen Hütten bewahrten sie Holztafeln auf, die mit Hieroglyphen überzogen waren, welche auf der Insel unbekannte Tiere und andere seltsame Gebilde darstellten. Wie konnte dies sein, hatte ich doch selbst feststellen müssen, dass diese Leute weder lesen noch schreiben konnten? Nachdem ich mit dem alten Hetuki darüber gesprochen hatte, wusste ich, dass ich die Überreste einer primitiven Schrift vor mir hatte, die bedauerlicherweise schon niemand mehr auf der Insel zu übersetzen in der Lage war. Die letzten Weisen und Eingeweihten waren der Hetzjagd der peruanischen Sklavenhändler zum Opfer gefallen, und ihr geschätztes Wissen ging für immer verloren.

Was meine Aufgabe auf der Insel anbelangte, so hielt ich den Bau einer kleinen Kapelle für förderlich, in die sich meine Gläubigen zum andächtigen Beten zurückziehen konnten. Das einzige mir zur Verfügung stehende Baumaterial war Erde, gemischt mit in der Sonne getrocknetem Gras. Obwohl ich drei Monate lang hart gearbeitet hatte, in denen ich mich mit Regenfällen und meiner besonderen Nemesis – dem infamen Torometi – herumplagen musste, gab ich am Ende das Projekt auf. Torometi fiel nämlich beileibe nichts Besseres ein, als für den Betrieb seiner Küche das

Gras zu verwenden, das ich mich zu schneiden abmühte und zum Trocknen neben meiner Schutzhütte ablegte.

Dies war bei Weitem nicht die einzige Übeltat seitens Torometi, deren Opfer ich wurde. Einmal hatte er es auf die Glocke abgesehen, mit der ich immer meine Schüler zusammenrief; am Ende nahm er diese trotz meiner verzweifelten Wehklagen an sich. Daraufhin spazierte Torometi mit dem Glöckchen über die ganze Insel, verursachte dabei einen Menschenauflauf und brachte seine Nachbarn zum Lachen. Ich hingegen fand das gar nicht lustig.

Die Beharrlichkeit machte sich langsam bezahlt, und nach monatelangen hartnäckigen Bemühungen konnten einige meiner Schüler schon die wichtigsten Gebete aufsagen und kannten sich gut mit den grundlegendsten Dogmen des Christentums aus. Einige wenige konnten schon etwas buchstabieren, und es gab sogar welche, die ziemlich flüssig lasen. Solch vielversprechende Ergebnisse ermutigten mich dazu, andere Siedlungen der Insel aufzusuchen, um weitere Insulaner zu unterrichten. Der Ausgang meiner Expeditionen gestaltete sich jedoch sehr unterschiedlich. Insbesondere gab es einen Stamm, im Vergleich zu dessen Mitgliedern Torometi glatt als Heiliger durchgegangen wäre. Jene Wilden nahmen mich an den Armen und Beinen, raubten mich komplett aus und ließen mich zurück, wie Gott mich schuf. Dann stolzierten sie mit meiner Kleidung herum und prahlten damit, wobei einer von ihnen den Versuch unternahm, sich das Katechismus-Heftchen als Hut aufzusetzen. Ich muss aber zugeben, dass dieser Fall eine Ausnahme bildete, denn in anderen Orten fand ich umgänglichere Leute vor, die offen für meine Lehren waren.

Nach einigen Wochen Abwesenheit erlebte ich eine unangenehme Überraschung, als ich zu meiner ersehnten Hütte zurückkehrte. Das Fenster war aufgebrochen worden, und die Mehrheit meiner Sachen war verschwunden. Torometi gab vor, sehr verwundert darüber zu sein und versicherte mir, der Wind sei an allem schuld. Ich biss mir auf die Zunge und wartete ab, bis mein Zorn vorüber war. Demgegenüber empfingen mich meine geliebten Schüler mit großem Jubel und versicherten mir, dass sie mich furchtbar vermisst hätten.

Hetuki freute sich auch, mich zu sehen. Mit dem Versprechen, mir etwas zeigen zu wollen, zitierte er mich zur Sonnenuntergangsstunde an eine Stelle etwas abseits vom Gedränge. Ich ging etwas verwirrt zum verabredeten Ort ohne die geringste Ahnung, was der Alte vorhatte, und lief dann lange Zeit auf gekrümmten Wegen hinter ihm her, während ich mich fragte, was es mit dieser Inszenierung voller Geheimnisse auf sich habe. Schließlich hielt Hetuki plötzlich an und entfernte einige Steine, die den Zugang zu einer geheimen Höhle verbargen. Was ich dort in ihrem Inneren entdeckte, versetzte mich in Erstaunen.

Die Grotte war angefüllt mit diesen einzigartigen mit Hieroglyphen überzogenen Holztäfelchen, um deren Erhaltung sich Hetuki als Bibliothekar kümmerte, denn die ältesten von ihnen zeigten bereits ernste Verfallsspuren, wie er mir erklärte. Ich untersuchte sie aufmerksam, und ein Vergleich der jüngsten mit denen im hinteren Teil der Grotte ergab, dass die eingravierten Zeichen im Laufe der Zeit eine tief greifende Veränderung durchlebt hatten. Dies ließ mich schlussfolgern, dass die ältesten von ihnen einer längst vergangenen Ära angehörten.

Als wir hinaustraten, wurde Hetuki sehr ernst und ließ mich schwören, dass ich das Geheimnis um die Lage der Höhle bewahren würde, was ich ohne zu zögern tat.

Schon viele Monate hatte ich auf der Insel verbracht, als eines schönen Tages Torometi auf die brillante Idee kam, ich solle doch eine Barke bauen. Von da an gab es schon keine Möglichkeit mehr, ihm einen derartigen Gedanken aus dem Kopf zu schlagen – weder ihm noch all denjenigen, die er mit seiner Versessenheit bereits angesteckt hatte. Die Osterinsulaner waren davon überzeugt, dass ich imstande sei, alles zu bewerkstelligen. Nicht einmal mein Argument, ohne Holz könne ich wenig bis gar nichts ausrichten, hat sie davon abgehalten, das Projekt weiterzuführen. Und tatsächlich, als ob ihr Leben davon abhinge, durchkämmten sie die Insel auf der Suche nach liegengelassenen Brettern und Hölzern bis zum letzten Winkel. Natürlich sah ich mich in der Verpflichtung, das wenige mir verbliebene Holz sowie meine letzten Nägel zu opfern. Sie wurden allesamt für das von den Ureinwohnern aus einer Laune heraus aufgedrängte Werk verwendet.

Ich brauchte fünfzehn lange Tage, in denen ich mir praktisch keine Ruhepausen gönnte, bis ich ihnen etwas konstruiert hatte, was einer Barke ähnelte, und das, obwohl ich mich weigerte, sie abzudichten. Diese Arbeit übernahmen sie, indem sie eine bestimmte Art Erde verwendeten, die eine gute Kalfatermasse abgab. Aber diese Leute sind so ungeduldig, dass sie trotz meiner Warnungen die Barke unbedingt zu Wasser lassen mussten, ohne darauf zu warten, dass das Dichtungsmaterial trocknete. Von da an wollte ich nichts mehr mit der Sache zu tun haben und beschränkte mich darauf, die Fortschritte von Torometi und seinen Leuten von der Ferne aus zu beobachten.

Schweren Herzens folgte ich ihnen mit dem Blick, während sie die Barke schonungslos durch die Steine hindurch schleppten und am Meeresufer absetzten. Betrüblicherweise überraschte mich das schnelle Scheitern des Vorhabens in keiner Weise, denn das Schiff schlug bei der erstbesten Gelegenheit leck, ging unter und nahm die Träume der unerschrockenen Einheimischen nach Abenteuer mit sich.

Kurz nach dieser Episode lief ein echtes Schiff ein und ankerte in der Bucht, was bei den Ureinwohnern für Unsicherheit sorgte. Ich beruhigte sie sofort, als ich die französische Flagge bemerkte, die am Mast des Schoners wehte. Sodann durchschwammen einige Einheimische die Strecke bis zum Schiff und stiegen an Bord, während ich am Strand auf die Landung eines Bootes wartete. Als das

Boot schließlich ankam, erkannte ich schnell Bruder Bernabé unter den Seemännern, der mich voller Freude umarmte, nachdem er so unglaublich lange nichts von mir gehört hatte.

Bernabé schaute mich ergriffen an und gab zu, eingangs Schwierigkeiten gehabt zu haben, mich wiederzuerkennen – aufgrund meines vernachlässigten Aussehens und meiner sommerlichen Bräune. Ich sollte noch Zeit genug haben, ihm von meinen Missgeschicken zu berichten und darüber, wie mich die Bewohner der Osterinsel an den Bettelstab brachten, nachdem sie sich fast mein gesamtes Hab und Gut unter den Nagel gerissen hatten. Aber Bruder Bernabé vertraute mir auch an, eine tiefe Bewunderung für die von mir unter solch prekären Umständen geleistete Arbeit zu empfinden. Er sei ja selbst Zeuge dessen geworden, dass einige Einheimische, die an Bord gestiegen waren, sich bekreuzigten und das Vaterunser, das Ave Maria und das Glaubensbekenntnis in tahitianischer Sprache mit bewundernswerter Hingabe beteten.

Ich muss zugeben, dass es mich nach neun Monaten und neun Tagen auf der Insel und trotz aller erlittenen Launen des Schicksals schrecklich bekümmerte, meine geliebten Osterinsulaner verlassen zu müssen. Bernabé hatte Anweisung, mit mir nach Chile zurückzukehren, mit dem Versprechen, im Rahmen einer neuen Mission zurückzukehren, was bereits organisiert werde. Meine Erfahrungen, so versicherte er mir, seien wesentlich für die Pläne, die die Kongregation auf meiner heiß geliebten Osterinsel zu verfolgen gedachte.

***

Ich beschloss, meine Ausführungen zu unterbrechen, weil Maeva und ich das Museum nicht länger für uns allein hatten. Tröpfchenweise hatten die Touristen es betreten, nachdem die Konfrontation zwischen den chilenischen Sonderkräften und den Rapanui-Demonstranten zu Ende gegangen war. Um die

Besucher mit meinem endlosen Geschwätz nicht zu stören, verließen wir das Museum und machten uns auf den Rückweg nach Hanga Roa, auf derselben Route wie auf dem Hinweg, diesmal in entgegengesetzter Richtung.

Maeva nahm mich bei der Hand und suchte den Augenkontakt, dabei nahm sie einen Ausdruck an, der ihre unsägliche Lust verriet, mehr über dieses individuelle Abenteuer zu erfahren.

»Kehrte Eugène Eyraud zur Insel zurück?«, fragte sie mich.

»Ich denke schon«, antwortete ich. »Nichts auf der Welt hätte ihn daran hindern können.«

***

25. Mai 1866 – Osterinsel

Meine Rückkehr auf die Osterinsel anderthalb Jahre später erfüllte mich mit übermäßiger Freude. Mein Glücksgefühl war sogar noch größer als jenes, welches ich beim ersten Mal verspürt hatte, denn bei dieser Gelegenheit kehrte ich als Priester zurück. Auch erfreute mich die Tatsache, dass ich nicht länger allein wäre, sondern in willkommener Begleitung des Bruders Hipólito Roussel, der bereits auf lange Jahre der missionarischen Arbeit zurückblickte.

Meine ehemaligen Inselschüler freuten sich sehr, mich zu sehen, auch wenn sie die Beachtung des christlichen Glaubens aufgrund der Ermangelung eines Pastors, der ihre Schritte lenkte, vernachlässigt hatten. Der alte Hetuki hatte sich gar nicht verändert und bereitete mir einen warmen Empfang, wie dies auch sonst bei ihm üblich war. Lediglich Torometi und seine begeistertsten Anhänger betrachteten mich nach meiner unerwarteten Wiederkehr argwöhnisch, wohl wissend, dass ihre Autorität infrage gestellt werden könnte.

Als guter Kenner der extremen Vorliebe der Einheimischen für alles Fremde zimmerte ich diesmal eine Hütte zusammen, die eher einer Festung gleichkam. Um sie unzugänglich zu machen und sogar zu verhindern, dass sie sie anzündeten, verkleideten Bruder Roussel und ich sie mit Zinkplatten, die wir eigens zu diesem Zweck mitgebracht hatten. Jedoch zeigte sich zu unserem Bedauern bald die negative Seite unserer Erfindung, als einer von ihnen nämlich den Einfall hatte, einen Stein zu werfen. Der entstehende metallische Lärm faszinierte sie so sehr, dass wir jene irremachende Symphonie zwei Monate lang ertragen mussten, bis es ihnen langweilig wurde.

Zu dieser Zeit hatte sich der Großteil der Bevölkerung im Orongo-Dorf versammelt, um eines ihrer beliebtesten Feste zu veranstalten. Bruder Roussel wurde neugierig, und so beschloss er, den Feierlichkeiten einen Besuch abzustatten, um mehr über die heimischen Bräuche zu lernen. Ich schlug die Einladung ab, ihn zu begleiten, weil ich bereits in der Vergangenheit bei einer jener schrillen Versammlungen übel zugerichtet wurde und so etwas nicht erneut durchmachen wollte. Roussel kehrte einige Tage später zurück und konnte nicht glauben, was er alles gesehen hatte. Er erzählte mir, dass diese Leute einen Wettbewerb organisierten, um ihre Anführer zu wählen, dessen Ausgang aber dem bloßen Zufall unterläge. Allem Anschein nach komme es lediglich auf ein paar Vögelchen an, die auf einer der Steilküste vorgelagerten Felseninsel nisten und trotz ihrer geringen Anzahl niemals ihre Verabredung zur immer gleichen Jahreszeit verpassen. Nun gut, alles beschränkte sich zusammenfassend darauf, einen Kampf auszutragen, um das erste Ei der Saison zu ergattern.

Kurz darauf führte ich Bruder Roussel zu Hetukis Höhle und zeigte ihm die außergewöhnliche Bibliothek mit den mit Hieroglyphen beschrifteten Holztäfelchen, doch zuvor bat ich ihn darum, dieses Geheimnis zu bewahren. Meine Absicht war es, ihm vor Augen zu führen, dass jenes Volk, das ihm jetzt so zurückgeblieben erschien, sich in anderen Zeiten einer großen Kultur und Gelehrtheit erfreut haben muss.

Im Verlauf der Monate gewannen wir schrittweise den Respekt der Einheimischen. Bruder Roussel berief sich auf seine wertvollen Erfahrungen an der Spitze anderer polynesischen Missionen und ließ sich von Torometis Großtuerei nicht einschüchtern, auch war er nicht bereit, die Demütigungen zu tolerieren, unter denen ich zu leiden hatte. Die Einheimischen waren sehr abergläubisch, und Roussels Handlungen waren darauf gerichtet, jene Denkweise zu ändern, die primitiven Gesellschaften eigen ist. Zu diesem Zweck betrat er die von den Osterinsulanern als heilig erachtete Orte oder aß Fisch, dessen Verzehr während einer bestimmten Jahreszeit verboten war, und verstieß damit auch gleich gegen das Tapu-Gesetz, das nicht mehr so viel Gewicht hatte wie einst. Mit dieser Strategie zeigte er öffentlich, dass er weder erkrankte noch ihm Böses zustieß, und auf diese Weise schaffte er es am Ende, dass die Einheimischen sein Verhalten nachahmten.

Bruder Roussel kämpfte, wenn auch vergebens, gegen einen Brauch an, der bei den Rapanui tief verwurzelt war und der jedem hätte die Haare zu Berge stehen lassen. Einige tödlich erkrankte Inselbewohner entzogen sich dem unnötigen Leiden, indem sie sich von den Klippen hinunterstürzten, worin sie ein Glückseligkeitsritual sahen. Bevor sie sich ins Leere fallen ließen, schlossen sie die Augen und bildeten mit ausgestreckten Armen ein Kreuz, eine Geste, die allerdings nichts mit dem Christentum zu tun hatte. In einigen Ausnahmefällen griff der ein oder andere Rapanui ebenfalls auf diese makabre Tradition zurück, wenn er eingesehen hatte, einen Fehler mit nicht wiedergutzumachenden Folgen für sein Volk begangen zu haben.

Dessen ungeachtet reihten sich die Fortschritte im Allgemeinen schnell aneinander. Wir erbauten eine Kapelle, die bald darauf viele für ihre Gebete aufsuchten. Und als wir es am wenigsten erwartet hatten, fand die erste Taufe eines Einheimischen statt, ein Umstand, der uns tief bewegte.

Es geschahen jedoch auch Dinge, auf die ich nicht stolz bin. Eines Tages erschien der alte Hetuki vor meiner Tür. Er zitterte am ganzen Körper und war in Tränen aufgelöst. Er ergriff meinen Arm und bat mich, ihm bis zu seiner geheimen Höhle zu folgen, damit ich eine Katastrophe verhinderte. Ich verwarf den Gedanken, ihm Fragen zu stellen, und machte mich auf den Weg, ohne weitere Zeit zu verlieren. Doch trotz unserer Eile war es bereits zu spät, als wir ankamen. In der Bibliothek, die Aberhunderte von Holztäfelchen beherbergte, war Feuer ausgebrochen, und nichts konnte mehr unternommen werden, um die alles verzehrenden Flammen aufzuhalten, welche in Sekundenschnelle alles in Schutt und Asche legten.

Bruder Roussel betrachtete sein Werk mit hieratischer Miene, während sich ein Abbild des Feuers abgrundtief in seine Netzhaut einbrannte.

»Warum hast du das gemacht!?«, rügte ich ihn.

»Es sind heidnische Texte und stehen im Widerspruch zu der Rettung der Seelen!«, rief er aus. »Es ist unsere christliche Pflicht, dieses Dreckzeug loszuwerden!«

Ich fühlte, wie mich etwas bis ins Innerste aufwühlte, als ob mir ein Fetzen meiner Seele herausgerissen worden wäre.

»Aber das war das Erbe ihres Volkes«, stammelte ich. »Welches Übel könnten sie außerdem schon anrichten, wenn sie nicht einmal mehr in der Lage sind, sie zu lesen?«

»Genug, Bruder Eugène«, legte Roussel die Angelegenheit bei. »Ich möchte darüber kein Wort mehr verlieren.«

Ich senkte den Kopf und wagte es nicht, ihm erneut zu widersprechen. Innerhalb der Kongregation war Roussel mein Vorgesetzter, und ich musste ihm in jedem Fall gehorchen.

Wir traten aus der Höhle heraus, noch bevor sich der Rauch so weit ausbreitete, dass er uns mit seiner giftigen Umarmung erstickte. Hetuki warf mir einen vorwurfsvollen Blick zu, dem standzuhalten ich nicht in der Lage war. In seinen Augen war ich nichts weiter als ein Verräter, der durch das Preisgeben seines kostbaren Geheimnisses ungestraft sein Wort gebrochen hatte. Dennoch ging ich auf ihn zu, um ihn um Vergebung zu bitten. Dann riet ich ihm im Flüsterton, die Tafeln vor Roussel zu verbergen, die sich noch über der Insel verteilt in den einzelnen Hütten befanden.

Eine Woche später nahm sich Hetuki das Leben, indem er sich vom höchsten Punkt der Steilküste aus in den Abgrund stürzte, denn seiner Meinung nach hatte er seinem Volk gegenüber schwer versagt.

Am Ende dieses Jahres schlossen sich zwei weitere Diener Gottes der Mission an. Die Brüder Gaspar Zumbohm und Teodulo Escolan kamen gut ausgerüstet auf der Insel an, beladen mit Geräten, allerlei Samen und Obstbäumen und einer Vielzahl von Tieren wie Kälbern, Tauben und Hasen. Die Veränderungen bei den Einheimischen dank Roussels und meiner eigenen Arbeit stachen ins Auge und waren überaus zufriedenstellend. Dieses Mal versuchten die Osterinselbewohner nämlich nicht, all die fremden Schätze in Besitz zu nehmen, an denen sie mit Sicherheit großes Interesse hatten.

Die Mission gedieh auf der Insel, und die Bekehrung der Einheimischen zum Evangelium schritt rasch voran. Das Taufen der Kinder und Sterbenden wurde zum täglich Brot, während die Erwachsenen weiterhin in die Tugenden des Christentums eingewiesen wurden, um sie ordnungsgemäß auf den Empfang des Heiligen Geistes vorzubereiten.

Zwei Jahre später, 1868, planten wir eine große Zeremonie am Vorabend von Christi Himmelfahrt, in der alle Bewohner der Insel in den Schoß der Kirche aufgenommen werden sollten. Unglücklicherweise hatte damals eine Tuberkuloseerkrankung meine Gesundheit bereits ernsthaft verschlechtert, und mir entging nicht, dass ich nur noch sehr kurz zu leben hatte.

Am Tage nach der großen Zeremonie neigte sich Bruder Gaspar über meine Liege und versicherte mir, sämtliche Seelen der Osterinsel seien für die Sache gewonnen: Nicht ein einziger Inselbewohner war noch ungetauft. Ich sagte ihm, dass ich nun in Frieden sterben könne und dass sie mir bitte eine christliche Beisetzung bereiten sollen an diesem wunderbaren Flecken Erde inmitten des unendlichen Meers, in dem ich den Traum meiner pastoralen Berufung verwirklichen konnte.

Kurz nachdem ich die letzte Ölung bekam, schloss ich in Gleichmut die Augen, begierig darauf, Gott meine Seele anzuvertrauen und im Anschluss in das Himmlische Reich einzutreten.

***

Wir durchquerten den Stadtkern von Hanga Roa und näherten uns langsam Maevas Haus. Zwischen uns beiden war eine eindringliche und beschwörende Stille entstanden, die sich aber kurz darauf wieder verflüchtigte.

»Was geschah nach Eugène Eyrauds Tod?«

Ein Lächeln huschte über mein Gesicht, und ich räusperte mich. Ich war mir sicher gewesen, dass Maeva am Ende diese Frage stellen würde.

»Alles wurde nur noch schlimmer. Als ob die Rapanui nicht schon genug Not hatten erleiden müssen«, erklärte ich. »Es war das Jahr 1870, als der französische Kapitän Dutrou-Bornier auf der Osterinsel ankam, ein skrupelloser Abenteurer und Geschäftsmann, der sich auf der Insel niederließ, um sich der Schafzucht zu widmen. Durch seine Gewieftheit wusste er, wie er die Einheimischen zu seinem eigenen Vorteil täuschen und ausnutzen konnte, allerdings ließ die Gegenwehr der Missionare nicht lange auf sich warten. Die Feindseligkeit zwischen ihnen artete in einen ernsten Konflikt aus, und Dutrou-Bornier zögerte nicht, seine Anhänger zu bewaffnen und die Missionare gewaltsam zu attackieren. Am Ende sahen sich die Missionare gezwungen, die Insel zu verlassen. Sie nahmen Kurs auf Mangareva. Einhundertfünfzig Osterinsulaner gingen mit ihnen, während weitere dreihundert vom habgierigen Kapitän hereingelegt und auf die Plantagen nach Tahiti geschickt wurden.

Dutrou-Bornier regierte die Insel als eine Art König, dem die Pferde durchgingen, bis er Jahre später von den Einheimischen ermordet wurde, die genug von seinen Exzessen hatten. Damals war die Bevölkerungsanzahl dramatisch zurückgegangen und betrug nur noch einhundertelf Einwohner.

Schließlich ereignete sich im Jahre 1888 eine Begebenheit mit großer Tragweite für die Geschichte der Osterinsel: Der chilenische Kommandant Policarpo Toro handelte mit den Rapanui die Abtretung ihrer Souveränität aus und nahm die Insel im Namen seines Heimatlandes in Besitz. Unglücklicherweise war dieser Akt weit davon entfernt, für die Einheimischen ein Anlass zur Freude zu sein; er bedeutete vielmehr ihren gänzlichen Untergang. Wenige Jahre später nämlich trat die chilenische Regierung die Nutzung der Insel an ein englisches Viehzucht-Unternehmen ab, das de facto zum Eigentümer nicht nur des Landes, sondern auch der Bewohner wurde. Die Insulaner waren gewaltsam im Hanga-Roa-Dorf eingesperrt und unter an Sklaverei grenzenden Bedingungen zur Arbeit gezwungen. Das Dorf war von einer Steinmauer umgeben, die sie nicht ohne ausdrückliche Genehmigung passieren durften.

Diese Konzession an die Betreibergesellschaft blieb sechsundfünfzig Jahre lang bestehen. In dieser Zeit lebten die Einheimischen unter leidvollen Lebensbedingungen und mussten es erdulden, in jeder Hinsicht ausgenutzt zu werden, bis die chilenische Regierung dank der Anzeigen in der Presse und gar der Katholischen Kirche beschloss, den Vertrag ein für alle

Mal zu kündigen. Aber die Kontrolle der Insel übernahm jetzt die chilenische Kriegsmarine, die die Viehhaltung weiterhin betrieb, ohne dass sich die Lage der Einheimischen merklich besserte. Auch wenn sie chilenische Bürger waren, so besaßen die Osterinsulaner keine Personalausweise, ihr Wahlrecht war eingeschränkt und ihnen wurde sogar verboten, in ihrer eigenen Sprache zu sprechen.

Erst 1964 willigten die Behörden nach einem Bürgeraufstand in die Einrichtung einer Zivilverwaltung für das Rapanui-Volk ein. Fortan konnten beträchtliche Fortschritte im Gesundheits- und Bildungssektor, aber auch auf dem Gebiet der Strom- und Trinkwasserversorgung erzielt werden. Drei Jahre später, im Jahre 1967, wurde der Flughafen gebaut, und damit kamen auch die ersten Touristen …«

Am Ende der Geschichte angekommen, erreichten wir unser Ziel. Hanarahi wartete auf der Veranda, die angenehmen Schatten spendete, und benetzte ihre Lippen mit kaltem Wasser, während sie in einer Modezeitschrift blätterte. Ich hatte eigentlich die Absicht, sofort wieder zu gehen, doch dann kam Maevas Mutter zum Eingangstor und spazierte ihre bildschöne Silhouette durch den Garten. Sie wollte einige Worte mit mir wechseln. Die Jahre waren mir nicht so gut bekommen wie Hanarahi, die immer noch ihre einstige Schönheit besaß.

»Mama, wir waren im Museum, und ich habe viel Neues gelernt.«

»Ich freue mich«, erwiderte Hanarahi. »Aber geh jetzt ins Haus und wasch dir die Hände. Wir wollen essen.«

Maeva gehorchte, wenige Sekunden später war sie im Inneren des Wohnhauses verschwunden.

»Du hast bei Maeva unglaubliche Arbeit geleistet«, lobte ich sie. »Ihre Erziehung ist exzellent.«

»Ich bin schrecklich stolz auf meine Tochter«, gab Hanarahi zu. »Auch wenn ich nicht gegen den einen oder anderen

Schreck gefeit war – wie wohl jede Mutter. Maeva ist äußerst leidenschaftlich, und wenn sie sich etwas in den Kopf gesetzt hat, ist sie imstande, alles zu tun, um es zu erreichen. In der Vergangenheit hat sie sich so manchen Jux geleistet, auch wenn ihr selbst manchmal gar nicht bewusst war, wie ernst die Angelegenheit war.«

Ich pflichtete ihr bei und dachte mir, dass sie womöglich etwas übertreibe. Hanarahi warf mir einen intensiven Blick zu und deutete ein vages Lächeln voller Traurigkeit an.

»Maeva vergöttert dich, Germán. Weißt du das?«

»Das ist mir nicht ganz entgangen.«

Hanarahi lachte über meinen Scherz, ohne dass sich ihr melancholischer Ausdruck verändert hätte.

»Noch nie habe ich sie so glücklich gesehen«, gab sie zu. »Schon ihr ganzes Leben lang wollte Maeva ihren Vater kennenlernen, und jetzt muss es ihr wie ein Traum vorkommen, ihn endlich an ihrer Seite zu haben.«

Hanarahi wandte ihre Augen nicht von den meinen ab. Ihre Botschaft war sehr deutlich. So viel Glück konnte auch ein zweischneidiges Schwert sein.

»Sie scheint sehr entschlossen zu sein, Archäologin zu werden«, meinte sie. »In den letzten Tagen spricht sie von nichts anderem.«

»Sie bringt auch alle Voraussetzungen dafür mit«, entgegnete ich. »Um nicht zu sagen, dass sie an dem Ort lebt, der für die Ausübung dieses Berufes wie geschaffen ist.«

Hanarahi drehte sich um, um sicherzugehen, dass Maeva noch immer außer Sichtweite war.

»Ich habe gehört, dass der Gouverneur euch die Erlaubnis für die Ausgrabung entzogen hat«, erklärte sie. »Bedeutet das, dass du die Insel verlässt?«

»Voraussichtlich in ein oder zwei Tagen«, gestand ich ihr vollkommen resigniert.

»Hast du das Maeva schon gesagt?«

»Ich hatte noch nicht den Mut dazu.«

Als ich in der Pension erschien, sprach mich Gloria Riroroko in ihrer üblichen Offenheit an und fragte mich, ob ich dem Angriff auf das Hotel Hanga Roa beigewohnt hätte. Schon den ganzen Morgen habe sie am Radio gehangen, und auf der Insel gebe es natürlich kein anderes Thema.

»Ich habe fast nichts sehen können«, log ich. »Ich war zu weit entfernt, die Menschenmenge, die sich auf dem Bürgersteig gebildet hatte, versperrte mir die Sicht. War der Zwischenfall denn so ernst?«

»Diese ganze Gewalt war vollkommen unnötig«, beklagte sich Doña Gloria. »Und um noch eins draufzusetzen, verdreht die Presse vom Kontinent auch noch die Tatsachen und schildert sie so, wie es die chilenischen Behörden vorgeben. Die Sonderkräfte, sagen sie, hätten auf die Gewalt der Rapanui-Demonstranten reagiert.«

Im Anschluss erstattete mir Doña Gloria Bericht über die Konsequenzen: Fünf Personen seien festgenommen, und ein Dutzend Verletzte sei mit Prellungen und Schrotschusswunden im Gesicht ins Krankenhaus eingeliefert worden. Ein paar Polizisten, fügte Gloria stolz hinzu, seien beim Kampf ebenfalls übel zugerichtet worden.

»Ah, und obendrein haben sie gemeldet, dass eine Pistole abhandengekommen ist«, gab sie bekannt. »Im Radio wurde wiederholt von dem Vorfall berichtet. Und sie haben eindringlich ihre Rückgabe gefordert.«

»Wie?«

»Na, was ich Ihnen sage. Ein Polizist hat beim Scharmützel seine Dienstwaffe verloren, und die ist seitdem nicht wieder aufgetaucht.«

Ich schloss mich in meinem Zimmer ein und grübelte über die Ereignisse der letzten Tage nach. Insbesondere wunderte ich mich darüber, keine weitere Nachricht vom anonymen Unbekannten erhalten zu haben, der, laut seinen eigenen Worten, mich zum bestgehüteten Geheimnis der Insel führen wollte. Ich hatte meinen Teil erfüllt und die Herausforderung angenommen, genau so, wie es von mir verlangt worden war. Nun hoffte ich, dass er keinen Rückzieher machte.

Am Nachmittag erhielt ich eine E-Mail von den Geldgebern der Ausgrabung. Wie nicht anders zu erwarten war, gingen sie vor Empörung geradezu die Wände hoch. Auf der einen Seite fühlten sie sich vom Gouverneur Mario Ubilla betrogen, welcher sie ohne einen ersichtlichen Grund vom Projekt abzog, das voranzubringen Erick so viel Mühe bereitet habe. Auf der anderen Seite waren sie bereit, bis zur letzten Instanz der chilenischen Regierung zu gehen, um diese willkürlich getroffene Entscheidung widerrufen zu lassen. Jedenfalls seien sie sich ihrer schwachen Position bewusst und rieten mir in aller Korrektheit, schon mal die Koffer zu packen, sollten sie binnen achtundvierzig Stunden keine sichtbaren Ergebnisse erzielen.

Der Inhalt der Nachricht überraschte mich nicht, doch ihn schwarz auf weiß geschrieben zu sehen, machte die Realität der Geschehnisse noch greifbarer.

Ich verließ die Pension und akzeptierte die unvermeidliche Niederlage. Bedrückt durch die wenige Zeit, die mir noch verblieb, ließ ich mich von einem Impuls leiten und entschied mich, mich zu meinem Lieblingsplatz auf der ganzen Insel zu begeben; es war nämlich sehr wahrscheinlich, dass ich für eine lange Zeit keine Gelegenheit mehr hätte, ihn zu besuchen: den Steinbruch des Vulkans Rano Raraku.

Der Himmel hatte sich vom Meer her bedeckt, und bleierne Wolken drohten damit, beim Vorbeiziehen einen heftigen

Wasserschwall abzuladen. Die Wettervorhersage brachte mich jedoch nicht davon ab, meinen Plan in die Tat umzusetzen. Die lange Strecke beabsichtigte ich, im Jeep zurücklegen, den ich auch am Vortag für die Fahrt nach Anakena gemietet hatte. Ich ging also zum Hotel, das die Vermietung des Fahrzeugs abwickelte.

Auf dem Weg dorthin stieß ich auf einen Leichenzug mit zahlreichen Trauergästen, der sich in Richtung Friedhof bewegte und an dessen Spitze eine Gruppe Inselbewohner ging, welche einen glanzvollen Sarg schleppte. Für einen Augenblick fürchtete ich, dass ein Insulaner infolge des gewaltsamen Vorgehens der Polizei bei den morgendlichen Unruhen gestorben sei. Um mir Klarheit zu verschaffen, sprach ich zutiefst respektvoll eine junge Frau am Ende des Zuges an und fragte sie, ob es einen Zusammenhang gebe.

»Nein«, beruhigte sie mich. »Das hat nichts damit zu tun.«

Zu dem Mädchen gesellte sich ein junger Rapanui, der mich neugierig betrachtete und sofort die Zügel der Unterhaltung übernahm.

»Danke für Ihr Interesse«, meinte er. »Der Verstorbene war mein Urgroßvater, eine Person, die von allen Inselbewohnern geliebt wurde: Simeón Pakarati. Kannten Sie ihn?«

Ich erinnerte mich, ihn bei der Sonntagsmesse gesehen zu haben. Simeón »der Ewige«, Ehrenmitglied des Ältestenrates, hatte seine letzte Reise angetreten.

»Was war die Ursache für sein Ableben?«, fragte ich.

Der junge Mann zuckte mit den Schultern.

»Von allem etwas, nehme ich an. Schließlich war er schon einhundertvier Jahre alt.«

Ich übermittelte ihm meine aufrichtige Anteilnahme, woraufhin Simeón Pakaratis Urenkel mich zum Zeichen der Dankbarkeit zurückhaltend umarmte.

Kurze Zeit später fuhr ich am Steuer des Geländefahrzeugs auf alten menschenleeren Straßen quer über die Insel in Richtung des Vulkans Rano Raraku. Die ersten dicken Tropfen auf der Windschutzscheibe bildeten das Vorspiel zum angekündigten Wolkenbruch. Plötzlich war das Fahrzeug von ohrenbetäubendem Lärm umgeben, ausgelöst durch den heftigen Wind und den sintflutartigen Regen, der auf das Verdeck prasselte. Ich verringerte die Geschwindigkeit, weigerte mich jedoch umzukehren. Bald traf ich andere Wagen auf ihrem Rückweg in die Stadt, die denselben Weg in entgegengesetzter Richtung nahmen. Das schlechte Wetter hatte selbst den abgehärteten Touristen den Tag verdorben.

Als ich am Rano Raraku ankam, war es mir erst nach einer langen Weile möglich, aus dem Wagen auszusteigen, und als ich es dann tat, schwebte noch ein feiner Wasservorhang in der Luft. Allerdings hinderten mich einige wenige Tropfen nicht an meinen Besuch, auf den ich Lust hatte. Ich hob den Kopf, und der Anblick des historischen erloschenen Vulkans bewirkte einen leichten Schauer in meiner Magengegend. Diese magische Umgebung gab Energie frei wie ein riesiger Talisman, und die fesselnde Wirkung ließ nicht nach, ungeachtet der Male, die ich bereits dort gewesen sein mochte. Im Rano Raraku befand sich der Steinbruch, in dem die *Moai* gehauen wurden, und die Überreste der unfertigen Kolosse waren wie Häftlinge des Muttergesteins über beide Vulkanhänge verteilt.

Außerdem war in einem Umkreis von mehreren Kilometern aufgrund des Unwetters kein einziger Tourist zu sehen. Ich hatte den Ort ganz für mich allein.

Ich marschierte am Fuße des Berges an einer Legion *Moai* vorbei, die allesamt fertiggestellt waren, jedoch bis zum Hals oder Kinn in der Erde vergraben lagen. Diese Skulpturen waren in Wirklichkeit mehr als zehn Meter hoch, doch weil ihr restlicher Körper unter der Erde lag, vermittelten sie der Welt das

Bild, lediglich riesige groteske Köpfe zu sein. Eine durch die gemächliche Vulkanerosion entstandene Sedimentschicht hatte die Kolosse Zentimeter für Zentimeter bedeckt. Bis der heutige Stand erreicht war, muss dieser Prozess Jahrhunderte gedauert haben – wenn nicht gar Jahrtausende. Es war nicht möglich, eine genaue Zeit zu nennen.

Als ich durch diese Titanen schlenderte, fühlte ich mich unbedeutend wie eine Ameise und konnte nicht umhin, einmal mehr über die Erschaffer solcher Wunderwerke der Natur zu staunen. Ohne jeden Zweifel waren die *Moai* das Juwel der Krone des Rapanui-Erbes. Das Mysterium ihrer Herstellung und ihres Transportes löste auch weiterhin Verwunderung bei den Touristen aus, während die lokalen Fremdenführer ihren Stolz auf die Meisterleistungen ausdrückten, die ihre Vorfahren vollbrachten.

Ich begann mit dem Aufstieg am kurzen Steilhang des Vulkans. Zu beiden Seiten des Weges, der sich am Berghang andeutete, zeichneten sich Dutzende von halb fertigen *Moai* in verschiedenen Posen ab, sowohl in aufrechter als auch in geneigter Haltung, und einige lagen sogar mit dem Gesicht nach unten. Manche von ihnen standen in Gruppen, während andere allein rasteten. Ihre abwesenden Blicke musterten mich stillschweigend wie Wachposten, die dazu verdammt waren, den Vulkan zu beschützen, der bei ihrer Geburt dabei war.

Endlich erreichte ich den Kamm des Vulkans, wo ich mit einem prächtigen Rundblick über die Landschaft entschädigt wurde. Der alte Krater war eine riesige runde Caldera, deren Grund sich mit einer Süßwasserlagune angefüllt hatte und deren Innenwände mit einem Teppich aus Farnen und Wasserpflanzen bedeckt waren, der ein Farbenspiel aus intensiven Grüntönen darbot. Andere unfertige und noch am Gestein klebende Skulpturen lagen vergessen in der Innenseite des Vulkans. Im

Hintergrund vervollständigte der endlose Pazifik diesen fantastischen Aussichtspunkt.

Meine Haare waren vom Nieselregen nass, und mein Hemd wehte im Wind wie eine Flagge, deren Mast ich war. Das ungemütliche Wetter schmälerte beileibe nicht die außerordentliche Schönheit dieser Postkartenidylle.

Auf einmal spürte ich eine Präsenz hinter mir. Ich war nicht allein. Ein Mann stieg langsam den Hang des Vulkans hinauf. Am auffälligsten bei der ganzen Sache war seine ungewöhnliche Erscheinung. Einzig mit einem Stofffetzen als Lendenschurz und einer Federkrone auf dem Kopf gekleidet, hatte er sich so herausgeputzt, wie es die urtümlichen Rapanui taten. Die Gestalt schwang eine Obsidian-Lanze, und eine tonfarbene Bemalung schmückte wie ein Umhang die Nacktheit ihres Körpers. Das Gesicht war hinter der dicken Farbschicht und der noch großen Entfernung für mich nicht zu erkennen. Instinktiv hob ich die Hand und grüßte ihn.

Der Mann hielt an, doch anstatt meinen Gruß zu erwidern, nahm er Anlauf und warf die Waffe wie ein Geschoss auf mich. Ich reagierte nicht einmal. Alles geschah in Zehntelsekunden. Die Lanze streifte mich an der Seite und verfehlte mich um wenige Zentimeter; beinahe hätte sie mich wie eine Stoffpuppe aufgespießt, nur dass diesmal ich die perfekte Zielscheibe war. Ich konnte es nicht glauben, doch schließlich wurde mir klar, dass Ericks Mörder es nun auf mich abgesehen hatte.

Das Individuum stellte fest, dass der Wurf missglückt war, hielt daraufhin gelassen eine Machete hoch und setzte seinen Aufstieg fort. Mich erfasste eine Panikwelle, die mich paralysierte, die Mischung aus Gefühlskälte und Entschlossenheit, mit der der Fremde voranschritt, ließ mich jedoch endlich reagieren. Ich drehte mich um und begann, zur Innenseite des Vulkans abzusteigen. Ich eilte den Abhang mit seinen Unebenheiten in Riesenschritten hinunter und mir war vollkommen bewusst, dass ich in eine Sackgasse lief. Ich sprang über die Stirn eines liegenden *Moai* und glitt unkontrolliert über den feuchten Stein. Als ich ausrutschte, prallten meine Knochen gegen die Augenhöhle der kolossalen Skulptur, die bereits seit einer Ewigkeit das Firmament und den nicht enden wollenden Tanz der Sterne beobachtete. Schmerzerfüllt stand ich auf und floh weiter, an der rechten Wange des *Moai* vorbei, parallel zu seinem langen Ohr. Dann gelangte ich zu den dünnen Lippen, welche in dieser charakteristischen Grimasse vereint waren, die Überheblichkeit ausstrahlte, und wich ihnen mit einem einzigen Sprung aus, auf die Gefahr hin, mir bei diesem Versuch den Hals zu brechen. Vom Kinn gelangte ich zum Körper, wobei mir dieser Parcours unglaublich lange erschien, bis ich wieder auf die vulkanische Wand stieß, die mich direkt zur Kraterlagune führte.

Jetzt, wo ich mich des Angriffs durch diesen Mann in der Rolle eines altertümlichen Rapanui erwehren musste, schien es mir, als wäre ich vier oder fünf Jahrhunderte zurückgewandert, in die Zeit der Kriege zwischen den Klans, in der die Insel dem Erdboden gleichgemacht wurde. Ans Rennen war ich nicht gewöhnt und floh blindlings vor meinem Verfolger, der mich so in Schrecken versetzte, dass ich es nicht einmal wagte zurückzublicken.

Erneut kreuzte ein weiterer monumentaler und am Felsen haftender *Moai* meinen Weg. Mit dem Kopf nach unten diagonal zum Hang liegend, zwang er mich, über seine Figur zu steigen, als wäre ich ein Profi-Bergsteiger.

Wie bei einer Rutsche glitt ich zuerst am Brustkorb bis zur Erhebung des Mundes entlang, wo ich einige Sekunden anhielt, um wieder Atem zu schöpfen. Gleich darauf kletterte ich die schmale Nase empor, von deren Spitze ich mich nach einem mühsamen Manöver, das die Koordinierung all meiner Sinne erforderte, wie ein Trapezkünstler herabließ. Im Anschluss ließ ich mich auf die Augen des *Moai* fallen, in deren tiefen Höhlung ich schließlich den Mut fasste, mit den Augen nach meinem Verfolger Ausschau zu halten.

Er war nicht in meinem Blickfeld. Zunächst verunsicherte mich dies noch mehr, denn der Umstand, keine Sichtverbindung zu ihm zu haben, ließ meine Nervosität nur weiter anwachsen. Ich streckte erneut den Kopf heraus und sah mich in alle Richtungen um, ohne Ergebnis. Die Wolken über meinen Kopf waren vorübergezogen, der Regen hatte vor einigen Minuten aufgehört. Ich zitterte wie ein ängstliches Kind und war nicht in der Lage, auch nur einen Schritt zu machen oder gar mich einen Zentimeter zu bewegen. Dann hörte ich Stimmen aus der Richtung des Vulkankammes. Es waren viele und sprachen eine andere Sprache. Vielleicht war dies meine einzige Gelegenheit. Ich schrie mit aller Kraft, und das Echo meiner Stimme hallte im Steinbruch mit der gleichen Intensität wider, die in fernen Zeiten die Steinbeile hervorgebracht hätten. Einige japanische Touristen schauten in den Krater hinunter und erblickten mich in der Ferne, in den Augenhöhlen eines *Moai* nahe der Lagune liegend. Verwundert schauten sie sich gegenseitig an, als wäre ich ein irgendwie Gestörter, und gaben mir daraufhin Zeichen und machten Fotos.

Ein weiteres Mal seufzte ich erleichtert. Zum Glück hatte mich das plötzliche Erscheinen der Japaner – welche später aussagten, in der näheren Umgebung niemanden mehr gesehen zu haben – vor einem fatalen Schicksal bewahrt.

Als ich nach Hanga Roa zurückfuhr, zitterten mir immer noch die Hände. Ich kam mir wie ein Idiot vor, weil ich mich in Sicherheit gewähnt hatte, obwohl ich dem gleichen Spiel wie Erick beigetreten war und aus erster Hand erfahren durfte, auf welche Weise seinem Leben ein Ende gesetzt worden war. Um ein Haar hätten sie mich mit von einer Lanze durchbohrtem

Magen gefunden, so wie Erick mit zerschmettertem Kopf und einer rektal eingeführten Langustenantenne auftauchte. Ich setzte meine Fahrt fort und wusste, dass mir dies eine Lehre sein sollte, während mich die Erinnerung an das Summen der Lanze, die mich leicht an der Seite berührt hatte, zutiefst entsetzte.

Plötzlich machte ich eine Vollbremsung und brachte den Jeep mitten auf der Straße zum Stehen. Auf der einen Seite unterhielt sich im Schatten eines ruinösen gestürzten Moai eine Gruppe von Männern und Frauen des Rapanui-Volkes miteinander, die gemäß der Tradition ihrer Vorfahren gekleidet waren. Sie hielten Musikinstrumente und alte Kriegswaffen in der Hand. Im Gegensatz zum Individuum, das mich verfolgt hatte, hatte jedoch keiner von ihnen hier ein bemaltes Gesicht. Die Gruppe probte für das Tapati-Fest, das jedes Jahr gefeiert wurde, um die Folklore und die alten kulturellen Veranstaltungen der Rapanui am Leben zu erhalten.

Die Osterinsulaner sahen mich verwundert an, woraufhin ich das Fahrzeug wieder beschleunigte und mich auf den Weg machte. Aufgrund des Regens war der Untergrund schlammig, sodass ich ein wenig ins Schleudern geriet.

Ich ging durch die Tür der Pension, als die Nacht bereits ihre Schatten warf. Um zu vermeiden, von Doña Gloria abgefangen zu werden, durchquerte ich den Gemeinschaftsraum und den Flur in Windeseile. Sicherlich würde sie sich durch mein bedauernswertes Äußeres dazu verleiten lassen, indiskrete Fragen zu stellen, und ich zog es vor, diese nicht beantworten zu müssen. Ich brauchte ein heißes Bad und etwas Zeit, um gründlich nachzudenken. Ich zog ernsthaft in Erwägung, Kommissar Villegas zu verraten, dass auch ich die gleichen Nachrichten wie Erick erhalten hatte. Letzten Endes war mir diese unglückliche Angelegenheit aus den Händen geglitten, und meine eigene

Unbesonnenheit hatte dazu geführt, dass der Mörder nun mich ins Visier nahm. Ich glaubte nicht daran, eine andere Option zu haben.

Gerade als ich dabei war, mein erlesenes Hawaiihemd aufzuknöpfen, das nach einer gründlichen Wäsche schrie, bemerkte ich ein Detail, das ich bis dahin übersehen hatte. Die Brusttasche enthielt etwas, das sich früh morgens noch nicht dort befunden hatte. Als ich hineingriff, berührte ich ein kleines Blatt Papier. Sofort schlug mein Herz noch schneller. Eine weitere Notiz des geheimnisvollen Absenders.

Die gleiche Papiersorte, dieselbe Handschrift und am Ende der Nachricht jene mysteriöse Unterschrift, die der Silhouette einer Schildkröte glich. Ich konnte es nicht glauben. Jemand hatte im Laufe des Tages die Notiz in meine Hemdentasche gleiten lassen, ohne dass ich es bemerkt hatte! Ich versuchte, mich an irgendetwas zu erinnern. Der Morgen hatte mit dem Konflikt im Hotel Hanga Roa begonnen, bei dem ich fast alle bekannten Einwohner der Insel getroffen hatte. Ob es mir gefiel oder nicht, ich stand wieder am Anfang. Jeder konnte der Verfasser der Notiz sein. Außerdem gelang es mir nicht, diesen einzigartigen Schnörkel in Form einer Schildkröte mit einer bestimmten Person in Verbindung zu bringen.

Ich befand mich im Zentrum zweier entgegengesetzter Absichten: Die eine strebte danach, den angeblichen Fund ans Licht zu bringen, während die andere diesen um jeden Preis geheim zu halten bezweckte. Und zu diesem Zeitpunkt wusste ich noch nicht, wer welche Rolle spielte bei diesem Spiel der Schatten, verborgenen Identitäten und verschlüsselten Botschaften, der tödlichen Manöver und unvorhersehbaren Konsequenzen.

Ich öffnete das Fenster, durch das eine sanfte nächtliche Brise hereinwehte, die mir Geheimnisse ins Ohr zu flüstern schien. In den letzten Tagen hatte ich gewisse Nachforschungen angestellt, bei denen sich drei klare Verdächtige herauskristallisierten: der Gouverneur Mario Ubilla, Hans Ottomeyer und sogar der alte Vorarbeiter Reinaldo Tepano. Jeder einzelne von ihnen hatte sein eigenes Motiv, um ein solch makabres Verbrechen zu begehen. Der Gouverneur wurde von seinen Ambitionen geleitet und wäre zu allem fähig gewesen, nur um sich die archäologische Ausgrabung unter den Nagel zu reißen. Hans' Triebfeder fiel unter die Kategorie Verbrechen aus Leidenschaft, wobei jedoch andere Beweggründe nicht auszuschließen waren, von denen ich nichts mitbekommen hatte. Und Reinaldo war bei einigen Unstimmigkeiten beteiligt und zunehmend starrköpfiger gewesen, wenn es darum ging, bestimmte angestammte Landstriche seiner Vorfahren zu schützen. Dennoch bestand immer die Möglichkeit, dass es sich bei dem Mörder um eine ganz andere Person handelte. Es stand mir nicht zu, den Schuldigen auszumachen, dies war Aufgabe der Polizei.

Wie nicht anders zu erwarten, war die neue Notiz auf Rapanui verfasst. Ich dachte daran, Gloria um Hilfe zu bitten, doch sofort verwarf ich diesen Gedanken. Eine zweite Bitte nach Auskunft genügte, um ihr Misstrauen zu wecken, also musste ich mich an jemanden wenden, der mir keine Probleme bereitete.

Dann fiel mir die geeignete Person für diese Aufgabe ein: Maeva. Ihre Unschuld garantierte mir absolute Diskretion. Bedauerlicherweise war es ziemlich spät geworden, um Hanarahi noch einen unerwarteten Besuch abzustatten … Mir blieb also nichts anderes übrig, als bis zum nächsten Morgen zu warten, um über den Inhalt der neuen Nachricht Bescheid zu wissen.

Kapitel 6

Mittwoch

Schildkröte ***(Honu):*** Die Meeresschildkröten haben in den Gewässern der Osterinsel schon immer eine Heimat gefunden. Allerdings wirkte sich die übermäßige Jagd durch die früheren Insulaner in vergangenen Zeiten für einige Zeit verheerend auf die Bestände der Spezies aus. Heutzutage jedoch kann jeder Besucher die erfreuliche Erfahrung machen, sie von der kleinen Bucht von Hanga Roa aus betrachten zu können. In der Kultur der Rapanui repräsentiert die Schildkröte ein langes Leben und den Respekt gegenüber der Familie.

Diese Nacht war die schlimmste aller Nächte seit Ericks Tod. An Schlaf war kaum zu denken, denn meine Nerven waren zum Zerreißen gespannt und mich quälte die lebhafte Erinnerung an den Mordversuch, dessen Opfer ich im Steinbruch des Vulkans geworden war. Ich stand auf und war entschlossen, die zweite Notiz, die ich erhalten hatte, übersetzen zu lassen. Und je nachdem, wie ihr Inhalt lautete, konnte ich unverzüglich die chilenischen Behörden einschalten oder eben nicht. Ich hatte mich definitiv bereits auf mehr Risiken eingelassen, als ich einzugehen bereit war.

Gloria Riroroko muss die Spuren meiner Schlaflosigkeit an mir bemerkt haben, denn anstatt mir ihr gewöhnliches Schwätzchen aufzudrängen, beschränkte sie sich darauf, mir mit einem nachsichtigen Blick schweigend das Frühstück zu servieren. Hätte sie die *Aku Aku* beschuldigt, für meine nächtliche Plage verantwortlich zu sein, hätte ich mir infolge meines alarmierenden Schlafmangels einen bissigen Kommentar nicht verkneifen können. Mit gesenktem Blick aß ich ohne Appetit, während die übrigen Gäste Pläne für einen traumhaften neuen Tag auf der sagenumwobenen Osterinsel schmiedeten.

Ich verließ die Pension. Ein wolkenloser blauer Himmel breitete einen hellen Schleier über der Insel aus. Das Wetter präsentierte sich sonnig und hatte die Unbeständigkeit des Vortages und der vorübergehenden Gewitter weit hinter sich gelassen. Ich machte mich in Richtung Schule auf, um Maeva aufzusuchen, damit sie mir die handschriftliche Notiz auf Rapanui übersetzte.

Als ich an der Bucht von Hanga Roa vorbeiging, sah ich, dass ein riesiger Luxuskreuzer in der Bucht vor Anker lag. Das Schiff, das Tahiti ansteuerte, hatte zum Vergnügen seiner Passagiere auf der Insel einen Zwischenstopp eingelegt. Die ruhige See erleichterte den Motorbooten die Arbeit, die Touristen im kleinen Hafen von Hanga Piko an Land zu bringen. Trotz der schweren Vorfälle des Vortages musste das Leben weitergehen, und die Ankunft jener wohlhabenden Touristen bedeutete für die Osterinsulaner die einmalige Gelegenheit, Geschäfte zu machen.

In sehr kurzer Zeit wurde ein lärmender Markt errichtet, der den Hafen und seine Umgebung zu einer Art Touristenfalle werden ließ. Den Passagieren des Kreuzers wurde beim Empfang eine Muschelkette um den Hals gelegt oder aber eine Blumenkrone auf den Kopf gesetzt. Die Händler stellten in ihren Verkaufsständen allerlei Handkunstwerk aus; am meisten gefragt waren allerdings die geschnitzten oder gehauenen Holz- oder Steinfiguren in Form eines *Moai* oder stilisierten Vogelmenschen. Die vielen anderen Souvenirs wie Schlüsselanhänger, Ringe oder Hemden hatten zwar einen weniger patriotischen Charakter, waren aber dafür ebenfalls lukrativ. Außerdem hatten die Händler keinerlei Skrupel zu feilschen, um ein gutes Geschäft abzuschließen. Andere Verkäufer wiederum boten frisches Obst von der Insel an wie Ananas, Papaya oder Süßkartoffeln, dessen Aroma die Luft versüßte und wodurch der Markt in den unterschiedlichsten Farben strahlte.

Obwohl der Tourismus für die Insel von Bedeutung war, warnten innerhalb des Ältestenrates bereits einige Stimmen mit Gewicht vor den negativen Wirkungen des exzessiven Besucherstroms. Niemand stellte infrage, dass der Tourismus für die wirtschaftliche Entwicklung der Insel wesentlich war, doch sie argumentierten, dass sie ohne eine angemessene Regulierung kurz- oder mittelfristig am Ende die Konsequenzen zu tragen hätten. Tatsache war, dass aus den zwanzigtausend Touristen, die die Insel im Jahr 2000 empfing, in nur zwölf Jahren sechzigtausend geworden waren und dass eine so große Besucherzahl dem Ökosystem der Insel großen Schaden zufügte. Betroffen waren der Boden, die natürlichen Ressourcen und auch die Archäologie, die unter dem Vandalismus der Rücksichtslosen zu leiden hatte, die Gefallen daran fanden, das kulturelle Erbe mit ihren eigenen Namen und dem Datum ihres Besuchs zu versehen. Das Stromversorgungsnetz konnte den großen Bedarf nur mit Mühen decken, was sich in häufigen Stromausfällen bemerkbar machte, und auf der Insel häuften sich viele Tonnen Müll, ohne dass es für die vielen Abfälle einen Ausweg gab.

Soweit ich verstanden hatte, war Lázaro Hereveri, der Präsident des Ältestenrates, der unerschütterlichste Gegner des Massentourismus. Unwillkürlich musste ich daran denken, dass er keinesfalls ein Interesse an der Publikmachung eines laut Ericks Beschreibung so medientauglichen Funds hätte, der zweifellos neue Horden Neugieriger anlocken würde.

Unabhängig vom Tourismus war auch die Bevölkerung mit festem Wohnsitz besorgniserregend angestiegen. Einige Besucher verliebten sich in die Insel und siedelten sich dort an, für gewöhnlich nach der Eheschließung mit einer einheimischen Person. Die Volkszählung vom Jahre 2002 ergab dreitausend Einwohner, und im Verlauf von knapp zehn Jahren hatte sich diese Zahl fast verdoppelt.

Ich überquerte den bescheidenen Kai, an dem hauptsächlich Fischerboote festgemacht waren, aber auch einige handgefertigte Kanus, die für die Tapati-Feierlichkeiten bestimmt waren. Auf der Osterinsel fand jedes Jahr ab der ersten Februarwoche dieses populäre Festival statt, bei dem viele überlieferte Sportarten und Aktivitäten zu Ehren der Rapanui-Kultur wiederbelebt wurden. Der Wettkampf *Vaka Tuai* beispielsweise bestand darin, ein traditionelles polynesisches Schiff nachzubauen und anschließend damit zu fahren. Es wurden Wettbewerbe in Körperbemalung ausgetragen, und man wetteiferte in der Vortragskunst ritueller Gesänge. Auf dem Programm stand auch Wettschwimmen auf Totora-Schilf-Schwimmern oder Wettrutschen auf Bananenholzstämmen den Hügel hinunter.

Ich entfloh dem Durcheinander des Hafens und setzte meinen Weg fort, um wenige Minuten später vor der Schule zu stehen. Soweit mir bekannt war, wurde der Unterricht in spanischer Sprache abgehalten; allerdings garantierte ein neues Gesetz nun auch Schulstunden auf Rapanui, hiervon ausgenommen waren aber die sprachlichen Fächer und Mathematik. Das Gebäude war ein Neubau, bei dem als Grundwerkstoff inseleigener Stein verwendet wurde. Die in die Landschaft integrierten Pausenhöfe waren leer, ein Zeichen dafür, dass die Kinder in ihren Klassen waren.

Ich gelangte ins Innere und begab mich zum Empfang. Eine junge Rapanui-Frau saß hinter dem Schalter vor einem Computermonitor und war unermüdlich am Tippen. Als sie meine Ankunft bemerkte, wandte sie den Blick vom Bildschirm ab und ließ ihre Augen über mich gleiten. Ich stellte mich vor und fragte sie geradeaus und direkt nach Maeva. Die Sekretärin runzelte die Stirn, offensichtlich misstraute sie mir nach meiner Bitte.

»Ich bin ihr Vater«, klärte ich die Situation.

Auf diese Angabe reagierte sie. Sie kannte Hanarahi als ledige Mutter nur zu gut. Hatte etwa der schwer fassbare Vater endlich die Güte bewiesen, nach so vielen Jahren Abwesenheit zu seiner Tochter zu stehen? Die Sekretärin bat mich zu warten, während sie den Schalter umrundete und in einem der Flure verschwand.

Die Wartezeit kam mir ewig vor, auch wenn nur zwei oder drei Minuten verstrichen waren. An der Seite der jungen Sekretärin erschien dann eine Frau, die in ihrem Blick nicht ihren Argwohn verbarg. Es war die Direktorin der Lehranstalt. Hinter ihr schlenderte Maeva, die noch nicht wusste, warum man sie aus dem Klassenzimmer geholt hatte.

»Papa!«, rief sie aus, als sie mich in der Empfangshalle entdeckte.

Maeva rannte strahlend vor Glück in meine Arme und drückte mir einen Kuss nach dem anderen auf die Wangen. Diese Reaktion beruhigte die Direktorin, die von vornherein meine angebliche Identität, die ich gegenüber der Empfangsdame angegeben hatte, in Zweifel zog.

»Germán Luzón de Estrada«, stellte ich mich vor. »Ich bitte Sie tausendmal um Entschuldigung. Es war nicht meine Absicht, Maevas Unterricht zu unterbrechen. Ich verspreche Ihnen, dass es nur einen Moment dauern wird.«

»Fünf Minuten«, wies sie mich an. »Und sie soll das Schulgelände nicht verlassen.«

»Danke.«

Die Direktorin drehte sich um und kehrte dahin zurück, von wo sie gekommen war, die Sekretärin nahm wieder ihren Platz vor dem Computer ein, ohne uns aus den Augen zu lassen. Ich führte Maeva in eine Ecke der Empfangshalle, wo die Sekretärin mich wenigstens nicht hören konnte.

»Was ist los?«, fragte Maeva voller Neugier.

»Erstens, verzeih mir meinen Auftritt und dass ich dich mitten im Unterricht habe holen lassen.«

Maeva machte das nichts aus.

»Wir hatten gerade Mathe«, gestand sie mir und zwinkerte mir zu, und die Bedeutung dieser Geste war nicht schwer zu entschlüsseln.

Mir huschte ein Lächeln über das Gesicht. Unter anderem hatte meine Tochter anscheinend auch meine hoffnungslose Aversion gegen Zahlen geerbt.

»Du musst mir bei einer Sache behilflich sein«, erwiderte ich.

Das kam jetzt überraschend. Maeva verstand nicht ganz, wie sie mir eine Hilfe sein konnte. Ich nahm meine Tasche und zog die zweite Notiz heraus, die ich erhalten hatte.

»Sie ist auf Rapanui«, sagte ich, während ich sie Maeva hinhielt. »Könntest du sie mir übersetzen?«

Maeva nahm das Stück Papier und überflog die wenigen Zeilen, aus denen die Nachricht bestand.

»Das ist eine Schildkröte, nicht wahr?«, fragte sie und zeigte auf die Zeichnung, mit der der mysteriöse Absender seine Schreiben zu unterzeichnen pflegte.

»So scheint es jedenfalls«, gab ich zu.

Maeva las die Notiz erneut.

»Dies ergibt nicht viel Sinn«, meinte sie.

»Das macht nichts«, bedrängte ich sie. »Übersetz es einfach so präzise wie möglich.«

Maeva zog die Augenbrauen hoch und strengte sich an, meine Bitte zu erfüllen.

»›Jetzt, wo Sie entschieden haben, die Herausforderung anzunehmen, gibt es kein Zurück mehr. Das Geheimnis wird gelüftet werden. Gehen Sie vom *Ahu* Vinapú zweihundert Schritte Richtung Osten. Dann finden Sie das Zeichen, und wenn sie es gefunden haben, denken Sie an den Vogelmann.‹«

Ich lernte Wort für Wort den Inhalt der Mitteilung auswendig.

»Bist du sicher, dass da nichts weiter steht als das?«, hakte ich nach.

»Ja«, bekräftigte Maeva. »Was bedeutet das?«

»Es ist nichts«, antwortete ich und spielte die Wichtigkeit der Angelegenheit herunter. »Es handelt sich um ein Spiel, das ein Kollege von der Ausgrabung und ich am Laufen haben.«

Die Empfangsdame räusperte sich von der anderen Seite des Schalters und gab mir damit zu verstehen, dass unsere Zeit abgelaufen war.

»Komm, geh in dein Klassenzimmer zurück.«

Maeva wollte sich zunächst davor drücken, doch dann gehorchte sie. Wenn es nach ihr gegangen wäre, wären wir von der Schule ausgerissen. Ich beobachtete, wie sie den langen Flur entlangging und die Hand hob, um mir nachzuwinken.

Sofort wurde mir klar, dass ich ihr – einmal mehr – nicht gebeichtet hatte, dass ich bald die Insel verlassen musste, sofern kein Wunder geschah.

Auf dem Weg zur Pension ging ich in entgegengesetzter Richtung durch die Straßen. Die neue Nachricht hatte mich kalt gelassen. Sie war vage und unpräzise. Auch wenn sie einige Angaben enthielt, die mich zum Ziel führen sollten, lieferte sie dennoch keine eindeutigen Spuren, damit ich eine zumindest einigermaßen Erfolg versprechende Suche in Angriff nehmen konnte. Außerdem kannte ich mich in der Gegend perfekt aus, auf die sich die Notiz bezog, und dort gab es nichts von Bedeutung, ausgenommen einige in der Küstengegend verteilte Petroglyphen. Und wenn ich mich nicht täuschte, waren zweihundert Schritte in östlicher Richtung in etwa die Entfernung, die einen vom Rand der Steilküste trennte.

Auf der anderen Seite hatte ich nichts zu verlieren, wenn ich dies aus erster Hand überprüfte. Die Stelle lag in der Nähe der Ausgrabung, zu der ich mich schon so viele Male zu Fuß oder auf dem Fahrrad aufgemacht hatte. Ich versuchte, mir Mut zu machen. Theoretisch betrachtet hatte sich Erick ebendieser Notizen bedient, um den angeblichen Fund zu machen, und wenn er es geschafft hatte, warum sollte es nicht mir gelingen?

Als ich um die Ecke bog, erblickte ich das Fahrzeug der Polizeistreife, das gegenüber der Pension parkte. Instinktiv hielt ich an, denn das Letzte, wonach mir in diesem Augenblick war, war ein weiteres Zusammentreffen mit Kommissar Villegas.

Dann sprach mich jemand hinterrücks an und versetzte mir damit einen ziemlichen Schrecken. Für einen Moment dachte ich, es handele sich um den Mörder, der gekommen war, um am helllichten Tag und mitten auf der Straße mit mir abzurechnen, ohne sich um die anwesenden Zeugen zu scheren. Der Fremde ergriff von hinten meinen Arm und presste seinen Mund an mein Ohr.

»Sie sind gekommen, um Sie zu verhaften«, flüsterte er mir zu.

Er sagte weiter nichts und entfernte sich rasch, ohne sich umzudrehen. Ich erkannte ihn ohne Schwierigkeiten wieder. Es war Doña Glorias Ehemann, den ich in der Pension fast nie zu Gesicht bekam, weil er den Großteil seiner Zeit damit verbrachte, Touristen über die Insel zu führen.

Für diese Warnung war ich ihm dankbar. Kommissar Villegas – angestiftet vom Gouverneur Ubilla – war alles zuzutrauen, sogar meine Verhaftung. Hatte Esteban etwa seine Drohung wahr gemacht und mir den Mord an Erick angehängt, wenn auch nur aus bloßem Groll?

Ich machte kehrt. Selbstverständlich war es nur eine Frage der Zeit, bis sie mich ausfindig machen würden, denn von einer Insel konnte man nicht entkommen. Doch vorher hatte ich die Absicht, dem Inhalt der Notiz nachzuspüren, bis ich das fände, wonach ich suchte, oder in eine Sackgasse geriete. So, wie sich die Dinge entwickelt hatten, würde sich wohl keine weitere Gelegenheit bieten.

Den Weg bis zum *Ahu* Vinapú legte ich ruhigen Schrittes zurück. Einige Seevögel überflogen das Gebiet nahe den Klippen, die die Küste abgrenzten. Einzelne Mopeds, Pferde und Passanten kreuzten meinen Weg, doch ich hielt mich vor ihnen nicht verborgen. Im Gegenteil: Die Anwesenheit weiterer Fußgänger gab mir eine gewisse Sicherheit, nicht angegriffen zu werden.

Das Gelände der archäologischen Ausgrabung lag weiterhin verlassen da. Der Gouverneur hatte noch keine Zeit gehabt, das neue Team aufzustellen, das das von Erick begonnene Projekt wieder aufnehmen sollte. Einige wenige Absperrgitter, die um die Stätte herum aufgestellt waren, wiesen auf das Verbot hin, die Begrenzung zu übertreten, und die offenen Gruben in der Erde waren mit Kunststoffplanen abgedeckt. Ich ignorierte die improvisierte Einzäunung und näherte mich dem Bürocontainer, den ich zwei Tage zuvor als Projektleiter belegt hatte. Ohne große Zuversicht versuchte ich, die Tür mit dem Schlüssel zu öffnen, den ich noch bei mir trug. Sie gab nach. Der Gouverneur hatte nicht die Vorsichtsmaßnahme ergriffen, das Schloss auswechseln zu lassen.

Im Inneren nahm ich hinter dem Schreibtisch Platz und beugte mich über einige Pläne der in der Notiz genannten Gegend. Vielleicht übersah ich ja etwas: eine Spalte oder eine versteckte Höhle … Dies könnte die einzige Erklärung dafür sein, dass ein Fund der Tragweite, die ihm beigemessen wurde, bis jetzt unentdeckt blieb. Ich war versucht, das Mobiltelefon zu nehmen und einen meiner ehemaligen Ausgrabungskollegen anzurufen, um mir bei meiner Suche zu helfen. Hans Ottomeyer besaß einen analytischen Verstand; in Verbindung mit seinem außergewöhnlich guten Wissen der Materie machte ihn das zum idealen Kandidaten. Sonia Rapu ihrerseits war unglaublich intuitiv; ein Charakterzug, den ich bei einer Mission, auf die ich mich praktisch blind einließ, als wesentlich erachtete. Sogar der alte Reinaldo Tepano hätte mir eine Hilfe sein können, sofern die *Aku Aku* ihm die genaue Lage des bestgehüteten Geheimnisses der Insel ins Ohr geflüstert hätten.

Natürlich verwarf ich den Gedanken sofort wieder. Auch wenn es mir schwer fiel, es mir einzugestehen, ich konnte mich nicht länger auf Hans verlassen, auch nicht auf Reinaldo. Jeder der beiden konnte der Mörder sein. Unter allen Umständen musste ich meiner Entscheidung Folge leisten und niemanden in diese gefährliche Angelegenheit verwickeln.

Während ich hoch konzentriert die Pläne studierte, spürte ich, wie das Gewicht meiner Lider mich überwältigte, welche schließlich auf meine Augen niederfielen. Der während der vergangenen Nacht versäumte Schlaf überkam mich jetzt schlagartig, ohne dass ich hätte etwas dagegen tun können. Meine Müdigkeit war viel stärker als ich. Ich stützte den Kopf auf den Tisch und verfiel allmählich in eine tiefe Lethargie.

Ich wachte mit aufgedunsenem Gesicht und schrecklichen Kopfschmerzen auf. Es war fast fünf Uhr nachmittags. Ohne es zu wollen, hatte ich mir mehr als vier Stunden hintereinander Schlaf gegönnt. Die Polizisten hatten mich nicht ausfindig gemacht, daher nahm ich an, dass sie sich darauf beschränkten, vor der Pension auf meine Rückkehr zu warten. Jedenfalls wollte ich das Schicksal nicht herausfordern und hielt den Moment für gekommen, um mich ans Werk zu machen.

Ich rüstete mich mit einer kleinen Schaufel aus und ging hinaus, in der Überzeugung, das Rätsel lösen zu können. Außerdem musste ich dies allein bewerkstelligen. Als Ausgangspunkt der Suche legte die Notiz den *Ahu* Vinapú fest. Erstes Problem. Die gewaltige von Norden nach Süden verlaufende Mauer war drei Meter hoch und fünfundsiebzig Meter lang. An welcher Stelle des *Ahu* sollte ich mit meiner Suche beginnen? Zähneknirschend verfluchte ich die Doppeldeutigkeit des geheimnisvollen Absenders. Und überhaupt, wenn es seine Absicht war, dass ich diesen Fund machte, warum waren dann seine Anweisungen nicht präziser? Die Antwort, dachte ich, war ganz einfach: Weil man ihn sich verdienen musste. Der Entdecker musste nicht nur Referenzen aufweisen, er musste zudem seine Fähigkeiten unter Beweis stellen. Zumindest konnte man dies aus dem Verhalten schließen, das der anonyme Verfasser der Nachrichten an den Tag legte.

Ich stellte mich in die Mitte des *Ahu* Vinapú und ging die zweihundert Schritte in östlicher Richtung, genau so, wie die Notiz angegeben hatte. Je weiter ich vorankam, desto weiter wurde der Horizont aus Wasser, der bald darauf das größte Segment in meinem Blickfeld einnahm. Wie ich es im Vorfeld kalkuliert hatte, war ich einige Minuten später nach Zurücklegen der festgelegten Entfernung am Rande der Steilküste angelangt. Ich beugte mich über die Klippe, eine senkrechte und über einhundert Meter hohe Wand, die in einem Wirbel aus Wellen, Schaum und spitzen Lavablöcken, die wie marine Eckzähne anmuteten, ins Meer eintauchte.

Um mich herum entfaltete sich eine steinige Gegend ohne jede Vegetation. Keine Menschenseele war auf diesem einsamen Küstenstreifen der Insel zu sehen.

Wie sollte ich jetzt das Zeichen finden, auf das die Nachricht Bezug nahm, wenn ich ja nicht einmal wusste, wonach ich Ausschau halten sollte? Ich verlor nicht den Mut und dachte, wenn es tatsächlich ein Zeichen gab, dann würde ich es augenblicklich erkennen. Ich ging am Rand der Steilküste entlang und erkundete sorgfältig das Terrain. Auch wenn die Orongo-Zeremoniestätte der Ort mit der größten Konzentration von Petroglyphen war, so waren sie in Wirklichkeit auf der ganzen Insel vorzufinden. In diesem Bereich zum Beispiel erkannte ich ein paar mit Motiven, die das Meer und den Fischfang betrafen. Die Einritzungen in den Felsen repräsentierten unter anderem Gestalten, Umrisse von Walen, Kraken und Angelhaken.

Zwanzig Minuten vergeblicher Suche drohten damit, meinen Geduldsfaden reißen zu lassen. Das alles hatte weder Hand noch Fuß. Hatte ich tatsächlich erwartet, der wichtigste anthropologische Fund der letzten einhundert Jahre – wie Erick ihn beschrieben hatte – befinde sich gleich dort? Wenn es so wäre, wäre er bereits Jahrzehnte zuvor von anderen Generationen von Fachmännern entdeckt worden.

Und genau in diesem Moment blieb ich wie angewurzelt stehen. Auf der erodierten Oberfläche eines robusten Steins sah ich eine Petroglyphe durchschimmern, die die Silhouette einer

Schildkröte umriss. Ich wusste es sofort. Das musste das Zeichen sein!

Ich untersuchte den Felsbrocken von allen Seiten, bemerkte jedoch nichts Besonderes. Außerdem erwies er sich als zu schwer, als dass er sich auch nur einen Zentimeter weit verrücken ließe. Dann schaufelte ich etwas Erde um seine Konturen herum frei. Ich musste mich dabei vorsehen, denn die eine Seite trennte nicht einmal ein Meter vom Abgrund. Doch die Untersuchung ergab nicht die geringste Spur. Wie zu Beginn stand ich ziemlich verloren da.

Auch wenn ich ihn nicht zu sehen vermochte, so war ich davon überzeugt, dass der Schlüssel des Mysteriums in dieser Petroglyphe enthalten war. Es konnte kein Zufall sein. Was besagte noch die Notiz? »Gehen Sie vom *Ahu* Vinapú aus zweihundert Schritte nach Osten. Dann finden Sie das Zeichen, und wenn Sie es gefunden haben, denken Sie an den Vogelmann.« Wie sollte ich jene letzte Zeile interpretieren? Sollte ich etwa davonfliegen wie eine Möwe? Ich merkte, wie blind ich doch gewesen war. In früheren Zeiten setzten die Rapanui während der Zeremonie des Vogelmann-Kults ihr Leben aufs Spiel, indem sie die Steilküste hinunterkletterten. Nun ergab der Inhalt der Nachricht Sinn. Als ich an den Abgrund herantrat, konnte ich spüren, wie sich mein Herzrhythmus beschleunigte. Es war Wahnsinn, eine Steilküste hinunterzuklettern, die aussah, als wäre sie von einer Spitzhacke modelliert worden, und trotzdem war ich dazu bereit.

In aller Eile kehrte ich zum archäologischen Gelände zurück, wo ich mich mit einem langen Seil und einer kleinen Taschenlampe ausstattete. Ich ahnte bereits, was mir bevorstehen könnte, und war überzeugt, auf dem richtigen Weg zu sein.

Ich befestigte das Seil am Stein mit der Schildkröten-Petroglyphe, prüfte die Festigkeit und warf es die Wand der Steilküste hinunter. Mir war bewusst, dass ich mit meinem

Leben spielte, doch die Sehnsucht nach dem Fund war viel stärker als ich. So stark, dass mich nicht einmal meine spärliche Erfahrung als Bergsteiger umstimmen konnte, mein Vorhaben abzublasen. Wie ein Akrobat packte ich das Seil für den Abstieg in den Abgrund. Hätte mich jemand in diesem Augenblick beobachtet, hätte er nur gesehen, wie ich hinter dem Rand der Klippe verschwand.

Sobald sich eine Gelegenheit ergab, stellte ich die Füße auf ein schmales Gesims und klammerte mich mit den Händen an die felsigen Vorsprünge, die mir Halt geben konnten. Von da an würde ich das Seil nur punktuell zum Festhalten oder im Notfall verwenden. Auf dem geneigten Gesims setzte ich meinen Abstieg fort, wobei meine Wange am Felsen klebte, als ob ich die Wand der Steilküste umarmen wollte. Ich zog es vor, nicht nach unten zu schauen, damit meine Höhenangst nicht aufkam. Das Getöse der Wellen, die an den Ablagerungen erstarrter Lava zerschellten, dröhnte mir mit seinem infernalen Gesang in den Ohren.

Der Abstieg gestaltete sich langsam, doch ich musste extrem vorsichtig sein. Meine Finger griffen mit fester Überzeugung nach dem kleinsten Behelf, bis einer davon zerbrach und ich dadurch beinahe das Gleichgewicht verlor. Ich holte tief Luft und stieg weiter hinunter. Kurz darauf stellte ich meine Füße auf einen etwas breiteren Vorsprung und beschloss, mich umzudrehen. Mit dem Rücken zur Wand betrachtete ich den Himmel, der sich im unendlichen Ozean spiegelte. Eine sanfte Windböe streifte durch mein Haar und streute Salpeter auf mein Gesicht. Ich bückte mich langsam und streckte den Kopf vor. Unterhalb des Felsvorsprungs verborgen entdeckte ich eine enge Öffnung, deren Winkel und Lage es unmöglich machten, dass man sie vom Meer aus erkannte.

Die Spalte befand sich etwa fünfzig Meter unterhalb des Randes der Steilküste. Im Anschluss fiel der Abgrund ohne

Unterbrechung bis zum Boden der Riffe ab. Ich musste mich geschickt anstellen, um in den Hohlraum zu gelangen, und schaffte es, mich auf das Gesims zu setzen mit ins Leere baumelnden Füßen. Das Seil, das für den Anstieg entscheidend wäre, hing wenige Zentimeter vor der Öffnung und war der Gnade des Windes ausgeliefert. Ich betrachtete mein Hemd, und die Erinnerung an Erick kam mir unverzüglich in den Sinn: Das Kleidungsstück wies die gleichen winzigen Risse auf. Sie waren während des Abstiegs aufgrund der scharfkantigen Wand der Steilküste entstanden. Nun hegte ich nicht den geringsten Zweifel: Erick Solsvik war hier gewesen.

Durch die Öffnung hätte nicht einmal ein halber Körper gepasst. Allerdings gelang es mir nach Verschieben des Steines, der den Zugang versperrte, einen Eingang freizulegen, der zum Netz aus unterirdischen Galerien führte, aus denen der Untergrund der Insel beschaffen war. Kriechend begab ich mich ins Innere der Höhle und kam so einige Meter voran. Aufgrund seiner Nähe zur Steilküste sonderte dieser Abschnitt Feuchtigkeit ab. Bald darauf ließ mich das natürliche Tageslicht im Stich, und ich erleuchtete die Dunkelheit mit meiner Taschenlampe. Allmählich erweiterte sich der Höhlengang, bis ich mich aufrichten und zu Fuß weitergehen konnte. Unmittelbar danach erreichte dieses Teilstück die Abmessungen eines U-Bahn-Tunnels.

Ich ging sehr langsam und achtete auf jeden meiner Schritte, während ich den trägen Lichtstrahl, den die Taschenlampe warf, auf Boden und Wände richtete. Nach einer Weile gewann ich den Eindruck, dass sich der hinter mir liegende Abschnitt immer mehr verkleinerte, je weiter er erneut in die Dunkelheit eintauchte. Zum Glück war ich auf meinem Weg noch auf keine Gabelung gestoßen, sodass es ausgeschlossen war, mich auf dem Rückweg zu verirren. Es war nichts weiter zu hören als das Echo meiner Tritte und die Schläge meines eigenen Herzens.

Am Ende landete ich in einem riesigen Raum großer Höhe. Die Umgebung hatte sich aufgeheizt, sodass ich mächtig ins Schwitzen kam. Ich untersuchte die Kammer mit Gewölbedach und unregelmäßigem Boden bis in den letzten Winkel, nahm meine Wanderung jedoch nach fünfzehn Minuten wieder auf, weil ich nichts gefunden hatte, was der Rede wert gewesen wäre.

Nur einer der vielen Gänge, die sich in der Wand öffneten, erlaubte mir ein Weitergehen; die übrigen waren viel zu schmal oder endeten nach einigen Metern. Ich trat in die enge Galerie ein, die ich als meine einzige Option erachtete, und setzte meinen Weg durch dieses Universum aus Gestein und Finsternis auf allen vieren fort. Sofort bemerkte ich, dass aus den Adern an der Decke schmutzige Tropfen durchsickerten, die mir auf den Kopf fielen und mein Haar mit Feuchtigkeit durchtränkten. Mich überkam die Vorstellung, es wären die Tränen der Insel, welche bitterlich weinte, nachdem sie Zeuge der unzähligen Schicksalsschläge geworden war, die sie im Verlauf ihrer Geschichte hinnehmen musste.

Kurz darauf erreichte ich eine Kammer, in der sich eine Gabelung auftat, deren Abzweigungen sofort wieder in einen einzigen Weg mündeten. Nach einigen Schritten durch die Galerie hindurch gelangte ich zu einem neuen weitläufigen Hohlraum, in dem anscheinend alle Wege endeten. Alles deutete darauf hin, dass meine Reise zum Herzen der Insel hiermit zu Ende war.

Die Entfernung, die ich zurückgelegt hatte, konnte ich nicht einschätzen, doch stellte ich fest, dass bereits mehr als eine Stunde vergangen war. Ich erforschte die Höhle, in der ich mich befand, und war überzeugt davon, dass sich das, wonach ich suchte, dort befinden müsse. Das Ergebnis war dennoch negativ. Frustriert lehnte ich mich gegen eine Höhlenwand und knipste die Taschenlampe aus, um die Energie der Batterien nicht zu verschwenden. Nichts hinderte mich daran, in der Dunkelheit versunken nachzudenken.

Die Luft war stickig geworden, und das Atmen fiel mir etwas schwer. Die Hitze hatte sich verzogen und einer leichten Kälte Platz gemacht. Das Gewicht der Insel übte einen imaginären Druck auf meine Schultern aus, und so wuchs mit jeder Sekunde mein Gefühl der Klaustrophobie. Vielleicht war es langsam an der Zeit, umzudrehen und in die Sicherheit der Oberfläche zurückzukehren. Als ich wieder die Taschenlampe anknipste, sah ich auf meinem eigenen Körper die gleichen graubraunen Flecken, die ich an Ericks Hemd beobachtet hatte. Die Tränen der Insel verwiesen mich darauf, auf dem richtigen Weg zu sein. Alles deutete darauf hin, dass ich Schritt für Schritt dieselbe Strecke gegangen war wie einst der norwegische Anthropologe. Ich nahm meinen ganzen Mut zusammen und kam zu dem Entschluss, dass ich nicht aufgeben konnte.

Ein zweites Mal suchte ich den Raum im Licht der Taschenlampe ab. Die rauen Steinwände waren nackt, während der Boden von halbtrockenem Schlamm bedeckt war. In dem Moment entdeckte ich in einer Ecke der Decke ein Loch in zwei Metern Höhe, wobei zahlreiche Vorsprünge ein Hinaufklettern ermöglichten. Ich erklomm die Wand und befand mich schließlich in einer neuen Galerie, die noch kälter als die vorige war. Nach einigen Metern gelangte ich in eine geschlossene Kammer, in der ich mit offenem Mund stehen blieb.

Ein imposantes Wandbild bedeckte eine der Höhlenwände.

Auf der Osterinsel waren Felsenmalereien sehr rar. Ihre Entwicklung fand zudem in einer ziemlich späten Periode statt, wobei die Hauptmotive auf den Vogelmann und den Gott *Make-Make* anspielten.

Was sich da meinen Augen darbot, war etwas vollkommen anderes.

Das Wandbild zeigte eine Gruppe von Tieren, sehr detailliert und realitätsnah gezeichnet. Mit außergewöhnlicher Deutlichkeit erkannte ich Pumas, Jaguare und Kondore, wobei natürlich keines davon jemals zur Inselfauna gehört hatte. Ich ging näher an die Malereien heran. Die verwendeten Farbpigmente schienen aus Holzkohle zu bestehen, die mit irgendeiner anderen Substanz vermischt worden war. Ohne den Fund den entsprechenden Analysen und Datierungsprozessen unterzogen zu haben, konnte ich mit bloßem Auge mit ziemlicher Gewissheit behaupten, ein uraltes Kunstwerk vor mir zu haben, welches sogar noch vor dem Datum angefertigt wurde, an dem selbst die Archäologie die erste Besiedlung der Insel ansetzte. Ferner untermauerte die Natur der auf dem Bild dargestellten Tiere weithin die These, die für eine Herkunft der ersten Siedler aus dem amerikanischen Kontinent eintrat.

In der Tat handelte es sich um eine sensationelle Entdeckung, die in der akademischen Welt für Tintenergüsse sorgen würde. Sie wäre das Studienobjekt großer Experten. Die eher orthodoxen Spezialisten unternähmen den Versuch, den Fund zu diskreditieren oder zu ignorieren, sollte ihre eigene Strategie nicht aufgehen, während andere Theorien entwickeln würden, mit denen sich diese Enthüllung mit ihrer eigenen Denkweise vereinbaren ließe. Die einen und die andren wiederum sähen sich in hitzige wissenschaftliche Debatten verwickelt, die nicht ohne die schärfste Polemik auskämen.

Dann bemerkte ich, dass unter meinem Fuß etwas lag. Ich bückte mich und entfernte mit der Hand eine feste Schlammschicht, woraufhin ein menschlicher Knochen zum Vorschein kam, der mir außerordentlich auffiel. Zunächst wollte ich nicht glauben, was ich da sah, und während ich mit der einen Hand die Taschenlampe hielt, fuhr ich mit der anderen fort, die restlichen Gebeine zu säubern. Ich konnte ein Zittern nicht unterdrücken. Mein Herz schlug mit der Kraft einer Lokomotive, und ein starkes Kribbeln zog durch meine Eingeweide. Einen Schritt entfernt erkannte ich ein weiteres Skelett, das erst kürzlich gesäubert worden zu sein schien, garantiert durch Ericks Hand. Da wurde mir sofort mein Irrtum klar. Es handelte sich nicht um das Wandbild, sondern um die Knochen. »Ein unglaublicher Fund, der uns sowohl die Vergangenheit der Insel als auch die der Menschheit selbst in einem anderen Licht sehen ließe.« Ich ging nochmals die Berechnungen durch, die ich sowohl in Bezug auf Länge und Durchmesser des Oberschenkel- und Oberarmknochens als auch in puncto Schädel und Wirbelsäule in aller Eile angestellt hatte. Noch hatte ich Mühe, es mir einzugestehen, doch wenn dies zutraf, dann war es möglich, dass jene Menschen zwischen drei und vier Meter groß waren … Oder wäre es angebrachter, sie als Riesen zu bezeichnen?

Das Thema war mir nicht fremd, denn ich kannte mich auf diesem Gebiet gut aus. Einleitend ist zu bemerken, dass in praktisch allen alten Texten die Existenz von Riesen in einer fernen Vergangenheit nicht infrage gestellt wurde. Die bekanntesten Hinweise darauf finden sich in der Bibel, wo am Rande der berühmten Passage um David und Goliath weitaus explizitere Zitate aufgegriffen werden. *»In jenen Tagen gab es auf der Erde die Riesen, und auch später noch, nachdem …«* (Genesis 6,4 EU) *»Sogar die Riesen haben wir dort gesehen – die Anakiter gehören nämlich zu den Riesen. Wir kamen uns selbst klein wie Heuschrecken vor, und auch ihnen erschienen wir so.«* (4. Buch Mose 13,33 EU) *»Denn Og, der König des Baschan, war als einziger von den letzten Rafaïtern*[1] *noch übriggeblieben. Sein Bett war aus Eisen. Steht es nicht in Rabba, der Hauptstadt der Ammoniter? Es ist neun gewöhnliche Ellen*[2] *lang und vier breit.«*

1 Anm. d. Ü.: Die Rafaïter waren die Söhne der Riesen.

2 Anm. d. Ü.: Eine Elle ist zwischen knapp 50 cm und über 80 cm lang.

(5. Buch Mose 3,11 EU) Die Bibel beinhaltet noch weitere Zitate, stellt allerdings bei Weitem nicht die einzige Quelle dar. Das apokryphe Buch Baruch beispielsweise liefert gehaltvollere Angaben: »*Es brachte Gott die Sintflut auf die Erde und tilgte alles Fleisch und auch die 409 000 Riesen.*« Alte jüdische Texte benennen sogar verschiedene Stämme von Riesen wie die *Nephilim*, die *Giborim* oder die *Emiten*. Hinweise auf Riesen finden sich auch in anderen heiligen Büchern, so im Kebra Nagast über die äthiopischen Könige, im sumerischen Gilgamesch-Epos oder im Popol Vuh der Maya.

Viele andere Kulturen beherbergen in ihren Traditionen und Legenden überlieferte Geschichten über Riesen. Durchweg stimmen alle darin überein, dass nur einige wenige von ihnen die Sintflut überlebten, wonach diese – von den Menschen natürlicher Körpergröße verfolgt und verachtet – ziellos auf der Erde umherstreiften. Im Hinblick auf Geschichten über Titanen geizt die griechische Mythologie nicht mit Details. Die nordischen und germanischen Fabeln halten damit auch nicht hinter dem Berg. Die Azteken berichteten den Konquistadoren, dass dort in vergangenen Zeiten ein Volk bösartiger Riesen gelebt habe. Nach wilden Scharmützeln waren die Azteken aber in der Lage gewesen, diese auszulöschen. Die Vorfahren der *Delaware*-Indianer, die *Lenape*, versicherten, eine Spezies abscheulicher Riesen von ihrem Land vertrieben zu haben. Die schier endlose Fallsammlung wiederholt sich in allen Längen- und Breitengraden des Planeten.

Doch neben den Texten und Legenden sind Beweise anderer Art aufgetaucht, die erheblich greifbarer sind und daher für deren Wahrheitsgehalt sprechen. Sowohl in Safita (Syrien) als auch in Ain Fratissa (Marokko) haben archäologische Teams uralte, riesengroße Arbeitswerkzeuge gefunden, deren Handhabung für Personen normaler Größe unmöglich gewesen wäre. Beispielsweise lassen 32 cm lange und 22 cm breite Handäxte mit einem Gewicht von 4,2 Kilogramm den Schluss zu, dass diejenigen, die sie benutzten, an die vier Meter groß gewesen sein müssen.

Es wurden sogar fossile Überreste einzelner Knochen – Oberschenkelknochen oder Schädel – außergewöhnlicher Größe entdeckt, die die Wissenschaft damit zu erklären versucht, dass das Individuum an Akromegalie oder Gigantismus erkrankt sein muss. Das sind Krankheiten, die durch die übermäßige Ausschüttung des Wachstumshormons verursacht werden. Im Inneren jener Höhle befanden sich jedoch mindestens vier oder fünf solcher Skelette, was diese Möglichkeit vollends ausschloss.

Gerade im Jahr 2004 ereignete sich ein spektakulärer anthropologischer Fund, auf den die wissenschaftliche Gemeinschaft vollkommen perplex reagiert hat. Ein internationales Forscherteam fand auf der Insel Flores (Indonesien) die Überreste einer bis dahin unbekannten Art des Menschen: *Homo floresiensis*. Am meisten erregte jedoch ihre Aufmerksamkeit die Tatsache, dass jene Hominiden kaum einen halben Meter groß waren. Die Presse ließ sich die Gelegenheit nicht entgehen und taufte sie auf den Kosenamen *Hobbits*, in Anlehnung an die von Tolkien geschaffenen Wesen kleiner Statur.

Einige Stimmen erhoben sich zum Protest mit dem Argument, in Wahrheit handele es sich um Menschen, die an Mikrozephalie, einer abnormen Kleinheit des Kopfes, oder an Zwergwuchs litten. Doch weit gefehlt. Sukzessive Ausgrabungen brachten immer neue fossile Überreste ans Licht, die die Echtheit dieses Fundes bestätigten. Damit wurde der Beweis erbracht, dass die Diversität des frühen Menschen viel größer war, als bis dahin angenommen wurde, und dass eventuell nicht alle Arten unseres Stammbaums bereits entdeckt sind. Eine unumstößliche Tatsache war ferner der Umstand, dass vor 18 000 Jahren – insofern in einer der relativ jüngeren

Epochen – der *Homo sapiens* und der *Homo floresiensis* auf dem Planeten koexistierten. Das gab den Anstoß dafür, dass dieses Zusammentreffen beider Arten in künftigen Mythen und Legenden um winzige Wesen thematisiert werden sollte, welche Nahrung für die Gedankenwelt so vieler alter Kulturen und Zivilisationen geboten haben mochten.

Ein ähnliches Phänomen, so dachte ich, muss sich mit jener menschlichen Art übermäßigen Wuchses zugetragen haben, die man gut als Riesen bezeichnen konnte.

Vorsichtig machte ich weitere Schritte und versuchte herauszufinden, wie viele Skelette sich wohl im Inneren jener Höhle befanden. Gleichzeitig hörte mein Gehirn nicht auf, einen Gedanken nach dem anderen zu spinnen. Auf der Suche nach den Antworten, die bis dato die Wissenschaft nicht liefern konnte, stellte ich mir das Antlitz eines *Moai* vor. Entsprachen die eigenartigen Gesichtszüge des klassischen *Moai* – rechteckige Köpfe, lange gerade Nasen, dünne Lippen, mächtige Kiefer und lange Ohren, die ihm bis zum Hals reichen – etwa denen jenes ausgestorbenen Volkes von Riesen? In meiner Aufregung aufgrund dieser Entdeckung setzte ich die Spekulationen fort. Ausgehend von Beschaffenheit und Größe jener Knochen schätzte ich, dass jedes einzelne dieser Wesen die Kraft von zehn Männern besessen haben könnte. Waren sie also die ursprünglichen Erschaffer der *Moai*? Und war daher der Transport der kolossalen Skulpturen dank ihrer übermenschlichen Kraft möglich? Meiner Vermutung nach muss es so gewesen sein, allerdings im Zusammenspiel mit dem technischen Wissen, das diese Art aus ihrer Heimat mitgebracht haben muss, welche keine andere als Südamerika sein konnte, wie dem Wandbild zu entnehmen war.

Ich war unglaublich bewegt. Und diese Gefühlsregung unterschied sich von allen, die ich in meinem bisherigen Leben verspürt hatte. Jene Entdeckung bedeutete, eine Revolution in der wissenschaftlichen Landschaft der verschiedenen

Disziplinen heraufzubeschwören, die sich dem Studium unserer ältesten Vergangenheit widmeten. Ich sah meinen Namen in goldenen Lettern in die Geschichte der Archäologie eingehen …

Plötzlich nahm ich aus den Augenwinkeln ein Aufleuchten wahr, das mich in die Realität zurückversetzte. Der Schein künstlichen Lichts näherte sich von der Galerie aus, die den Zugang zur Höhle bildete.

Jemand verfolgte mich …

Sonia Rapu erschien in der Grotte. Sie hatte ihr Mobiltelefon benutzt, um in der beunruhigenden Schwärze des Untergrunds den Weg zu erleuchten. Zu meiner Überraschung ignorierte die junge Archäologin meine Anwesenheit; es war, als ob ich gar nicht da wäre. Zuerst betrachtete sie das Wandgemälde, dann kniete sie sich hin und verharrte vor einem Riesen. Voller Unglauben betrachtete sie dessen Skelett. Es sprang ins Auge, dass sie zum ersten Mal dort war, auch wenn ihre Haltung darauf schließen ließ, dass sie bereits im Vorfeld von diesem Ort gehört hatte.

Ihr unerklärliches Schweigen verwirrte mich, doch ich machte ihre Erregung aufgrund des Fundes dafür verantwortlich.

»Sonia«, sagte ich. »Ist das nicht unglaublich? Das war die große Entdeckung, die Erick meinte, in der Nacht, in der er uns anrief.«

Sonia hob den Kopf und schaute mich zum ersten Mal an. Ich erkannte sie kaum wieder. Von ihrem Gesicht war jedes Anzeichen von Sympathie gewichen, und auf den ersten Blick war keine Spur mehr von der sanften, jungen Rapanui-Frau zu sehen, mit der ich so viele Arbeitsstunden verbracht hatte. Ihre Augen waren kalt, und ihr Haarknoten, den sie stets zu tragen pflegte, hatte sich in eine ungezähmte Mähne verwandelt, die ihr über die Schultern fiel.

Doch das Unbegreiflichste geschah im Anschluss. Sonia stand auf und holte eine Beretta hervor, die Dienstwaffe der chilenischen Polizisten. Es handelte sich natürlich um die während des Angriffs auf das Hotel Hanga Roa verschwundene Pistole. Daraufhin streckte sie den Arm aus und zielte geradewegs auf mein Herz.

»Sonia?«, murmelte ich. »Du kannst doch nicht …«, fügte ich hinzu, unfähig, mich mit dem Offensichtlichen abzufinden.

Ich versuchte Ruhe zu bewahren. Binnen Sekunden merkte ich, dass Sonia sich bemühte, etwas vorzugeben, was sie nicht war. Unter ihrer scheinbar feindseligen Maske hatte Sonia in Wahrheit eine Todesangst. Ihre zitternden Beine verrieten mir, wie nervös sie tatsächlich war. Noch war nicht alles verloren. Ich musste mit ihr ins Gespräch kommen, um der Sache auf den Grund zu gehen und sie letzten Endes von ihrer offenkundig mörderischen Absicht abzubringen.

»Dann, als mich Erick anrief … warst du es, die bei ihm war?«

Zunächst glaubte ich, sie werde weiterhin schweigen, doch schnell erkannte ich, dass Sonia eigentlich reden wollte.

»Ja, Germán«, klärte sie mich auf. »Natürlich war ich das. Zum Glück habt ihr alle meine Lügen geglaubt.«

»Was ist passiert?«, stammelte ich.

Sie hielt nochmals kurz inne, bevor sie antwortete.

»Als mich Erick kontaktierte, eilte ich zu ihm. Doch ich ging nicht allein. In Wahrheit wäre das alles nicht geschehen, wenn mein Großvater nicht mit mir gekommen wäre.« Sonias Stimme überschlug sich für einen Moment, doch dann erlangte sie ihren eiskalten Ton wieder. »Er war es, der Erick den Schlag auf den Kopf versetzte, als dieser mit dir telefonierte. Daraufhin wurde Erick bewusstlos. Es war eine instinktive Handlung.

Entsetzt fuhr ich ihn an, doch dann gab mir mein Großvater die Anweisung, nach Hause zurückzukehren. Er war außer sich und wollte nicht Vernunft annehmen. Mich wollte er weit weg haben. Also ging ich, ohne zu wissen, was er vorhatte. Germán, du weißt, welche Art von Beziehung ich zu Erick hatte. Ich hätte nie gedacht, dass er ihn umbringen würde.« Sonia senkte für eine Sekunde den Blick. »Dann erfuhr ich, dass er ihn ohne jede Gnade ermordet hatte, und nach dem Schmieden eines Plans zum Verwischen seiner Spuren hat er sich um den Transport der Leiche in die Höhle der Kannibalen gekümmert.«

Als ich dies hörte, fiel es mir nicht schwer, Sonias robusten Großvater als das Individuum zu identifizieren, das mich in der Aufmachung eines alten Rapanui-Kriegers im Steinbruch des Rano Raraku verfolgt hatte.

»Tu die Taschenlampe beiseite«, wies mich Sonia zurecht, die sich gestört fühlte, weil ich ihr in die Augen schien.

Ich gehorchte und legte die Taschenlampe auf den Boden. Der Lichtstrahl war nun auf die Wand mit dem Gemälde gerichtet, sodass Sonias und meine eigene Silhouette, die nur wenige Meter voneinander trennten, in weich-trübes Dämmerlicht eintauchten. Nach allem, was sie mir gebeichtet hatte, wusste ich, dass Sonia mich nicht lebend von dort weggehen lassen konnte. Allerdings zweifelte ich auch daran, dass sie genug Mumm hätte, um mich kaltblütig zu töten, wie es ihr Großvater bei Erick getan hatte. Ich musste das Gespräch am Leben halten und versuchen, ihr den Fehler vor Augen zu führen, den sie zu begehen im Begriff war, also konzentrierte ich mich auf die vielen Fragen, die noch unbeantwortet waren.

»Warum?«, diese Frage kam mir als erste in den Sinn. »Warum hat dein Großvater Erick getötet?«

»Um das Erbe des Rapanui-Volkes zu schützen«, erwiderte Sonia. »Als er von Erick von der unglaublichen Existenz dieser anderen menschlichen Art erfuhr, die noch katalogisiert werden muss, wusste mein Großvater sofort, die Experten würden ihnen und nicht unseren Vorfahren das Verdienst zuschreiben, die *Moai* erschaffen zu haben.«

»Aber wenn sie tatsächlich die eigentlichen Urheber waren, warum sollte man ihren Verdienst dann nicht anerkennen? Du bist Archäologin. Glaubst du wirklich, dass es die beste Lösung ist, die Wahrheit zu verschweigen?«

Sonia hielt noch immer die Waffe fest in der Hand, obgleich sie im Moment nicht den Anschein erweckte, abfeuern zu wollen.

»Ich habe nichts von dem geplant«, rechtfertigte sie sich. »Mein Großvater hat auf eigene Faust gehandelt. Es war seine Entscheidung. Er gehört dem Ältestenrat an und empfindet eine tiefe Ehrfurcht vor den Wurzeln seines Volkes. Von seinem Standpunkt aus wäre er zu allem bereit, um die Rapanui-Kultur zu verteidigen.«

»Der Ältestenrat würde sich schämen, wenn er wüsste, wozu dein Großvater fähig war. Selbstverständlich wäre es niemals in ihrem Sinne, ein solch irrsinniges Verhalten zu rechtfertigen.«

»Für mich war es auch sehr erschütternd, aber …« Sonias hermetischer Panzer bekam langsam Risse. »Ich nehme an, dass er keinen anderen Ausweg gesehen hat. Glaubst du wirklich, ich wäre in der Lage, meinen Großvater auszuliefern? Ich schulde ihm alles, was ich bin. Er ist meine einzige Familie.«

Ihren Worten war zu entnehmen, dass Sonia unfreiwillig zum Komplizen des kriminellen Ausbruchs ihres einzigen Angehörigen geworden war. Das Band, das sie mit ihrem Großvater einte, musste außerordentlich stark sein, so stark, dass sie bereit war, ihn zu beschützen, obwohl er den Tod des Mannes verschuldet hatte, den sie insgeheim liebte.

»Wusstet ihr, dass sich hier die Knochenreste befanden?«, fragte ich.

»Nein. An dem Tag, an dem Erick sie entdeckte, hat er uns zur archäologischen Stätte gerufen. Aber er kam nicht dazu, uns den Ort mitzuteilen, wo er den Fund gemacht hatte.«

Ich merkte, dass Sonia weiterreden musste. Unsere Unterhaltung war das Einzige, was sie davon abhielt, das von ihrem Großvater begonnene makabre Werk zu vollenden. Später bliebe ihr keine andere Wahl, als sich um mich zu kümmern … falls sie genügend Mut besaß.

»Mein Großvater untersuchte Ericks Leichnam und fand die Notiz, die er bei sich trug. Ericks Fund war kein Zufall. Jemand hatte ihn bis hierhin geführt.«

»Wer?«, rief ich aufgewühlt. »Wer schickte die Nachrichten?«

»Für meinen Großvater war es sehr einfach, dies herauszufinden …«

Ich schnaubte verärgert über ihre Antwort.

»Und wenn er seine Identität kannte, warum hat er dann versucht, mich im Steinbruch des Vulkans umzubringen, anstatt dies mit dem Absender zu tun? Wäre es nicht viel logischer gewesen zu versuchen, diese Person daran zu hindern, weiterhin Notizen zu schicken, an mich oder an jemand anderen?«

»Du hast recht«, erkannte Sonia. »Und dies hat er getan. Mein Großvater beschloss, die Angelegenheit ein für alle Mal aus der Welt zu schaffen. Er sorgte dafür, dass er für immer schweigt. Doch scheint es, dass dies nicht genügte. Denn irgendwie hat er es hingekriegt, dich sogar nach seinem Tod auf die richtige Spur des Geheimnisses zu bringen. Deswegen blieben wir in deiner Nähe.«

Ich schüttelte den Kopf. Ich war nicht sicher, alles richtig verstanden zu haben.

»Warte. Du hast gerade gesagt, dass dein Großvater zuerst Erick getötet und dann auch den Absender der Botschaften ermordet hat?«

Sonia nickte. Unsere Stimmen hallten in der Höhle wie eine schwermütige Sinfonie nach.

»Weißt du denn zu diesem Zeitpunkt immer noch nicht, wer es war?«, fragte sie mich.

Ich dachte darüber gründlich nach. Welche andere Person war in den letzten Tagen gestorben? Auf einmal fiel es mir ein, und ich fühlte, wie sich alle Teile des Puzzles zusammenfügten.

»Beantworte mir eine Frage«, bat ich sie, um zu bestätigen, dass ich richtig lag. »Der Ältestenrat hatte deinem Großvater das Symbol des *Moai* zugewiesen, Lázaro Hereveri das des *Tangata Manu*. Welches Symbol des Rapanui-Universums stand Simeón ›dem Ewigen‹ als Ehrenmitglied zu?«

»Die Schildkröte …«, entgegnete Sonia.

Ich senkte den Kopf und fluchte. Hätte ich das vorher erraten, hätte sich alles ganz anders entwickelt.

»Wir wissen nicht, seit wann Simeón Pakarati die genaue Lage dieser Grotte und ihres erstaunlichen Inhalts kannte«, erklärte Sonia. »Auch nicht, ob er sie selbst entdeckt hat oder es ein Geheimnis war, das innerhalb seiner Familie von Generation zu Generation weitergegeben wurde. Jedenfalls hat der Alte – aus welchem Grund auch immer – beschlossen, die Zeit wäre gekommen, es der Wissenschaft anzuvertrauen.« Ich bemerkte, dass Sonia zum ersten Mal leicht die Hand lockerte, mit der sie die Pistole hielt. »Simeón ›der Ewige‹ war auf der Insel sehr beliebt, und nicht selten bekam er gelegentlichen Besuch anderer Rapanui. Mein Großvater war vor zwei Tagen bei ihm. Ich weiß nicht, was er ihm angetan hat, aber einige Stunden später tat Simeón seinen letzten Atemzug. Niemand schrieb sein Ableben einer anderen Ursache als dem natürlichen Tod zu. Letzten Endes hatte der Alte bereits einhundertvier Jahre auf dem Buckel.«

Eine kurze Stille überflog die Kammer der Entdeckungen.

Ich kratzte mich leicht am Kinn. Ich erinnerte mich daran, den Leichenzug getroffen zu haben, der Simeóns Sarg zum Friedhof trug. Ein junger Mann sprach mich an und stellte sich als sein Urenkel vor. Nach der kurzen Unterredung umarmte er mich. Er muss diese Gelegenheit genutzt haben, um die Notiz in meine Hemdtasche gleiten zu lassen. Vielleicht hatte Simeón den Weg über seinen treuen Urenkel gewählt, um uns, Erick und mir, seine rätselhaften Notizen zukommen zu lassen.

Sonia umklammerte die Beretta mit schwindender Überzeugung. Wenn sich mir die Gelegenheit böte, musste ich bereit sein.

»Sonia, dein Großvater ist geistig verwirrt. Das weißt du genauso gut wie ich. Er mag ja aus einer impulsiven Handlung heraus auf Erick eingehauen haben, doch dann hat er ihn kaltblütig ermordet. Sogar eine Langustenantenne hat er ihm rektal eingeführt; auf diese Weise handhabten es die früheren Rapanui mit all jenen, die gegen das *Tapu*-Gesetz verstießen …« Sonias Gesicht verzerrte sich, als sie diese Enthüllung hörte. Dieses Detail war ihr wohl nicht bekannt. »Simeóns Ermordung wurde zudem geflissentlich geplant.«

»Simeón hat das Rapanui-Volk verraten!«, argumentierte Sonia wenig überzeugt.

»Du redest deinem Großvater nach dem Mund, aber … Ich bin überzeugt, dass du selbst nicht so denkst.«

Obwohl Sonia es nicht merkte, begann ihre Wachsamkeit nachzulassen. Der Arm mit der Waffe hatte sich im Verhältnis zu ihrer Körpersenkrechten nach und nach geneigt.

»Hör mir zu, Sonia. Ich kann verstehen, wie du dich fühlst. Ohne es zu wollen, wurdest du in diesen unglücklichen Vorfall verwickelt, aber ich weiß, dass du nicht wolltest, dass all dies geschieht.«

Ich streckte die Arme mit offenen Handflächen aus, damit sie sah, dass sie mir vertrauen konnte.

»Jetzt hast du die Gelegenheit, das alles zu beenden«, legte ich ihr nahe. »Du bist keine Mörderin.«

Bei Sonia waren die ersten Anzeichen dafür zu erkennen, dass sie in ihrem Vorhaben schwankte. Ihre Hände zitterten merklich, und ihre Augen ließen Tränen des Schuldgefühls erahnen.

»Lass uns aus diesem Loch verschwinden und den Ruhm über diese Entdeckung teilen«, bot ich an. »Auf dich wartet eine brillante Zukunft auf dem Gebiet der Archäologie.«

Sonia senkte die Waffe. Sie schien in einen Zustand der Verwirrung versunken zu sein. Ich machte einen Schritt nach vorne, danach noch einen. Beinahe kam ich an ihre Waffe heran. Mein Fehler war es, dass ich mich zu schnell bewegte. Sonia reagierte abrupt und ging erneut in die Defensive. Sie hob die Waffe und zielte auf meinen Kopf. Im Nu hatte sie wieder jene Maske der Verachtung aufgesetzt, unter deren Schutz sie keinen Zweifel daran hatte, die abscheulichen Taten ihres Großvaters und auch ihre eigenen zu rechtfertigen.

Die Situation war wieder an ihren Ausgangspunkt zurückgekehrt, jedoch waren dieses Mal die Gesprächsthemen ausgeschöpft. Sonia legte ihren Finger auf den Abzug. Um diesen Irrsinn endgültig zu beenden, brauchte sie nur einen Schuss auf mich abzufeuern. Nicht einmal meine Leiche stellte für sie ein Problem dar. In diesem verlorenen Winkel unterhalb der Insel fände mich niemand.

»Sonia, tu es nicht«, flehte ich sie an.

»Es tut mir leid, Germán …«

Plötzlich sahen wir beide es nicht, sondern ahnten es vielmehr, das flüchtige Flattern eines Schattens in der Galerie, die zur Höhle führte. Dieser gesamte Bereich war in absolute Dunkelheit gehüllt. Dennoch war da natürlich nichts; möglicherweise hatte die Taschenlampe eine Sekunde lang geflackert und so diesen Effekt auf unsere Netzhaut projiziert. Jedoch bot sich mir dadurch die Gelegenheit, meine Strategie zu wechseln.

»Es ist ein *Aku Aku*«, improvisierte ich. »Der Wächter der Höhle.«

»Sei still!«, ordnete Sonia an. »Beleidige nicht meine Intelligenz.«

Das war meine letzte Spielkarte, und ich war gezwungen, alles darauf zu setzen.

»Wirklich? Was würde dein Großvater denken, wenn er dich jetzt hören könnte? Die Rapanui der alten Schule hegen nicht den geringsten Zweifel an deren Existenz. Die *Aku Aku*, wenn auch auf einer anderen Realitätsebene, sind Teil der Osterinselkultur, genau wie die *Moai* oder die Holztäfelchen *Kohau Rongo-Rongo*.«

Anschließend, wenn auch dieses Mal etwas deutlicher, nahmen wir beide wiederholt aus den Augenwinkeln die Konturen eines anthropomorphen Schattens wahr, der durch die Schwärze glitt. Der Tradition nach waren die *Aku Aku* klein gewachsene Spektralwesen, die in der Lage waren, all jenen harte Strafen aufzuerlegen, die ihr Hoheitsgebiet verletzten. Trotz ihrer Skepsis wurde Sonia sehr unruhig. Ihre Rapanui-Wurzeln zogen an ihr mit derselben Bestimmtheit wie das Blut ihres Großvaters, und zögernd schaute sie abwechselnd zu mir und zur Galerie am Zugang zur Höhle.

»Sonia, lass uns zusammen die Grotte verlassen, bevor uns der *Aku Aku* Schaden zufügt. Wenn du mich tötest, wirst du mit ihm allein bleiben, und er wird dich für immer an diesem verfluchten Ort festhalten.«

Sonia kam mir vor wie ein Pulverfass, das jeden Moment in die Luft gehen konnte. Meine Worte in Verbindung mit den gegebenen Umständen hatten in ihrer Brust den Samen des Zweifels gesät. Ihre Nerven trieben sie in die Enge. Ich wartete auf den richtigen Moment, um ihr die Pistole zu entreißen. Einen erneuten Fehlschlag konnte ich mir nicht leisten.

»Sonia, der *Aku Aku* ist genau hinter dir«, log ich. »Er kommt dir langsam näher.«

Es war nichts weiter als ein Trick, um sie noch weiter unter Druck zu setzen. Allerdings erreichte ich genau das Gegenteil dessen, was ich bewirken wollte.

»Genug jetzt!«, schrie sie. Sie war völlig aus der Fassung. »Du und ich, wir beide wissen, dass die *Aku Aku* nicht existieren!«

Dann starrte sie mich an und zielte auf mich. Der Moment war da, jetzt würde sie den Abzug betätigen. Es war alles verloren. Instinktiv bereitete ich mich auf den Kugeleinschlag vor, der mir im Bruchteil einer Sekunde das Leben nähme …

In diesem Augenblick geschah etwas Außergewöhnliches, das keiner von uns hätte voraussehen können. Vor unseren Augen materialisierte sich die Silhouette eines Wesens aus dem Jenseits, von dem ich bis dato geschworen hätte, dass es nur in der Gedankenwelt des Rapanui-Volkes existierte. An der Schwelle zum Zugang der Höhle, vom Licht der Taschenlampe sehr weit entfernt, zeichnete sich der phantasmagorische *Aku Aku* in der Dunkelheit ab, ein Kobold von geringer Größe mit zwei funkelnden Augen, die in der unsteten Finsternis der Grotte aufblitzten.

Der *Aku Aku* bewegte sich in unsere Richtung wie ein Strahl in der Dunkelheit.

In Panik geraten kreischte Sonia auf und sank reflexartig in sich zusammen. Mich jedoch beunruhigte vielmehr die Pistole als der Höhlendämon, der plötzlich spurlos verschwunden zu sein schien. Ohne es mir noch einmal zu überlegen, stürzte ich mich auf sie, solange sich mir noch die Gelegenheit dazu bot.

Meine körperliche Überlegenheit nützte mir bei der Entwaffnung der Rivalin von vornherein recht wenig. Sonia leistete

Widerstand und klammerte sich an die Pistole; statt Hände schien sie eher Krallen zu haben. Wir verloren das Gleichgewicht und fielen zu Boden auf den trockenen Morast, der die unglaublichen Gerippe bedeckte. Ohne in der Gegenwehr nachzulassen, rollten wir einige Meter in einem verzweifelten Kampf um die Beretta. Mitten im Ringen ging die Waffe versehentlich los.

Die Detonation dröhnte in der Kammer, als ob neben meinem Ohr eine Rakete explodiert wäre. Die Kugel schlug in eine Ecke ein und prallte ab und gab jedes Mal ein wildes Pfeifen von sich, wenn sie gegen eine Wand stieß. Wie durch ein Wunder konnten Sonia und ich dem Projektil entkommen, das eine chaotische Flugbahn durch die ganze Höhle beschrieb. Den Schuss bekam zu unserer Überraschung am Ende kein Geringerer ab als der *Aku Aku*. Der vorzeitliche Geist stieß ein mitleiderregendes Wimmern aus und fiel daraufhin niedergeschossen zu Boden, wo er zum ersten Mal dem Lichtstrahl der Taschenlampe ausgesetzt war. Ich rang nach Luft, als ich die wahre Identität des *Aku Aku* erkannte.

Es war Maeva.

In Sekundenschnelle hatte ich Sonia, die Pistole und die überall verteilten großartigen Riesenknochen vergessen. Rasch schleppte ich mich vor Maevas Füße, ihr Gesicht zog sich mit einem ergreifenden Ausdruck des Horrors zusammen. Wenigstens war sie bei Bewusstsein.

»Papa«, murmelte sie, »ist es wahr, dass du weggehst?«

Ihre Worte trafen mich wie ein Pfeil mitten ins Herz. Ich bat sie, nicht zu sprechen, doch Maeva blieb stur und hörte nicht auf mich. Wie es schien, hatte ihr Hanarahi verraten, dass ich kurz davor sei, die Insel zu verlassen. Daraufhin war sie losgegangen, um mich zu suchen und mich persönlich zu fragen. Als sie mich nirgends ausfindig machen konnte, hat sie sich an den Inhalt der Notiz erinnert, die sie mir am Morgen während meines Schulbesuchs übersetzt hatte. Maeva war gerade noch rechtzeitig angekommen, um Sonia über den Rand der Steilküste verschwinden zu sehen, und ohne zu zögern ist sie ihr gefolgt und ebenfalls bis zur versteckten Öffnung in der Wand der Klippe abgestiegen.

Ich nahm die Taschenlampe und leuchtete Stück für Stück Maevas Körper ab, bis ich die Schusswunde fand. Das Blut rann aus ihrer Seite. Ich vermied es, selbst zusammenzubrechen und tamponierte die Wunde mit meinen eigenen Händen. Meine nervliche Anspannung hinderte mich daran, einen klaren Gedanken zu fassen.

»Dein Hemd«, Sonia deutete darauf.

Ich hatte nicht einmal bemerkt, dass Sonia nähergekommen war und jetzt an meiner Seite Maeva mit großer Bestürzung betrachtete. Ihr Blick sagte aus, dass sie das Kriegsbeil begraben und auch die Maske abgelegt hatte, hinter der sie sich in den letzten Tagen verschanzt hatte. Auf einmal war ihr bewusst geworden, dass die mörderische Spirale, die ihr Großvater begonnen hatte, im Unfalltod eines unschuldigen Mädchens gipfeln konnte, und dies ließ keine Rechtfertigung zu.

So schnell ich konnte zog ich mein Hemd aus, wobei ein Knopf nach dem anderen abriss. Sonia nahm das Kleidungsstück, zerriss es vor meinen Augen in Fetzen und machte daraus unterschiedlich lange Streifen. Dann beugte sie sich über Maeva und verband ihre Wunde. Die junge Frau hatte Erste-Hilfe-Kenntnisse und wusste offensichtlich, was zu tun war.

»Das wird die Blutung für einige Zeit stoppen«, meinte sie, »aber sie muss so schnell wie möglich ins Krankenhaus.«

Äußerst behutsam hob ich Maeva auf meine Arme und bahnte mir einen Weg durch die kurvigen Galerien, während Sonia mir mit der Taschenlampe den Weg erleuchtete und mir dabei auf die Fersen trat. Die Strecken, in denen die Tunnel weit waren, stellten zwar kein Problem dar, ich achtete trotzdem darauf, langsam zu gehen, um auf keinen Fall ins Stolpern zu geraten. Die richtigen Schwierigkeiten fingen in den engen Passagen an, durch die nur eine Person hineinpasste, und das kniend. In diesen Fällen drehte ich mich um und kroch rückwärts weiter, während ich Maeva langsam hinter mir herschleifte und Sonia sie am anderen Ende schob.

Ich bewunderte Maevas Mut, die stoisch den mühsamen Transport aushielt, den wir ihr zumuteten. Gelegentlich stöhnte sie vor Schmerz, und das durchbohrte mir die Seele wie die spitzen Stacheln einer welken Rose. Dennoch sprach ich ihr unaufhörlich Mut zu, während wir durch die unwirtlichen Galerien der Höhle voranschritten. Ich dachte nicht daran zuzulassen, dass Maeva in meinen Armen verstarb, unter keinen Umständen.

Als ich das Gefühl hatte, wir kämen niemals aus dieser verflixten Grotte heraus, nahm ich den hellen Strahl des Tageslichts wahr, das in den Tunnel drang, durch den wir uns gerade schleppten. Während wir mit äußerster Vorsicht die letzten Meter zurücklegten, spürte ich bereits, wie die süße Meeresbrise meine Haut streichelte. Ich trat nach draußen und setzte mich auf das schmale Gesims, das vor der versteckten Öffnung in der Klippe herausragte. Die Farbpalette hatte sich vollkommen verändert. Der Himmel präsentierte sich jetzt in einer Mischung aus Ocker- und Orangetönen, und diese neue Färbung unterstrich den Einbruch der Dunkelheit. Es erstaunte mich nicht festzustellen, dass das Mobiltelefon dort keinen Empfang hatte, was mich dazu zwang, den Aufstieg auf eigene Faust anzutreten, um Hilfe zu holen. Sonia, die sich noch im Inneren des Gangs befand, schob Maeva nach draußen, um sie mir zu reichen.

Ich erschrak. Das Gesicht meiner Tochter war kreidebleich, und ihre zerlumpte Bandage war in beängstigendem Ausmaß blutgetränkt. Während ich Maeva auf meine Brust legte, bat ich sie, ihre Arme und Beine um mich zu legen.

»Umarme mich so, als wärst du ein Schimpanse.«

Maeva versuchte das zu tun, worum ich sie gebeten hatte, doch ihre Kräfte hatten sie verlassen. Ich sicherte sie, so gut ich konnte, und bereitete mich auf den Aufstieg vor. Das Seil, das ich selbst die Wand der Steilküste heruntergelassen hatte, war weiterhin am Felsen festgebunden. Ich packte es und kletterte hoch, wobei ich einen Fuß nach dem anderen auf einen der vielen Vorsprünge setzte, die die Klippe hervorgebracht hatte. Die Wellen zerschellten noch heftiger als zuvor an den natürlichen Wellenbrechern und bespritzten mich von der Seite. Ein tosendes Brausen stieg von den Riffen hoch. Der böige Wind, der aufgekommen war, erschwerte meine Aufgabe noch mehr. Sonia hatte sich auch an den Aufstieg gemacht und blieb beharrlich einige wenige Meter unter mir.

Nach einer längeren Kletterpartie entschied ich mich, auf einem etwas breiteren Gesims eine Pause einzulegen. Meine Hände waren wund, und ich musste wieder zu Atem kommen.

»Wir sind gleich da, Maeva«, flüsterte ich ihr ins Ohr.

Als einzige Antwort bekam ich einen schwachen Atemzug. Zudem quoll ihr Blut durch den Verband und beschmierte meine Haut.

In diesem Augenblick bemerkte ich, dass wir an diesem Ort nicht allein waren. Ich hob den Kopf und sah jemanden, der uns vom Rand der Steilküste aus beobachtete. Plötzlich jagte mir ein Schauer über die Wirbelsäule, und alle meine Hoffnungen schwanden vollends. Es war Sonias Großvater. Tulio war erneut wie seine Rapanui-Vorfahren gekleidet, auch wenn er dieses Mal sein Gesicht nicht unter einer raffinierten Farbschicht verbarg. Unsere Augen trafen sich in der Ferne. Tulio besaß den Blick eines durch Groll verzehrten Fanatischen, der fähig war, es zum Äußersten kommen zu lassen, um seine Ideale zu verteidigen.

Sonias Großvater beugte sich vor und band das Seil los, welches daraufhin die Steilküste hinunterfiel. Nun gab es keinen Zweifel mehr: Tulio ließe niemals zu, dass ich es die Klippe hinaufschaffte. Ich atmete tief durch. Ich wusste, was mich oben erwartete, wenn ich weiterginge. Aber untätig zu bleiben, das war noch schlimmer. Maeva benötigte dringend ärztliche Betreuung, andernfalls würde sie sterben.

Daher war ich gezwungen weiterzugehen, so dass ich den letzten Abschnitt ohne die Hilfe des Seils in Angriff nahm. Durch Maevas Gewicht waren meine Bewegungen eingeschränkt, doch auf die eine oder andere Weise wusste ich mir zu helfen, um voranzukommen. Schon der kleinste Vorsprung erwies sich als lebenswichtiger Zufluchtsort, und meine Finger klammerten sich wie Haken an jeden Behelf. Zwei Meter unterhalb des Randes, kurz vor Erreichen des Ziels und der Konfrontation mit Tulio von Angesicht zu Angesicht, machte ich Halt, um die Lage zu sondieren.

Ich schaute nach oben. Tulio wartete geduldig auf den Augenblick, in dem er sich meiner entledigen konnte. Sein Gesichtsausdruck blieb unerschütterlich, er zeigte keinerlei Gefühlsregung. Unten machte Sonia auf demselben Gesims Rast, das ich wenige Minuten zuvor besetzt hatte. Dann bemerkte sie die Anwesenheit ihres Großvaters, der sich über die Steilküste beugte. Ihre Blicke kreuzten sich zum ersten Mal, und Tulios hieratisches Antlitz machte eine Wandlung durch.

Sonia strich sich das vom Wind gepeitschte Haar vom Gesicht. Um sich bei dem Getöse der Wellen Gehör zu verschaffen, wandte sie sich mit erhobener Stimme und unglaublich bestimmt an ihren Großvater. Tulio war unfähig, seine Überraschung zu verbergen, und riss die Augen auf. Seine Enkelin schien die Seiten gewechselt zu haben und wagte es nun, seine Autorität infrage zu stellen. Dennoch wich der Alte nicht vor ihr zurück und widersprach ihr mit gleichem oder gar noch mehr Nachdruck. Mein Problem bestand darin, dass ich sie nicht verstehen konnte, denn sie sprachen auf Rapanui.

Mir kam der Gedanke, Maeva zu bitten, mir das zu übersetzen, doch dann bemerkte ich, dass sie bewusstlos geworden war. Immer näher kam der Punkt, an dem es kein Zurück mehr gab, und ich begann zu verzweifeln.

Großvater und Enkelin fingen ein Wortgefecht an, bei dem Ersterer hartnäckig darauf beharrte, seinem höheren Rang Geltung zu verschaffen. Auch wenn ich nichts von dem verstand, was sie sagten, so konnte ich doch aus der Art ihres Gebarens auf den Inhalt der Debatte schließen. Die Worte kamen und gingen, und die Argumente und Vorwürfe folgten in einer unkontrollierten Diskussion aufeinander. Sonia ließ sich nicht beirren und versuchte mit allen Mitteln, ihren Großvater zur Vernunft zu bringen. Tränen der Verzweiflung liefen ihre Wangen hinab, während sie darum kämpfte, ihn davon zu überzeugen, dass der Zeitpunkt gekommen sei, jener nicht zu rechtfertigenden Mordwelle ein Ende zu setzen.

Ich hielt mich lieber als bloßer Zuschauer im Hintergrund und trug Maevas Gewicht, so gut ich konnte.

Nach endlosen Minuten schließlich wurde Tulios Gesichtsausdruck milder, ein untrügliches Zeichen dafür, dass Sonia die Schlacht gewonnen hatte. Sein Blick ließ sogar einen Hauch von Schuldgefühl erkennen, eine bei ihm bis dahin vollkommen unbekannte Gemütsregung. In diesem kleinen Fortschritt wollte ich ein Fünkchen Hoffnung sehen, auch wenn es nicht genügte, um die Besteigung zu Ende zu führen und dann der Gnade des Alten ausgeliefert zu sein. Noch wusste ich nicht, was in seinem Kopf vorging.

Dann trat Stille ein. Es schien, als ob zwischen Großvater und Enkelin alles gesagt worden wäre. Ich schaute zu Sonia, die weiterhin ihren Blick auf ihren Großvater heftete. Tulio richtete daraufhin einige Worte an seine Enkelin, die mit außergewöhnlicher Wärme beladen waren:

»Hangarahi au koe e vovo e.«

Das verstand ich. Das hatte mir Maeva beigebracht. Es bedeutete »Ich liebe dich« auf Rapanui.

Tulio richtete sich auf und schaute einige Sekunden lang auf den Horizont. Anschließend schloss er die Augen und bildete mit ausgestreckten Armen ein Kreuz.

Sonia stieß einen herzzerreißenden Schrei aus, der von der Steilküste widerhallte wie der Donner, der dem Sturm vorangeht. Einen Augenblick später stürzte sich ihr Großvater ins Nichts, und sein Körper streifte mich auf seinem Weg in den Abgrund der Riffe.

Der Albtraum hatte ein Ende.

Nun waren alle Hindernisse beiseite geräumt, sodass ich Maeva an meine Brust fixierte und den letzten Metern ins Auge sah, die mich vom höchsten Punkt der Klippe trennten. Sonias untröstliches Schluchzen konnte ich wohl vernehmen, jedoch hatte ich keine Zeit zu verlieren. Ich erreichte den Rand und legte Maeva kurz auf den Boden, während ich wieder in die Aufrechte kam und erleichtert seufzte, nachdem ich den äußerst harten Aufstieg hinter mir gelassen hatte. Anschließend nahm ich meine Tochter wieder in die Arme und fuhr zusammen: ihre Atmung schien sie verlassen zu haben. Schnell prüfte ich den mangelhaften Verband und sah, dass er das aus der Wunde quellende Blut kaum mehr zurückhalten konnte.

Für einen Moment dachte ich, ich sei zu spät oben angekommen.

Dann aber schlug Maeva die Augenlider auf, und ein Lächeln huschte über ihr Gesicht. In diesem Augenblick war es für mich das schönste Lächeln, das ich in meinem ganzen Leben gesehen hatte. Meine Tochter war stärker, als ich geglaubt hatte, und sie hatte die Absicht, dies zu beweisen.

Mit Maeva in meinen Armen trottete ich zur archäologischen Ausgrabung, wo, wie ich wusste, das Mobiltelefon Empfang hatte. Die ärztliche Hilfe ließe dann nicht lange auf sich warten und würde sich um Maeva kümmern; und schon sehr bald wäre ihr Leben dann nicht mehr in Gefahr. Ich schenkte ihr mein schönstes Lächeln und schwor beim Laufen, bis zu ihrer vollkommenen Genesung nicht von ihrer Seite zu weichen.

Später würde ich dann Kommissar Villegas gegenüber eine Erklärung abgeben, um ihm die Ereignisse zu schildern, deren Zeuge ich geworden war. Meine Aussage würde zusammen mit Sonias Stellungnahme dazu beitragen, das Geschehene aufzuklären. Sie hatte ja nun keinen Grund mehr, weiterhin ihren Großvater zu decken.

Und wenn dann dies alles vorbei wäre, gäbe es genug Zeit, um sich an das Studium des Fundes zu machen, der wichtigsten anthropologischen Entdeckung der letzten einhundert Jahre …

Anmerkung des Autors

Nach den zahlreichen wiederholten Protesten des Rapanui-Volkes angesichts der Besetzung ihres angestammten Landes erklärte sich die chilenische Regierung zur Mitarbeit bereit. Sie berief einen runden Tisch ein, um zu einer Konfliktlösung zu gelangen, wobei jeder Einzelfall individuell aufgearbeitet wurde.

Diese Kommission bewirkte, dass im Jahre 2011 viele Familien ihre Territorialurkunden ausgehändigt bekamen, wodurch sie ihren früheren Besitz zurückerhielten. Der Klan Hito allerdings wurde nicht berücksichtigt; er kämpft auch weiterhin für die Zurückgewinnung des Landes, auf dem sich heute das Hotel Hanga Roa befindet. Nach dem letzten abschlägigen Urteil bereitet sich der Klan Hito nun auf das letzte Rechtsmittel vor, nämlich eine Klage gegen den chilenischen Staat vor dem Internationalen Gerichtshof in Den Haag.

Die *Rongo-Rongo*-Schrift ist gegenwärtig immer noch nicht entschlüsselt. Mehr als ein Jahrhundert lang haben sich die besten Spezialisten der Welt daran gemacht, sie zu analysieren und zu studieren, ohne bis dato ein Ergebnis vorweisen zu können, nicht einmal trotz des Einsatzes moderner Computer.

Allerdings machte der ungarische Paläograf Wilhelm von Hevesy um das Jahr 1932 herum eine sensationelle Entdeckung: Ein beträchtlicher Teil der *Rongo-Rongo*-Zeichen zeigte eine erstaunliche Ähnlichkeit mit den Schriftzeichen eines anderen alten Schriftsystems, das noch nicht entziffert werden konnte und von einer antiken Zivilisation stammte. Sie war im Indus-Tal beheimatet und hatte ihre Blütezeit etwa 2 700 v. Chr. Die offizielle Archäologie mit ihrem gleichbleibend äußerst beschränkten Blickfeld hat diesen Forschungsansatz aufgrund der Kluft, die beide Kulturen sowohl geografisch als auch zeitlich voneinander trennt, stets beiseitegelassen und die seltsamen Ähnlichkeiten in den Bereich der Anekdoten verbannt.

In der bolivianischen Hochebene in viertausend Metern Höhe befinden sich die imposanten megalithischen Ruinen von Puma Punku als Teil des Monumentalkomplexes von Tiahuanaco. Puma Punku besteht aus einer Serie von kolossalen Steinblöcken, wovon einige bis zu sieben Meter hoch sind und mehr als einhundert Tonnen wiegen. Heutzutage liegen diese wahllos auf dem Boden herum, als ob sie einer Katastrophe zum Opfer gefallen wären. Diese Monolithen wurden zudem mit unglaublicher Präzision geschliffen und geschnitten, obwohl sie aus Diorit bestehen, einem außerordentlich harten Gestein. Ferner befindet sich der nächste Steinbruch in zehn Kilometern Entfernung, was das Rätsel nur unterstreicht. Wie hat es ein Volk aus der Steinzeit zustande gebracht, diese mehrere Tonnen schweren Blöcke zu bewegen? Und wie war es in der Lage, damit Strukturen zu formen?

Als die Spanier den Ort vor fünfhundert Jahren entdeckten, blieb der Chronist Pedro Cieza de León verwundert davor stehen. Er konnte sich nicht erklären, wie die Menschen solche Steinblöcke transportiert und bearbeitet haben. Als er die Einheimischen danach fragte, antworteten sie ihm, diese Gebäude hätten schon lange vor den Inkas dort gestanden und niemand der noch Lebenden habe an diesem wunderbaren Ort je etwas anderes kennengelernt als Ruinen. Ein Jahrhundert später, im

Jahre 1651, schrieb Antonio de Castro y del Castillo, Bischof von La Paz:

> *»Auch wenn einst geglaubt wurde, die Ruinen seien das Werk der Inkas gewesen, erbaut als Festung für die Zeiten der Kriege, so ist jetzt klar, dass sie tatsächlich aus vorsintflutlicher Zeit stammen, denn nicht einmal die Spanier wären in der Lage gewesen, solch außergewöhnliche und denkwürdige Monumente zu errichten …«*

Seit seiner Entdeckung als Studienobjekt herrscht über die Altersbestimmung des Puma-Punku-Komplexes unter den Experten eine heftige Debatte. Die konservativste Strömung legt einen Zeitrahmen um 400 v. Chr. bis 500 n. Chr. fest, kürzlich durchgeführte Ausgrabungen wiesen jedoch nach, dass Ton und Kies des Puma-Punku-Komplexes direkt aus Sedimenten des Pleistozäns stammen. Der Archäologe Arthur Posnansky, der im 20. Jahrhundert dem Studium der Ruinen die meiste Zeit widmete, schrieb ihnen ein Mindestalter von 10 000 Jahren zu.

Fest steht, dass wir zum derzeitigen Zeitpunkt weder wissen, wer die Erbauer des Komplexes waren, noch wie oder wann er errichtet wurde. Heute ist Puma Punku in der Tat eine archäologische Ruine voller Rätsel, und zwar eine der vielen auf dem amerikanischen Kontinent.

Laut einer alten Legende der Inka wurden jene zyklopischen Bauten vor Urzeiten von einem Menschenschlag großer Statur, mit weißer Haut und roten Haaren errichtet, der lange Zeit vor dem Erscheinen des Inkareiches auf der Weltbühne lebte. Die Legende besagt weiterhin, dass dieses mysteriöse Volk in einer Schlacht zugrunde gerichtet wurde, mit Ausnahme einer Gruppe Überlebender, die es schafften, bis zu den Küsten des

Pazifiks zu fliehen. Von dort aus machten sie sich an Bord eines Schiffes auf den Weg über den unendlichen Ozean in Richtung der untergehenden Sonne, ohne je wieder etwas von sich hören zu lassen …

Danksagung

Ich danke meiner ganzen Familie und meinen Freunden für ihre unschätzbar wertvolle Unterstützung.

Ich danke meinen Mitarbeitern: Mónica, meiner Korrektorin, für ihre Hilfe bei der richtigen Kommasetzung (und vielem anderen). Juanlu, dem virtuosen Cover-Gestalter, für die Illustrationen der Seele meiner Schriftstücke. Und ich danke meinem Bruder Luis für seine exzellenten Zeichnungen.

Ich danke auch meinem zuverlässigen Team: Domingo, Pablo »Brother«, Juanlu und Lorenzo. Sie lesen meine Rohmanuskripte und tragen mit ihren wertvollen Ratschlägen dazu bei, den Roman auf den richtigen Weg zu bringen.

Quellen

Bibelanstalt GmbH, Die Bibel: Altes und Neues Testament – Einheitsübersetzung, Lizenzausgabe für den Verlag Herder, Freiburg im Breisgau, 1980

Apokalypse des Baruch (griechisch), übersetzt von Paul Rießler, in: Altjüdisches Schrifttum außerhalb der Bibel, herausgegeben von Paul Rießler, Augsburg, Dr. B. Filser Verlag, 1928

18165034R00150

Printed in Poland
by Amazon Fulfillment
Poland Sp. z o.o., Wrocław